NIGHTCLUB SURPRISE

UNE ROMANCE DE MILLIARDAIRE (LES ROIS DU NIGHTCLUB 3)

CAMILE DENEUVE

TABLE DES MATIÈRES

Publishe en France par:
Camile Deneuve

©Copyright 2021

ISBN:978-1-64808-975-6

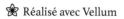 Réalisé avec Vellum

RÉSUMÉ

August Harlow, entrepreneur de boîte de nuit et milliardaire, tombe par hasard sur une de ses anciennes voisines. Ils sont tous deux très surpris de se revoir, mais il l'est encore plus d'apprendre qu'elle a un fils. Un fils de 6 ans. Tous les deux ont eu une aventure juste avant qu'il ne décide de rejoindre les Marines 7 ans plus tôt.
Serait-ce son fils ?
Il lui ressemble beaucoup. Il a le même sourire en coin, la même nuance de cheveux noirs et des yeux verts identiques. Devrait-il lui demander si l'enfant est le sien ou continuer à éviter la vérité comme il le fait depuis 6 ans ?

Par une nuit de pleine lune, une dernière chance et une nuit de passion...

C'était le garçon le plus sexy et il avait été mon voisin aussi long-temps que je me souvienne.
À peine sortie du lycée, je venais d'avoir dix-huit ans.
Il était sur le point de partir de notre petite ville pour s'engager dans les Marines.
Et moi j'étais vierge et j'avais eu la chance d'être la dernière fille à croiser son chemin avant qu'il ne parte pour la guerre le lendemain matin.
Ses douces caresses, ses baisers sensuels et ses murmures de velours m'avaient transportés vers des territoires inconnus, et je savais par instinct que lui seul pourrait me faire revivre ce pur bonheur. Mais il devait partir.
Ce qui nous restait, c'était la nuit que nous avions partagée. Une nuit de pure passion, de désir et de plaisirs charnels.

Sept ans s'étaient écoulés avant que je ne le revoie. Mon corps a réagi immédiatement alors que le feu brûlait dans mes veines.

Mais maintenant j'étais la mère d'un petit garçon.

Lui aussi avait changé, il était à présent un homme hanté par de mauvais souvenirs – des souvenirs qui tourmentaient son esprit et qui l'avaient peut-être brisé au-delà de toute guérison.

L'amour pourrait-il vaincre de tels adversaires ou la guerre ferait-elle une autre victime, me laissant à nouveau seule ?

1

AUGUST

La fumée menaçait au-dessus des collines lointaines. *Les incendies s'étaient déclarés à Big Bear depuis trois jours. Mon bureau du centre-ville de Los Angeles serait en sécurité, c'est du moins ce que les autorités voulaient nous faire croire.* Ma maison à Hidden Hills, dans la banlieue de L.A., était elle aussi épargnée, pour le moment.

Je m'éloignai de la fenêtre essayant d'oublier la scène des feux de forêt ; je me dirigeai vers mon bureau lorsque mon téléphone sonna. Le nom de ma sœur apparut sur l'écran de mon iPhone. « Que puis-je faire pour toi, grande sœur ? » Leila avait six enfants, un mari qui travaillait la plupart du temps à l'extérieur de la ville et une carrière de coiffeuse pour stars qui lui prenait quasiment tout son temps. Elle s'adressait donc à moi quand elle avait besoin d'aide avec la horde d'enfants qu'elle et son mari avaient.

« Qu'est-ce qui te fait croire que j'ai besoin de ton aide, August ? » répondit-elle, pleine de sarcasme. « Peut-être que j'appelle juste pour dire bonjour et demander comment se passe ta journée.

– Bien sûr, ma chérie. » Un léger rire ponctua la phrase. « Ma journée s'est déroulée relativement sans histoires. Heureusement. Merci beaucoup d'avoir demandé. Et je suppose que la tienne se passe comme d'habitude. De façon trépidante.

– Tu as raison. Que dirais-tu d'aller à la Cité des Sciences chercher ton neveu pour moi ? Nous avons interdit à Gino de conduire la voiture que tu lui as si généreusement offerte pour son seizième anniversaire la semaine dernière.

– Déjà ? » Je m'assis dans ma chaise de bureau et me passai la main dans les cheveux. Le gamin m'avait promis de faire attention avec la toute nouvelle Chevrolet Camaro. « Qu'est-ce qu'il a fait ?

– Il est sorti avec après son couvre-feu. Il est parti vers trois heures et il est rentré vers sept heures, prétendant être allé nous chercher des beignets. Sauf que le gros malin a oublié d'en acheter. On a donc compris avec son père qu'il était sorti pour faire des conneries. » Elle soupira lourdement. « C'est le troisième des aînés, August. J'en ai trois autres qui vont devenir des ados. Mon avenir est de plus en plus sombre, jour après jour.

– Allez, tu es la mère de l'année chaque année et tu le sais. » En me levant, je me dirigeai vers la porte pour partir. Je savais que ma sœur m'avait appelé en dernier recours et que l'enfant attendait déjà depuis probablement un certain temps. « Je vais partir maintenant.

– Merci mon cher frère. Je dois faire une teinture à Miss Parfaite aujourd'hui et j'ai pas vraiment hâte. » Elle soupira à nouveau, ce qu'elle faisait de plus en plus fréquemment.

« Tu n'as même pas à travailler, Leila. Le travail de ton mari seul vous permet de vivre à l'aise. Alors pourquoi te rends-tu la vie plus compliquée ? Tu as six… six enfants dont tu dois t'occuper. » Le porte-clés en main, j'appuyai sur le bouton pour entrer dans ma BMW.

« August, je te l'ai dit un million de fois, je travaille pour m'éloigner de mon rôle de mère et de femme quelques heures par jour. Je sais que tu ne comprends pas. Mais c'est parce que tu es célibataire et sans enfant. » Elle s'arrêta un instant, éloignant le combiné. « Je dois partir. Son entourage est arrivé et la reine mère suit – après avoir désodorisé l'air avec des huiles de lilas et répandu des pétales de roses sur le sol.

– Bien sûr », dis-je avec un sourire. « Je vais parler à Gino pendant que je le ramène à la maison. Son oncle va lui remettre un peu de plomb dans la cervelle.

– Bien. Très bonne idée, petit frère. Salut. Et merci.

– À plus tard. » Je mis fin à l'appel et démarra la voiture en marche. »

La circulation était fluide à une heure de l'après-midi alors que je conduisais vers la Cité des Sciences. J'entrai directement et trouvai Gino en train de travailler. « Hé, oncle August ! Cool, maman t'a envoyé pour me chercher.

– Oui, espèce de rebelle. » Un coup de poing sur son biceps maigre le fit grimacer. « Allez, je t'ai rien fait, pleurnichard. Alors, pourquoi travailles-tu un jour d'école et quand est-ce que tu as fini ?

– C'est une semaine d'école de quatre jours, tu as oublié tonton ? Pas d'école le vendredi pour moi. Et j'ai fini dans une demi-heure. » Il haussa les épaules. « Tu penses que tu peux m'attendre ?

– Je suppose que oui. » En regardant autour de moi, je vis toutes sortes de choses qui pourraient m'intéresser. « Je vais faire un tour. Je ne suis jamais venu ici. Ça a l'air cool.

– Ouais, ça l'est. Il y a plein de touristes qui viennent visiter, et pas mal de groupes scolaires aussi avec des enfants de tous âges. » Il attrapa son balai et se remit au travail alors que je m'éloignais.

La navette spatiale Endeavour était suspendue aux chevrons situés à proximité, attirant mon attention. C'était incontestablement une pièce maîtresse de l'exposition, plusieurs groupes y étaient attroupés, ne laissant que très peu de place, même avec sa stature gigantesque.

Debout derrière un groupe de petits enfants, je repérai un petit garçon qui me semblait familier. J'ignorais pourquoi puisque je ne connaissais même pas d'enfants, mais quelque chose m'attirait plus vers lui que le dirigeable géant suspendu au-dessus de nous.

Il rigolait avec deux autres garçons. Puis il se tourna vers moi et je vis que ses yeux étaient noisette, tout comme les miens. Et ses cheveux étaient également de la même nuance de brun.

C'était bizarre...

« Maman ! » cria sa petite voix excitée quand quelqu'un passa devant moi. Nos bras se frôlèrent pendant une fraction de seconde, mais le courant électrique produit par ce contact pulsa tout le long de mon corps.

« Calum ! » appela la rousse aux merveilleuses courbes qui venait d'électrocuter mon système par un simple effleurement. Elle prit l'enfant dans ses bras et tout ce que je pus faire, c'était admirer son cul spectaculaire.

Wow !

« Je ne pensais pas que tu viendrais, maman », dit le garçon en s'accrochant à elle.

« Je ne manquerais pour rien au monde ta première sortie scolaire. » Elle le reposa, lui prit la main puis, se retourna pour regarder la navette spatiale.

Son profil était joli ; elle avait un nez fin un peu retroussé. Ses lèvres roses étaient charnues. La façon dont le jean bleu étreignait ses hanches arrondies ainsi que le pull beige clair qui collait à son bonnet E m'enchantèrent – moi et ma bite, qui se mit à grossir à l'intérieur de mon pantalon. Elle se retourna complètement, pour regarder ce qui nous entourait et je vis enfin son visage au complet.

Tawny Matthews !

Mon pouls s'accéléra, et ressentis une bouffée de chaleur. Le sentiment était familier – c'est ainsi que je m'étais toujours senti en sa présence, depuis le moment où elle était passée d'une petite fille un peu folle à une adolescente aux courbes de rêve. Mais il y avait plus qu'une simple attraction. Tawny avait une place dans mon cœur qu'elle avait volée il y avait bien longtemps.

Comme si une faille temporelle s'était ouverte, j'avais quitté le présent pour me retrouver sept ans plus tôt...

La pleine lune était plongée dans le ciel nocturne alors que je regardais par la fenêtre de la porte de la maison de mes parents, une maison que j'allais quitter le lendemain matin. Destination San Diego, pour le camp d'entrainement des Marines. Après avoir obtenu mon diplôme d'ingénieur plus tôt que prévu, je m'étais enrôlé dans les Marines pour remplir mon rôle dans la guerre en cours. À vingt-et-un ans, je me dirigeais vers le danger pour la première fois de ma vie.

Minuit approchait mais le sommeil se faisait attendre. J'allai dans la cuisine pour me servir un verre de lait, espérant que cela me permettrait de me reposer et de dormir avant de partir pour San Diego à six heures du matin. La lune avait d'abord attiré mon attention, m'entrainant vers la fenêtre. Et par cette fenêtre, je vis une chose qui allait me faire complètement oublier le verre de lait. La fille d'à côté était dehors, allongée sur une chaise longue.

Nous n'avions pas de barrières dans notre quartier, mais simplement du grillage. La petite ville de Sébastopol, en Californie, n'était pas le genre d'endroit où vous vous cachiez de vos voisins. Et l'un de mes voisins était Tawny Matthews, une gamine récemment bachelière qui avait eu 18 ans seulement quelques semaines auparavant, si ma mémoire était bonne. Et elle avait les yeux au ciel, regardant elle aussi la lune.

La musique flottait dans la brise lorsque j'ouvris la porte de derrière. Les sons étaient légers, aérés et romantiques. Quelque chose remua en moi.

Tawny était jolie. Je l'avais toujours pensé. Nous vivions côte à côte depuis toujours. Quand nous étions très jeunes, nous jouions ensemble dans la cour arrière. Quand nous étions tous les deux de jeunes enfants, nous adorions lancer un ballon de plage par-dessus la clôture qui séparait nos cours.

Mais une fois que j'avais quitté l'école primaire pour le premier cycle du secondaire, elle et moi nous étions perdus de vue. La puberté commençait à se faire sentir alors que Tawny était encore une enfant avec des nattes qui jouait à la poupée. Mon attention s'était portée sur les filles de mon âge et plus âgées, plus mûres. J'avais complètement négligé Tawny, une chose que je ne remarquais pas vraiment, jusqu'à ce qu'elle commence à avoir ses formes si féminines qui m'intéressaient tant.

Mais nous avions quatre ans de différence et elle était trop jeune pour moi à l'époque. Un lycéen ne pouvait certainement pas être avec une fille de quatrième, après tout. Mais cela ne m'avait pas empêché de constater à quel point elle était devenue attirante. Mais, j'avais volontairement décidé de garder mes distances.

Mais maintenant qu'elle avait 18 ans, elle n'était plus trop jeune.

Comme un papillon de nuit vers une flamme, j'ai été attiré par elle. Je sortis dans la nuit. « Salut. »

Elle me sourit. « Salut. »

Enfonçant mes mains dans les poches de mon jean, je me balançais d'avant en arrière sur mes pieds nus. « Tu es debout tard. »

Elle se mordit la lèvre inférieure en me regardant de haut en bas avec ses jolis yeux verts. Mon t-shirt était noir et étroit, serrant mes pectoraux et mes biceps. J'avais travaillé dur pour que mon corps soit en excellente forme, ainsi le camp d'entraînement ne me détruirait pas complètement. « Toi aussi. »

La façon dont elle me regardait me fit penser qu'elle pourrait être plus intéressée par moi que je ne le croyais. « Tu veux de la compagnie ? »

Ses lèvres roses charnues se relevèrent sur le côté. « Pourquoi, tu en as besoin ? »

Tout en elle m'indiquait qu'elle était attirée par moi, je me dirigeais vers la porte qui séparait nos cours, prenant la chaise longue à côté de la sienne. « Complètement. Je pars faire l'armée demain matin et je n'arrive pas à dormir. »

Ses lèvres formèrent une ligne droite alors qu'elle regardait dans mes yeux. « Alors, tu y vas vraiment ? »

En hochant la tête, je poursuivis : « Je n'ai pas peur de me battre dans cette guerre. Mais je crains de ne plus jamais revoir la maison. »

Sur ces mots, elle leva les yeux vers la lune montante. « Si cela peut t'aider, je pense que tu es un héros, August.

– Je ne suis pas un héros. Pas encore en tout cas. Mais, merci. » Penser à ce qui m'attendait me mettait dans l'ambiance pour des confessions de minuit, alors je lui dis : « Et je devrais te le dire, car je ne te reverrai peut-être jamais, je te trouve belle. Je le pense depuis que tu as quinze ans. Cependant, toi et moi avions une différence d'âge trop importante pour en faire quoi que ce soit. »

Elle se redressa et me regarda droit dans les yeux tout en souriant. « D'accord, si nous sommes honnêtes, je peux te dire que j'ai toujours pensé que tu étais incroyablement sexy. »

Une idée surgit dans ma tête alors que mon sexe se raidissait. « Eh bien, je pourrais ne jamais revenir, Tawny. »

Elle semblait avoir compris ce sous-entendu. « Mes parents ne sont pas là. Je suis seule à la maison, August. »

Je voulais quand même m'assurer qu'elle savait comment les choses allaient se passer avant que nous franchissions cette étape. « Ce sera juste pour une seule nuit. Tu comprends cela, n'est-ce pas ? »

Elle plissa les yeux, et sourit après avoir acquiescé. « Ce sera un honneur de perdre ma virginité avec un véritable héros. »

Pardon ?

« Tu es vierge ? » je sentis le feu naître au creux de mon ventre – je n'avais jamais fait l'amour a une vierge auparavant. Penser qu'après avoir convoité Tawny pendant des années j'allais avoir la chance d'être celui qui allait la déflorer, m'excita.

Elle se contenta de hocher la tête en se levant, prenant ma main dans la sienne avant de me conduire dans sa maison vide.

2

TAWNY

Je n'aurais jamais pensé qu'en allant à la Cité des Sciences de Los Angeles j'allais tomber sur l'homme auquel j'avais donné ma virginité. Ses yeux noisette s'accrochaient aux miens, de la même manière que son costume noir, vraisemblablement coûteux, s'accrochait à son corps qui était encore plus musclé que sept ans plus tôt. Ces traits ciselés, le nez pointu et les pommettes saillantes compensées par des lèvres douces avaient retenu toute mon attention alors que mon cœur battait à tout rompre. Mes mains se serrèrent contre moi et brûlaient de passer à nouveau dans ses épais cheveux ondulés et châtain.

Mes pieds bougèrent sans le vouloir, m'amenant à l'homme qui m'avait tant donné. J'avais toujours été attirée par lui, même lorsque nous n'étions que deux enfants du même quartier qui traînaient ensemble après les cours. Certaines choses ne changeaient jamais.

« August Harlow! » Nos corps entrèrent en collision alors que je lui jetais les bras autour du corps. Il me serra très fort dans ses bras, me soulevant de la terre ferme. « Je pensais que je ne te reverrais plus jamais. »

Son emprise sur moi se desserra alors qu'il replaçait mes pieds sur le sol. Ses yeux noisette étincelaient avec la même intensité que toutes ces années auparavant, quand il m'avait embrassé pour la première fois. « C'est ce que je pensais aussi, Tawny Matthews. » Il me laissa totalement partir et je ressentis immédiatement le vide. Être dans ses bras me donnait l'impression d'être à la maison. « Laisse-moi te regarder. » Ses yeux parcoururent mon corps, me faisant rougir. « Tu as grandi, n'est-ce pas ? Et tu as tout ce qu'il faut là où il faut. »

Juste au moment où mon cœur commençait à battre – le compliment d'August me poussant à vouloir lui sauter dessus – je sentis quelqu'un tirer sur le bas de mon pull et je baissais les yeux. Des yeux noisette brillaient vers moi et je passai la main dans les cheveux soyeux de mon fils. « Maman, qui est-ce ? »

– Cet homme était mon voisin, Calum. » Je me retournai pour regarder August. « J'aimerais te présenter August Harlow. »

August tendit sa main, ce que je trouvai amusant de faire à un enfant de six ans. « Salut, Calum. Ravi de te rencontrer. »

Calum le laissa lui serrer la main, mais passa son autre bras autour de ma jambe, s'accrochant à moi. Puis il enfouit son visage sur le côté de ma jambe et je posai ma main sur sa petite épaule. « Il a tendance à être timide quand il ne connaît pas. »

Les yeux d'August se posèrent à nouveau sur moi. « Alors, tu t'es mariée ?

– Non », dis-je rapidement, sans plus donner d'informations à ce sujet. « Tu vis à Los Angeles maintenant ?

– Ouais. Et toi ? » demanda August en mettant ses mains dans les poches de son pantalon, se balançant d'avant en arrière comme il l'avait fait la nuit où il a changé ma vie.

« Nous venons d'emménager ici. » Je regardai August regarder mon fils sans demander qui était son père. « J'ai quitté Sébastopol il y a quelques mois, juste avant le début des cours. Calum est en CP maintenant. Je ne voulais pas lui faire changer d'école au milieu de l'année, une fois que j'aurais eu commencé mon nouveau travail. »

August détourna les yeux de Calum pour me regarder. « Et quel travail est-ce ?

– Je suis infirmière. Je vais travailler à l'hôpital Cedars-Sinai dans le service de maternité. Mais je ne commence pas avant quelques mois. » La classe de Calum avançait, et il leur jeta un regard, puis revint vers moi. « Vas-y, bébé. Rejoins ta classe. Je vous rattraperai, ne t'inquiète pas.

– D'accord, Maman », dit-il, puis il partit comme un éclair pour rattraper ses amis. Kyle et Jasper étaient deux garçons dont il parlait sans arrêt chaque jour lorsque je venais le chercher à l'école.

« Tu es infirmière ? » demanda August alors que ses sourcils noirs se levaient.

« Ouais. J'ai travaillé à San Francisco après avoir obtenu mon diplôme et après mon internat. Le trajet était incroyablement long, une heure à l'aller et une heure au retour. Maman gardait Calum pour moi alors que je devais travailler la nuit. À Cedars, je travaille de jour et j'ai mes week-ends. Calum restera à l'école toute la journée pendant que je travaille et il ne restera que quelques heures à la garderie avant que je ne sorte. Les choses iront beaucoup mieux avec ce nouveau job.

– Je suis complètement impressionné. » Il me regarda avec la plus grande des sincérités. « Toi et moi devrions dîner ensemble. Tu sais, pour rattraper le temps perdu. »

J'acceptai sans réserve et je lui tendis la main. « Donne-moi ton numéro que je l'ajoute à mes contacts. Je serais ravi de te retrouver, August Harlow. »

En tapant son numéro, mon esprit revint sept ans en arrière, à cette nuit fatidique...

Seule à la maison avec mes parents à Napa Valley pour le week-end, je m'étais retrouvée à regarder par la fenêtre de ma chambre à la pleine lune ce soir-là. Charmée par l'atmosphère nocturne, j'étais allée m'asseoir dehors pour un bain de lune.

Assise à l'extérieur sur l'une des chaises longues dans la cour, je ne savais pas que mon voisin super sexy allait me rejoindre. Mon téléphone jouait « Just the Way You Are » de Bruno Mars, me tenant compagnie jusqu'à ce que la porte arrière de la maison voisine attire mon attention.

Je baissai le volume lorsque mon voisin sortit de chez lui, les yeux rivés sur la lune avant d'atterrir sur moi. August Harlow et moi avions quatre ans de différence, mais cela ne m'avait jamais empêchée de craquer pour lui. Alors qu'il commençait à parler, petit à petit, j'eus le sentiment qu'il savait que j'avais eu 18 ans quelques semaines auparavant et que cela lui importait.

Nous avions joué ensemble quand nous étions enfants. Mais en entrant au lycée, nous avions cesse de traîner ensemble. Il allait dans ce que j'avais appelé l'école des grands. J'avais eu la sensation qu'il m'avait un peu laissé tomber.

Mais après que la puberté avait changé mon corps, je l'avais maintes fois surpris à me regarder, dans le car scolaire et dans le jardin, depuis la fenêtre de sa chambre à l'étage. J'aurais voulu qu'il ait l'audace de me demander de sortir. Mais ce n'était qu'un fantasme.

En un rien de temps, mon désir de le toucher avait réussi à faire fondre toutes mes inhibitions. J'avais envie de lui, depuis des années. Sachant qu'il partirait le lendemain pour aller au camp d'entraînement avant de partir en guerre, je n'avais plus rien à perdre.

Il avait réveillé une partie de moi dont j'ignorais totalement l'existence. C'était ma chance de faire de cet homme, mon premier amant, je lui avais pris la main et l'avais conduit chez mes parents. Une fois à l'intérieur, il avait fermé la porte d'un coup de pied et m'avait attiréée vers lui, avant de me pousser contre la porte.

Mon cœur battait si fort que nous le sentions tous les deux. « On dirait que je te fais de l'effet, Tawny. »

Mon nom sortant de sa bouche, alors qu'il était si près de moi m'obligea à passer mes doigts sur ses lèvres. « Elles sont aussi douces que je le pensais. »

Ses lèvres pulpeuses se retroussèrent en un sourire sexy alors qu'il les rapprochait des miennes, jusqu'à ce qu'elles se touchent, envoyant le feu se propager dans mes veines. « Oh... » gémissais-je en écartant mes lèvres. Il en profita et inséra sa langue dans ma bouche pour gouter la mienne.

Mon corps, qui était écrasé entre la porte et lui, semblait lui appartenir. Chaque contact entre nous me faisait mal au plus profond de moi. Je n'ai jamais ressenti un tel désir me consumer.

Quand une de ses mains se fraya un chemin sous mon t-shirt, recouvrant ma poitrine nue, je retins mon souffle, ne comprenant pas comment la chaleur que je ressentais déjà pouvait continuer à s'intensifier. Sa bouche quitta la mienne, rejoignant sa main sur mon sein, avec lequel il joua pendant que sa langue dansait sur ma peau. « Mon Dieu ! »

Il mordit mon mamelon très tendrement puis le prit entre ses lèvres tout en le léchant encore et encore avant de le sucer. « Tu aimes ça ? » demanda-t-il, et je ne pus que gémir en guise de réponse.

Mes mains volèrent pour parcourir ses cheveux noirs et ondulés, savourant ce que je ressentais. « Tes cheveux sont si doux. » Ma voix n'était qu'un murmure.

« Et tu as le goût du paradis », grogna-t-il avant de me soulever et de me porter au salon. Il me coucha sur le canapé et posa son corps sur le mien.

Le poids de son corps sur le mien me donnait un sentiment d'appartenance – comme s'il était à moi maintenant. Comme si je tenais une partie de lui pour toujours – du moins dans ma tête et dans mon cœur.

Il m'embrassa fort alors qu'il abaissait le haut de mon pantalon de pyjama et plaçait sa main dans ma culotte. Un autre halètement m'échappa alors que son doigt glissait dans mon trou vierge. « Putain, tu es tellement serrée, bébé. » Il me sourit. « J'ai hâte de sentir ta chatte serrée autour de ma bite dure. »

Ses mots cochons me firent perdre la tête. *Putain, il est trop sexy !*

Je saisis le bas de son t-shirt, le soulevant pour glisser mes mains sur tout son dos musclé. Son doigt allait et venait en moi et intensifiait mon désir de sentir sa queue en moi.

Il s'éloigna un peu et commença à se déshabiller juste devant moi. Quand il se baissa pour retirer mon bas de pyjama, je l'arrêtai. « Allons dans mon lit, August. Je suis vierge et je vais saigner un peu quand tu vas trouer mon hymen. Si je mets du sang sur le canapé de ma mère, elle va me tuer. »

Me prenant dans ses bras, il m'embrassa une fois de plus, douce-ment, tendrement. « Montre-moi ta chambre alors. »

Il m'emmena dans la chambre dans laquelle j'avais grandi et me coucha sur mon lit. Alors qu'il retirait mes vêtements de nuit, ses lèvres parcouraient chaque centimètre de chair qu'il exposait. La culotte était la dernière chose dont il voulait se débarrasser, puis ses lèvres effleurèrent mon sexe. Le gémissement qui m'échappa alors était profond et guttural. « August... »

Je sentis soudain de l'air chaud effleurer ma chatte alors qu'il soufflait sur moi. Je n'aurais jamais cru que le sexe serait si génial – je ne savais pas que le sexe avec August pourrait être aussi bon, et la seule pensée de savoir que cela ne se produirait plus jamais me faisait mal. Une seule nuit avec cet homme n'était pas suffisante...

« Maman ! » Le son de la voix de mon fils m'arracha à mes souve-nirs. Je devais revenir à la réalité qui se tenait devant moi.

Les yeux noisette d'August scrutèrent les miens. Il était réel et juste devant moi. L'homme que je pensais ne plus jamais revoir se tenait à deux pas de moi.

Par miracle, j'avais une autre chance avec lui.

3

AUGUST

Mon neveu Gino avait quitté le travail mort de faim, nous avions donc décidé de manger avant que je ne le ramène chez lui. Ayant aperçu la voiture de ma sœur dans l'allée, je sortis et entrai dans la maison pour discuter avec elle des évènements de la journée et de ma rencontre avec Tawny.

Ma rencontre avec Tawny et son fils m'avait amené à me poser de nombreuses questions. Je devais absolument en parler à quelqu'un. Leila et moi avons toujours été proches et elle me comprenait mieux que personne.

J'entrais dans la cuisine pour rencontrer le reste de sa progéniture. « Maman, je n'aime pas les spaghettis comme tu les fais cuire », s'était exclamée son aînée, Jeanna.

« Alors, cuisine-les toi-même, Jeanna ! » Leila cria en claquant un paquet monstrueux de pâtes sur le comptoir en granit.

« Salut », dis-je pour que ma sœur me regarde.

Ses yeux parcoururent les enfants qui remplissaient la cuisine avant de se poser sur moi. « Salut, toi. » Elle regarda sa fille aînée alors qu'elle s'approchait du refroidisseur à vin, attrapant une bouteille et deux verres. « Tu t'occupes du dîner ce soir, ma fille chérie.

– Je peux donner un coup de main », cria le plus jeune du groupe, Jacob, âgé de 10 ans, en levant la main, comme s'il était à l'école.

« Super », vint la réponse sarcastique de Jeanna.

Leila passa devant moi, secouant la tête pour me faire signe de la suivre. « Viens, petit frère. »

Quittant la cuisine bruyante, je suivis ma sœur sur le patio à l'arrière. Elle fit sauter le bouchon de liège de la bouteille et remplit son verre à ras bord avant de remplir à moitié le mien.

« C'est tout ? » demandais-je en m'asseyant de l'autre côté de la petite table qui n'avait que deux chaises. Ma sœur avait volontairement mis seulement deux chaises et la petite table sur ce patio afin de dissuader les enfants de la déranger.

« Non, tu conduis donc tu n'auras droit qu'à un demi-verre. » Elle s'assit avec un long soupir puis prit une petite gorgée de son vin. « Oh, c'est délicieux. » Une gorgée copieuse suivit avant qu'elle parut enfin, plus détendue. « Alors, quoi de neuf ?

– Tu te souviens des Matthews de chez vous ? », demandais-je, puis je pris une gorgée de vin à mon tour. Je le trouvais un peu amer. Il semblait que ma sœur pouvait trouver n'importe quel vin délicieux.

« Bien sûr, il y avait les parents et une gamine. Une fille. Euh, Tawny. » Une autre longue gorgée fit descendre son verre de moitié. « Qu'est-ce qu'il leur arrive ?

– Eh bien, j'ai vu Tawny aujourd'hui quand je suis allé chercher Gino à la Cité des Sciences. » Je m'arrêtais pour réfléchir au rôle de Leila dans ma rencontre fortuite avec la jeune femme à laquelle je pensais souvent depuis notre nuit ensemble. « Merci de m'avoir demandé d'aller le chercher, au fait. Si je n'étais pas allé là-bas à cette heure-là, je ne l'aurais jamais vue. Et bon sang, qu'est-ce que j'ai aimé la voir !

– Elle est trop jeune pour toi, Roméo », me dit Leila les sourcils froncés se conduisant toujours comme la sœur plus âgée et plus sage.

« Non, elle ne l'était pas. » Le vin, bien qu'amer, me semblait attrayant et je pris une autre gorgée.

Nan, toujours amer.

Leila leva ses sourcils noirs. « N'était pas ? Tu veux dire elle n'est pas, n'est-ce pas ?

– Elle ne l'était pas et elle ne l'est toujours pas », dis-je pour clarifier. « Écoute, la nuit précédant mon départ pour le camp d'entraînement, il y avait une pleine lune. Je suis sorti pour la regarder parce que je n'arrivais pas à dormir et j'ai trouvé Tawny. Une chose en amenant une autre, j'ai fini par coucher avec elle et la débarrasser de sa virginité. »

Le verre de vin lui tomba presque des mains. Mais ma sœur n'était pas du genre à commettre ce genre de faute et elle arriva à rapidement rattraper son verre avant que la moindre goutte ne puisse en déborder. « Non ! Ce n'était qu'une gamine, August !

– Non, elle avait dix-huit ans et je n'avais que vingt-et-un ans », la corrigeai-je.

« Le jour où tu es parti pour le camp d'entraînement, tu avais vingt-et-un ans, mais trois jours plus tard, tu as eu vingt-deux ans. Tu avais presque quatre ans de plus que cette fille. August, tu devrais avoir honte de toi. » Elle s'arrêta assez longtemps pour prendre un verre avant de continuer. « Et le fait que tu as pris la virginité de cette fille pour la laisser tomber ensuite... eh bien, c'est vraiment merdique comme façon de faire.

– Oui, je sais. » Je levai les yeux au ciel face au soleil qui se couchait – la soirée commençait. « Elle a un fils. Il entre au cours préparatoire. Quel âge a un enfant quand ils sont dans cette classe, Leila ?

– Six », dit-elle sans réfléchir. Elle avait tellement d'enfants qu'elle n'avait même pas besoin de s'arrêter pour réfléchir à cela.

« Six ? », dis-je en pensant à l'âge du gosse. « Tu es sûre qu'ils n'ont pas moins que cela, quatre cinq ans par exemple ? Le garçon était plutôt petit. Je pensais qu'il devait avoir environ quatre ans.

« Les enfants sont petits, August. Mais s'il est en première année, il a six ou sept ans. » Elle vida son verre puis le remplit rapidement.

Si le gamin avait six ans et que Tawny et moi étions ensemble il y a environ sept ans, pourrait-il être... ? « Il y a sept ans, elle et moi avons couché ensemble. Tu penses qu'il pourrait être mon fils ?

– Je ne sais pas. » Leila regarda le vin rouge alors qu'elle le tournait dans son verre. Elle avait une affection particulière pour le raisin fermenté. « Est-ce qu'il te ressemble ?

– Il a les cheveux bruns et les yeux noisette. » Je passais la main dans mes propres boucles brunes en pensant au petit garçon. « Et il est adorable, tout comme moi. » Je lui souris.

Ses sourcils levés. « Sensationnel. Pourquoi ne pas avoir simplement demandé à Tawny s'il était de toi ? »

Était-elle folle ? « Sûrement pas ! Cela aurait été impoli. Et le garçon se tenait là la plupart du temps. »

Ma réponse à sa question absurde me valut un signe de tête. « Tu as raison... surtout avec le gosse qui se tenait juste là. Est-ce qu'elle est mariée ? »

Avec un hochement de tête, je répondis : « Non. »

Les yeux de Leila s'agrandirent alors qu'une pensée devait lui traverser la tête. « Elle sait que tu es devenu milliardaire ?

– Non. » Je lui fis un clin d'œil. « Ce n'est pas une chose que je dis à tout le monde. Imagine un peu ce qu'elle penserait de moi si je laissais échapper cela ? "Oh, content de te revoir, et au fait, je suis devenu très riche, voilà." »

Ma sœur continuait à réfléchir. « Si elle découvrait cette information, penses-tu qu'elle te poursuivrait pour obtenir une pension alimentaire si le gosse était de toi ? »

Comme si donner le fruit de mes reins allait suffire ! « Si ce garçon est de moi, je le soutiendrai avec plaisir. Penses-tu que je devrais l'appeler et lui demander de se joindre à moi pour le dîner ce soir ?

– Pourquoi me demandes-tu ça ? » Elle baissa les yeux alors que le son d'une porte qui s'ouvrait attirait son attention. « Si ce n'est pas important, ça peut attendre. Rentre, Jenna. » Elle n'avait même pas cherché à savoir qui c'était, mais elle l'avait senti d'une manière ou d'une autre. Leila secoua la tête alors que la porte se fermait. « C'est une grande curieuse. À quatorze ans, je pensais qu'elle en aurait fini avec ça. Mais non, toujours à vouloir tout savoir. Jeanna est aussi celle qui aime le plus parler.

– Elle est probablement venue se plaindre de Jeanna parce que tu les as nommées presque de la même façon, et ça la fait chier », propo-sai-je. « Qui fait ça, Leila ? Jeanna ou Jenna - tu étais complètement stone quand tu as nommé ton quatrième enfant ? Où étais-tu simple-ment à court d'idées ?

– La dernière raison. » Elle prit une gorgée. « Et peut-être aussi la première, si je veux être parfaitement honnête. Revenons donc à notre conversation avant l'interruption : je suis bien plus âgée que Tawny, puisque j'ai trois ans de plus que toi. Je ne l'ai jamais vraiment connue. Je ne sais pas si tu devrais l'inviter à dîner ce soir ou pas. Peut-être qu'elle t'en veut encore – si c'était moi je t'en voudrais encore. Que tu sois le père de ce garçon ou non, tu l'as baisée, tu lui as pris sa virginité, puis tu l'as laissée toute seule. Mec, t'as pas été cool.

– Elle n'avait pas du tout l'air de m'en vouloir il y a sept ans, et pas plus que quand je l'ai vue aujourd'hui. Je pense que l'inviter à dîner est une bonne idée, mais elle pourrait avoir besoin d'une baby-sitter. Je pensais que tu pourrais faire du bénévolat. Cela te donnera une chance de voir le gamin qui pourrait bien être ton neveu », dis-je à ma sœur.

En fait, je ne savais pas si le gamin était le mien ou non. Une partie de moi voulait sauter et crier au monde entier que j'étais père. Mais mon côté rationnel m'intimait de rester calme, que l'enfant n'était peut-être pas de moi. Il était plus facile de tout ignorer que de trop réfléchir à cette énigme.

En posant le verre, un sourire illumina son visage. « J'en suis ! Tu sais comment je suis avec les enfants. »

Elle était folle des gosses. « L'un de mes partenaires commerciaux est récemment devenu père. Ce serait vraiment génial si j'en devenais un aussi, n'est-ce pas ? »

Se penchant dans son fauteuil, elle leva les yeux au ciel. « Des choses plus folles sont arrivées, August. Mais tu devrais vraiment réfléchir avant de lui demander de sortir. Si le gosse n'est pas de toi – veux-tu vraiment t'impliquer avec une mère célibataire ? Ce serait cruel pour Tawny de t'impliquer avec elle et son fils alors que tout ce

que tu cherches est une seconde chance de la baiser. Et si c'est ton fils
– elle s'est bien passée de toi pendant six ans ; tu veux vraiment
assumer une telle responsabilité maintenant ? Il est déjà assez difficile de devenir parent quand on a prévu de le faire, sans parler du fait
de devenir papa du jour au lendemain. Et il se passe beaucoup de
choses en ce moment avec l'ouverture de la boîte de nuit qui
approche.

– Peut-être que tu as raison. » Le club était pour la première fois,
passé à la trappe avec l'arrivée imprévue de Tawny dans ma vie. Mes
partenaires et moi étions tous occupés à planifier la grande ouverture
de notre club, Swank. Nous avions prévu la soirée d'ouverture du
réveillon du Nouvel An, dans quelques mois seulement. « Peut-être
que je devrais attendre. Mais Tawny était assez jolie il y a sept ans
lorsque je l'ai vue pour la dernière fois, mais maintenant, elle est
absolument magnifique. Je ne peux pas m'empêcher de penser à elle.

– Mon conseil », dit ma sœur en se levant. « Laisse tomber pour
l'instant. Vois si tu penses toujours à elle dans... disons une semaine.
Même si l'enfant n'est pas de toi, tu devrais penser à ce que cela
voudrait dire de sortir avec une maman. Ce n'est pas toujours facile.
Nous, les mamans, n'amenons pas toujours facilement des hommes
autour de nos enfants. Ce n'est pas toujours la relation la plus facile
lorsque tu dois partager ta femme avec quelqu'un dès le départ. »

Ce qu'elle dit fit son effet dans mon cerveau. « Ouais, je pense que
tu as raison. Je vais attendre une semaine et voir comment je me sens.
Si ce garçon est de moi, je pense qu'elle me le dira quand même,
même si je ne lui ai pas demandé de sortir. Elle le ferait si c'était le
cas n'est-ce pas ? »

Tawny m'aurait dit s'il était de moi, ou du moins elle m'aurait dit
que nous devrions parler, j'en concluais donc que Calum ne pouvait
pas mon fils, peu importe combien il me ressemblait.

Peut-être que Tawny aimait un seul type d'hommes. Ou peut-être
qu'après notre nuit ensemble, je lui avais manqué. Elle aurait pu
sortir et trouver un gars avec la même couleur de cheveux et les
mêmes yeux que moi pour pouvoir prétendre que c'était encore moi.

Et la pauvre fille aurait alors découvert que n'importe quel homme ne pouvait pas la faire jouir comme je l'avais fait, alors elle avait a rompu avec lui.

Je ris devant tant d'arrogance de ma part, mais une partie de moi espérait que c'était le cas. C'était mieux que de penser à l'alternative.

4

TAWNY

Le jour s'était transformé en nuit et August ne m'avait toujours pas appelée. Je savais que c'était stupide de ma part de penser qu'il m'appellerait tout de suite. Il avait l'air d'être un homme occupé – la facture de son costume me disait qu'il devait être le grand patron de quelque chose, quelque part. Il devait probablement juste être très occupé, c'est ce que je préférais me dire.

Après avoir mis Calum au lit, je me servis un verre de vin rouge et me m'installais dans mon lit. En sirotant un verre de vin, j'essayais en vain de lire un livre que j'avais téléchargé sur ma liseuse, mais les scènes romantiques ne m'aidaient pas. Ce qu'August et moi avions fait cette nuit-là était bien plus érotique que tout ce que l'écrivain avait écrit dans son livre.

Reposant mon Kindle sur la table de chevet, je m'allongeais, fermais les yeux et retrouvais le souvenir de cette nuit-là, là où je m'étais arrêtée lorsque Calum m'avait distrait à la Cité des Sciences...

August m'avait déshabillée et il était glorieusement nu aussi. Il m'avait emmenée dans mon lit et sa bouche s'était attachée à mon sexe brûlant : il l'embrassait, le mordillait et me léchait, m'emportant vers une extase que j'ignorais jusqu'alors.

J'avais déjà eu quelques orgasmes auparavant, et ils avaient été très agréables, mais ce qu'August m'avait fait était hors du commun. Sa langue entrait en moi, me faisant haleter avec la pression étrange que cela me donnait. « August ! »

Il ne voulait pas arrêter ; il continuait à pousser sa langue en moi, me baisant avec elle. La façon dont ses mains agrippaient mes hanches, me maintenant immobile alors qu'il faisait ce qui lui plaisait, me faisait hurler d'extase lorsque sa stimulation orale me fit littéralement exploser.

Tout mon corps palpitait au rythme de l'orgasme. Je n'avais jamais rien ressenti de tel auparavant. Et puis August continua d'embrasser mon corps, s'arrêtant pour passer sa langue autour de mon nombril plusieurs fois. Il attrapa chaque mamelon en le mordillant et en le suçant avant de revenir vers mon visage et de m'embrasser d'un baiser puissant et ardent. « Prête ? » Demanda-t-il lorsqu'il retira sa bouche de la mienne.

Je cherchais ses yeux alors que je me mordais la lèvre inférieure. « Fais-le. Prends ma virginité, August Harlow. »

Il se laissa tomber sur moi, laissant son poids me porter sur le matelas. Sa bouche reprit la mienne alors qu'il plaçait ses mains derrière chacun de mes genoux, les soulevant pour que mes pieds touchent le matelas. Avant que je ne puisse vraiment comprendre ce qui se passait, une sensation de brûlure me fit gémir alors qu'il enfonçait sa queue en moi.

« August ! » Dis-je en criant de douleur.

« Chut, bébé. Tout ira bien. » Il resta parfaitement immobile, laissant la douleur s'atténuer. Quand mes halètements se firent moins désespérés, il retira sa queue presque complètement, puis la poussa à l'intérieur de nouveau. Et cette fois, ça ne fit pas aussi mal.

Même si la douleur était là, il y avait autre chose, le plaisir.

Ses mains se déplaçaient de haut en bas sur mes bras alors qu'il commença à bouger avec douceur et détermination au fond de moi. Des lèvres douces me parcoururent le cou, puis allèrent plus loin, s'arrêtant juste derrière mon oreille droite. Il la mordit, la lécha et la suça jusqu'à ce que mon corps tremble sous l'orgasme.

« August ! » criais-je encore et encore alors que l'orgasme me secouait profondément.

Si quelqu'un m'avait dit que le sexe pouvait être si extraordinaire, je ne l'aurais pas cru. Rien ne semblait réel à ce moment précis. Les sensations qui parcouraient mon corps étaient trop grandes, trop fantastiques. Ça devait être un rêve. Ça devait en être un !

Le voisin super sexy ne m'avait pas vraiment draguée alors que j'étais assise dehors au milieu de la nuit. Il n'avait jamais vraiment prêté attention à moi, de toute façon, alors pourquoi maintenant ?

« Bébé, tu m'as offert le meilleur cadeau avant mon départ. » Ses lèvres étaient de retour sur les miennes, sa langue se faufilant à l'intérieur, me coupant le souffle.

C'est vrai. Il me quitterait bientôt. L'état onirique s'estompa au fur et à mesure que la réalité s'installait. Je venais de donner ma virginité à un homme qui ne pouvait pas être avec moi. Un militaire qui aurait des missions dangereuses à vivre. Un militaire qui pourrait ne jamais revenir.

Et avec ces pensées, je me transformais en une fille sexy et insatiable – j'avais besoin de plus. « Oh, bébé. Je ne savais pas à quel point ce serait bien. Tu m'as offert un sacré cadeau de départ, aussi. » Je cambrais mon corps pour lui faire savoir que je voulais plus.

Le sourire qu'il me fit explosa mon cœur à l'infini. « Oh, Tawny Matthews, tu es extraordinaire.

– Je veux que tu me fasses des choses que jamais tu n'as faites. Montre-moi des choses auxquelles je n'avais jamais pensé avant. Baise-moi toute la nuit. Laisse-moi brûler de souvenirs que je garderai avec moi pour le restant de mes jours – des souvenirs de la nuit où August Harlow était entre mes jambes. » Ma main passa à l'arrière de son cou et je le tirai pour l'embrasser plus fort.

Déplaçant sa queue à l'intérieur de moi à nouveau, il enfonça plus fort que jamais alors qu'il tirait mes jambes pour qu'elles s'enroulent autour de lui. Il jouit en moi avec un gémissement puissant et la chaleur humide de son sperme qui me remplissait poussa mon corps vers un autre orgasme.

Haletant comme des animaux sauvages, il nous fallut quelques minutes pour reprendre notre souffle. Sa queue était toujours en moi ; je ne m'étais jamais senti plus connectée à une autre personne qu'à ce moment-là. La sensation de sa bite, qui n'était plus aussi dure, à l'intérieur de moi était agréable. Les parois de mon vagin étaient brûlantes, après avoir été étirées pour pouvoir s'ajuster à la grosseur et la longueur de son membre.

Notre respiration devint plus douce et il retira sa tête de mon épaule pour me regarder. « Hé, ma belle. » Ses lèvres se posèrent sur mon front. « Au moins, tu ne devras plus jamais passer par là. À partir de maintenant, tu ne ressentiras que du plaisir. » Il commença à bouger sa queue à l'intérieur de moi et je pouvais le sentir se gonfler à nouveau. « Ce serait égoïste de ma part de te demander de ne pas laisser un autre homme te toucher, étant donné que je m'en vais, n'est-ce pas ? »

Clignant des yeux, je ne comprenais pas vraiment ce qu'il disait. Voulait-il de moi ? Pour une relation à long terme ?

« August, si tu n'étais pas obligé d'y aller, est-ce que toi et moi... » Je ne savais pas comment prononcer ces mots et fermai les yeux de frustration.

« Je voudrais être avec toi si je n'avais pas à y aller. » Il m'embrassa sur la joue. « Toi et moi serions ensemble si je pouvais rester. Je t'emmènerais à des rencards et dans des motels bon marché où nous ferions l'amour comme des lapins – si je n'étais pas obligé de partir. Bon Dieu, un jour, nous aurions peut-être même été mariés et nous aurions une maison remplie de bébés.

– Si tu n'étais pas obligé d'y aller », dis-je en finissant sa pensée.

« Mais je dois y aller. » Il commença à faire pleuvoir de doux baisers sur mon visage alors que sa queue devenait encore plus dure et qu'il reprenait un mouvement de va-et-vient.

Il avait raison sur le fait que la douleur était une chose du passé, car maintenant sa circonférence ne faisait que m'exciter. La façon dont il se déplaçait au-dessus de moi me faisait gémir et émettre des sons étranges qui ressemblaient à des miaulements que je n'avais jamais émis auparavant. « Je ne donnerai jamais ce que je te donne à un autre homme. Jamais. Je suis à toi, August Harlow. Seulement à toi. Prends cette promesse avec toi, August. »

Le sourire qui s'étendit sur son beau visage me laissa sans voix. « Et je suis à toi, Tawny Matthews et pour toujours. » Ses lèvres se pressèrent contre les miennes, scellant ainsi notre petit faux pacte.

Nous savions tous les deux que ce n'était pas réel. Je savais qu'il aurait couché avec d'autres femmes. Mais mes mots étaient réels – je les pensais à l'époque. J'étais à lui. Uniquement à lui. Je ne pouvais absolument pas imaginer avoir des relations sexuelles avec un autre homme à ce moment-là ni en faire autant avec quelqu'un d'autre.

Cette nuit-là, August m'avait pris de tellement de manières que cela était resté gravé en moi. Il m'avait laissé tellement de souvenirs que j'en avais assez pour toute une vie. Nous avions fait l'amour sous la douche, par terre dans le couloir – il était vraiment insatiable...

Avec tous les souvenirs qui m'inondaient l'esprit, j'ouvris les yeux, ressentant le besoin de me faire du bien. En ouvrant le tiroir de la table de chevet, je venais juste d'atteindre mon vibromasseur quand on frappa à ma porte.

Pendant un très bref moment, je crus que c'était peut-être August. Puis une petite voix cria : « Maman, j'ai peur. Je peux dormir avec toi ? »

Ah, la réalité me frappa de nouveau. *Pas de masturbation ce soir Tawny.*

5

AUGUST

près une vidéoconférence avec mes partenaires au sujet de la discothèque, je sortis de la salle de conférence pour me rendre à mon bureau.

Je m'étais installé dans des bureaux pour pouvoir recevoir et m'occuper de certaines œuvres de charité qui me tenaient particulièrement à cœur et auxquelles je donnais régulièrement. Entre moi-même et un autre membre du personnel, je n'avais besoin que de trois salles : mon bureau, celui de Tammy et la salle de conférence. Le bureau de Tammy servait aussi de salle de réception.

« Tammy, vous pouvez partir après le déjeuner aujourd'hui puisque c'est vendredi », lui dis-je alors que je passais devant son bureau.

« Merci, monsieur », me cria-t-elle. La pauvre vieille chose était malentendante, mais elle était experte en recherche et elle m'avait aidé à choisir les meilleurs organismes de bienfaisance.

En prenant place à mon bureau, j'ai regardé la date sur le grand calendrier. Cela faisait une bonne semaine, sept jours entiers depuis que j'avais vu Tawny. Elle avait pris une place permanente dans mon esprit et je ne pouvais m'empêcher de penser à elle tout le temps.

Je décidai donc d'appeler ma sœur. « Salut, August.

– Bonjour ma grande sœur chérie. » Je tapotais un crayon sur le bureau. « Cela fait donc une semaine et Tawny Matthews est toujours dans mes pensées. Ceci étant dit, peux-tu garder les enfants ce soir ?

– Oui je peux », dit-elle, puis elle fit une pause. « Mais, August, j'ai réfléchi, à la situation.

– Quelle situation ? » Je pivotai ma chaise et regardai par la fenêtre. Le ciel était d'un bleu clair, me disant qu'ils avaient finalement éteint les feux de Big Bear.

« À propos de ton, euh,... Je suppose que tu appelles ça un problème. » Elle s'arrêta et je serai les dents.

« Qu'en est-il ? » Ma main se posa sur ma tête, je me massais les tempes alors que la tension commençait à monter.

« Eh bien, tu en as parlé à ton thérapeute ? Tu sais que tu n'as pas rencontré de femmes depuis la fin de ton service. Tu ne tiendras peut-être pas ce niveau de pression. » Je savais qu'elle pensait bien faire, mais elle n'avait cependant pas bien saisi la situation. « J'ai rencontré des tas de femmes depuis mon retour, Leila », lui dis-je.

« Mais tu n'as pas eu de rendez-vous », tenta-t-elle de me corriger. « Tu as écumé des bars ou tu as rencontré des femmes avec qui tu as eu des aventures sans lendemain, mais tu n'as pas essayé d'avoir une relation avec qui que ce soit. Et tu as déjà fait un numéro à Tawny auparavant, tu as couché avec elle, et ensuite tu l'as quittée.

– Comme si j'avais le choix, Leila », la voix remplie d'agacement. « Tawny savait que j'allais m'en aller.

– À l'époque, c'était différent. Aujourd'hui, elle en voudra plus si vous sortez ensemble. Elle attendra plus cette fois-ci. Tu dois savoir cela. Et je ne suis pas sûre que tu puisses répondre à ses attentes », me dit ma sœur avec douceur, me rappelant mes problèmes.

« Je n'ai eu que trois épisodes au cours des quatre derniers mois. C'est un progrès, j'en avais un tous les jours quand je suis rentré. » En me levant, je me dirigeais vers la fenêtre pour regarder à l'extérieur alors que j'essayais de me retenir.

« Tu n'es en thérapie que depuis un an, August. Donne-toi plus de temps. Ne te force pas à en faire trop, trop tôt. Une relation demande du travail. »

Je me sentis obligé de la couper : « Leila, une relation, vraiment ? Je parle de sortir un soir pour dîner, pas de lui demander de me m'épouser. »

Elle eut un petit rire. « Ok, peut-être que je prends de l'avance. Je vis dans le futur, tu le sais. Mais il faut toujours penser à l'avenir. Sortir avec elle sera différent, ce n'est pas comme rencontrer une fille dans un club, August. Ce n'est pas non plus comme les filles que tu baisais quand tu étais dans les Marines. Un rendez-vous en amène un autre et un autre encore, et après il y a passer du temps ensemble, sans rien faire de particulier. Et puis, il y a son enfant à prendre en considération.

– Pourquoi ? » lui demandais-je. Sa remarque n'avait pas de sens pour moi.

« Les enfants font des bruits imprévisibles. Et les bruits imprévisibles sont un élément déclencheur chez toi », dit-elle dit. « Appelle simplement ton thérapeute avant de l'emmener dîner. Vois ce qu'il pense.

– Putain ! » Elle avait raison. Je devais penser à l'avenir. « Je vais l'appeler maintenant. Au revoir.

– Je t'aime, petit frère. » Elle raccrocha et je battis le mur du poing. *Pourquoi est-ce que je ne pouvais pas être normal ?*

M'asseyant de nouveau à mon bureau, je composai le numéro de mon thérapeute. Sa secrétaire me donna le numéro de son portable puisqu'il n'était pas au bureau. « Docteur Schmidt j'écoute.

– Salut, Doc, August au téléphone. » Ma tête se mit à battre la chamade, j'avais la bouche sèche.

« August, comment allez-vous ? » Sa voix se brisa. L'âge avait eu des conséquences sur l'ancien thérapeute, qui était spécialisé dans l'aide aux anciens militaires qui faisaient face au SSPT. Le médecin avait servi au Vietnam et ne connaissait que trop bien les dangers de la guerre et leurs conséquences.

Mais même le Dr Schmidt n'avait pas vu le genre de choses que les gens qui avaient servi dans cette guerre avaient vues. Mais, moi, oui. Tout ce que j'avais vécu pendant mon déploiement continuait d'encombrer mon esprit, me faisant voir des choses qui n'étaient pas là, des personnes qui n'étaient plus là, mais qui surgissaient quand même dans ma tête.

« Je vais bien. J'appelle parce qu'une femme de mon passé a déménagé en ville. Je l'ai vue la semaine dernière et j'aimerais l'emmener dîner. Elle était ma voisine dans la petite ville dans laquelle nous avons grandi. Elle a aussi un jeune fils. Je pense qu'il est peut-être de moi », dis-je en souriant à cette pensée.

Je pourrais avoir un fils.

« La jeune femme ne sait pas qui est le père ? » demanda-t-il avec inquiétude.

« Je ne pense pas. Je veux dire, je ne sais pas. Nous n'avons pas beaucoup parlé. Je l'ai croisée à la Cité des Sciences ; elle y était avec son fils, qui était en sortie scolaire. Elle était pressée, mais je lui ai dit que je voudrais la revoir et elle a accepté.

– Oh, je ne pense pas que vous soyez prêt pour une relation, August », m'interrompit-il. « Vous vous en sortez bien, mais cela pourrait vous ajouter trop de stress. Je vous avais déjà averti que vos relations commerciales étaient trop pour vous et, heureusement, à ce niveau-là, tout s'est bien passé. Mais une femme et un enfant ? J'ai peur de ce qui pourrait arriver. Une femme adulte pourrait peut-être gérer l'un de vos épisodes, mais un enfant... eh bien, vous l'effrayeriez. »

Lui aussi pensait que je n'étais pas prêt. Mais pourquoi tout le monde continuait-il à dire des conneries à propos d'une relation ? C'est juste un foutu rendez-vous ! « D'accord, une relation est impossible pour moi en ce moment. Mais que diriez-vous d'un rendez-vous, Doc ?

– Vous avez connu cette femme quand vous étiez plus jeune. Vous pensez que vous pourriez être le père de son enfant, et vous pensez que vous vous en tirerez avec un seul rendez-vous ? » me dit-il durement. « Il ne s'agit pas d'un seul rendez-vous et vous le savez, sinon vous ne m'auriez pas appelé. Il s'agit de s'engager avec deux personnes, elle et son fils. Et c'est une chose pour laquelle vous n'êtes pas prêt. Peut-être que si vous preniez l'un des médicaments que je vous ai prescrits, vous seriez prêt pour quelque chose de ce genre. Vous refusez cependant de les prendre pour aider votre condition.

– Je n'ai pas aimé la façon dont je me sentais après les avoir pris. Je n'aime pas être engourdi dans la vie, Doc. Et la thérapie fonctionne très bien pour moi. Si vous vous en souvenez bien, je n'ai eu que trois épisodes au cours des quatre derniers mois. Je vais beaucoup mieux. » Quelqu'un, à part moi, devait admettre que j'arrivais allègrement à battre ce SSPT sans prendre de pilule.

« Attendez après notre rendez-vous habituel pour demander à cette jeune femme de sortir. C'est mon opinion. Je vous le rappellerai. Au revoir, August, à jeudi prochain. »

L'appel terminé, les ordres de mon médecin étant donnés, je posai mon téléphone et baissais la tête.

Si je pouvais changer le passé, je m'assurerais de ne pas perdre mon pistolet Glock lors de ce raid cette nuit-là. Si je ne l'avais pas perdu, je n'en aurais jamais reçu un nouveau. Un défectueux. Il ne se serait pas enrayé, et aucun de mes bons amis et compagnons des Marines n'aurait perdu la vie. Pour finir, je n'aurais pas souffert de cette merde de stress post-traumatique – ou du moins, pas avec cette magnitude.

John Black, mon ami et frère d'armes, était la raison pour laquelle j'avais reçu les millions de dollars que j'avais ensuite convertis en milliards. J'avais eu gain de cause dans une action en justice contre le fabricant de l'arme qui avait tué John et avais versé le paiement à une société d'investissement appartenant à mon partenaire actuel, Gannon Forester. Gannon avait pris l'argent et l'avait investi dans les mêmes fonds qui l'avaient rendu milliardaire.

Tout ce que je voulais, c'était de garder le nom de John Black en vie. J'avais peut-être tué cet homme accidentellement, mais par la grâce de Dieu, j'avais pu faire de généreux dons à des œuvres de bienfaisance du monde entier, en aidant des personnes en son nom.

J'avais atteint mon objectif à cet égard, mais je n'avais pas encore atteint l'objectif de pouvoir mener une vie normale en tant que civil – réussir à ne plus être torturé par ce qui s'était passé en ce jour terrible. Les épisodes sortaient toujours de nulle part ; je vivais ma vie comme d'habitude, et soudainement je voyais John clair comme le jour. Mon cœur battait la chamade, pensant la même chose à chaque fois : il est vivant !

Je souriais à l'homme qui avait une santé de cheval, comme il l'avait toujours eue. Je l'appellais, et alors quelque chose flashait et le son d'une balle qui déchirait l'air me brûlait la tête. Le visage de John se déformait, puis il était touché à la tête par la balle sortie toute seule de mon Glock.

Le sang coulait autour de lui alors qu'il était étendu sur le sol, ses yeux bleus toujours ouverts, me regardant, demandant silencieusement ce que je lui avais fait. Et c'était là que je commençais à crier. Encore et encore, je criais son nom, criais jusqu'à ce que quelqu'un réussisse à me ramener à la réalité.

Je ne souhaitais cette vie à personne. La seule chose que je voulais vraiment, c'était que ça s'arrête...

John Black ne pouvait pas revenir à la vie. L'argent que j'avais gagné pouvait aider les autres. Je m'étais assuré que certains aspects positifs puissent résulter de ce terrible moment. Mais mon cerveau refusait de l'oublier. Il voulait garder cet horrible moment en mémoire dans une cage en acier. Et c'était au moment où je m'y attendais le moins que la cage s'ouvrait, rejouant la scène pour que je puisse à nouveau en profiter dans son intégralité.

Quand la douleur cesserait-elle ?

6

TAWNY

Une semaine était passée sans aucun appel d'August. Peut-être avait-il été trop occupé ou trop impliqué avec quelqu'un d'autre pour appeler. Je ne savais pas, mais je savais une chose à coup sûr : je ne voulais pas, de toute façon, être un fardeau pour cet homme, surtout après ce qu'il avait dû vivre en servant son pays.

S'il ne voulait pas me voir, alors tant pis. J'avais déjà fait face à des scénarios pires auparavant. Je m'étais faite à l'idée que je ne le reverrai jamais, que je ne poserai plus jamais mes yeux sur lui, ou qu'il ne reviendrait jamais vivant. Je pouvais apprendre à gérer le fait que nous vivions dans la même ville et qu'il le savait, mais il ne voulait tout simplement pas de moi.

Cette nuit-là, nous avions partagé des choses, et nous étions faits des serments complètement fous, c'était un rêve. Nos émotions étaient exacerbées et nous vivions tous les deux un rêve, effrayés par l'avenir. Rien de tout cela n'était réel. Du moins pas pour lui.

Le fait est que j'avais eu l'impression d'appartenir à August Harlow pendant longtemps. Un gros morceau de mon cœur était devenu sien avec notre premier contact. Je ne dirais pas que je l'avais attendu après son départ – pas exactement –, mais une partie de moi avait changé cette nuit-là. Il avait hanté mes rêves pendant des années, et même ces dernières années, il y faisait des apparitions furtives de temps en temps.

Pire encore, depuis que je l'avais revu, je ne pensais qu'a lui, à l'odeur de ses cheveux et de ce que je ressentirais si je pouvais y passer à nouveau la main, à son corps, et a ce à quoi il ressemblait maintenant, nu.

Je parie qu'il était tatoué maintenant.

Quels types de tatouages pourraient couvrir sa peau bronzée ? Qu'avait-il de nouveau et d'intéressant à me montrer ? Avions-nous toujours cette alchimie entre nous, la passion qu'il y avait entre nous, il y a sept ans, était-elle encore là ?

Je ne voulais rien d'autre que d'obtenir des réponses à toutes ces questions et aux nombreuses autres qui me remplissaient l'esprit. Mais cela ne risquait pas d'arriver, car, pour une raison quelconque, August avait choisi de ne pas m'appeler. Il avait choisi de ne pas m'inviter à sortir, comme il l'avait dit à la Cité des Sciences. Il avait choisi de m'ignorer.

Et j'allais le laisser faire. Parce qu'il ne me devait rien.

Après avoir déposé Calum à l'école, je décidai d'aller faire un peu de lèche-vitrine. Je ne pouvais pas me permettre d'acheter quelque chose sur Rodeo Drive, mais cela ne m'empêcherait pas de marcher sur les trottoirs pour regarder toutes les choses branchées et très à la mode, affichées dans les nombreuses vitrines.

Une jolie robe rouge attira mon attention. Être rousse, dont la couleur préférée était également le rouge, s'avérait une tâche difficile. La mauvaise teinte de rouge était terrible sur moi, mais il y avait une poignée d'articles rouges dans ma garde-robe qui faisaient très bien leur travail. La robe qui avait attiré mon attention avait un motif que j'aimais beaucoup, mais la nuance n'était pas pour moi.

L'étiquette de prix apparaissait sous la manche et j'y ai vu un numéro à quatre chiffres. En sifflant, je m'éloignais, sachant qu'il n'y avait absolument aucune raison de continuer à regarder cette robe si chère. Je ne pouvais pas me permettre de me l'acheter, même dans mes rêves les plus fous.

Mais je jetais en arrière un regard envieux, une seconde, avant de buter contre quelqu'un la tête la première. « Merde ! Pardon. »

« Hey ! » dit une voix masculine surprise, que je reconnus instantanément.

« August ! » Cette fois encore, je combattis l'envie de lui sauter dans les bras, je fus vraiment heureuse de le sentir me prendre dans ses bras pour un câlin. Une fois encore, mes pieds quittèrent le sol alors qu'il me soulevait, me serrant très fort.

Mes bras s'enroulèrent autour de son cou et lorsque ses lèvres rencontrèrent ma joue, un brasier intérieur fit éruption.

Merde, je suis facile !

En me reposant, il me regarda dans les yeux. « Tawny, je suis désolé de ne pas avoir appelé. »

Même si je voulais lui demander pourquoi il n'avait pas appelé, je lui fis un signe pour lui faire comprendre que cela n'avait pas d'importance. « Non, ça va. Je suis sûre que tu as été occupé. Ou peut-être que tu ne voulais tout simplement pas m'appeler. Ce n'est pas comme si tu me devais quelque chose. Je comprends. »

« Non, ce n'est pas ça. » Il regarda autour de lui puis me prit par la main, me tirant avec lui. « Allons prendre un café et discuter. »

Il m'entraîna dans un café, le très branché 208 Rodéo Beverly Hills, où il commanda deux cappuccinos, puis nous nous assîmes à une table à l'extérieur.

« August, tu n'as pas à te sentir mal ni à essayer de m'expliquer quoi que ce soit », dis-je avant de souffler au-dessus de ma tasse fumante.

« Mais je le veux. » Il prit ma tasse et la posa avant de me prendre la main et de la tenir sur la table. « Je me suis retenu seulement à cause de mon problème.

– Problème, dis-je ? » J'étais étonnée de ce qu'il disait. Je ne pouvais rien déceler de mal avec cet homme.

Ses yeux s'embuèrent et son comportement changea. « Je souffre du SSPT. Je ne parle pas de cela avec beaucoup de gens, mais je veux que tu comprennes. Lorsque j'étais dans l'armée, une arme à feu s'est enraillée et j'ai accidentellement tiré et tué l'un de mes camarades

Marines. C'était un de mes meilleurs amis. Cet évènement m'a complètement retourné le cerveau, ça et ce que j'ai vu pendant mes missions. »

Mon cœur s'arrêta. Il avait vécu tellement plus de choses que je ne l'aurais jamais cru en servant notre pays. « Oh, mon Dieu ! Je suis tellement désolée, August. »

Il me serra la main. « Merci Tawny. C'est arrivé il y a quelques années et je suis en thérapie. Je ne suis pas violent, ou quoi que ce soit du genre, mais parfois j'entre dans un état qui... ça peut être assez effrayant pour les gens autour de moi.

– Je suis infirmière, August. Je suis habituée à aider les gens à gérer de telles choses. »

Il rit en lâchant ma main, seulement pour passer ses doigts sur son cou, faisant tournoyer des papillons dans mon ventre. « Je n'y avais pas pensé, Tawny. Je suppose que tu serais en mesure de faire face, si un épisode m'arrivait. »

Je hochai la tête, sachant que j'avais géré beaucoup de situations difficiles. Je pouvais absolument gérer tout ce qui se passait. « Alors, quoi d'autre t'empêche de m'emmener dîner ? Mon fils peut-être ?

– Non, juste ma condition. Je n'ai aucune aversion pour les enfants si c'est ce que tu penses. » Un clin d'œil me dit que c'était vrai.

Aversion pour les enfants ou non, je n'étais pas le genre de mère qui permettait à des hommes étranges d'approcher son enfant. Mais il y avait un homme avec lequel je laisserais Calum – si cet homme le voulait et quand le moment serait venu. « Ça fait plaisir à entendre. Cela dit, je suis pointilleuse sur les hommes que je laisse approcher de mon fils. Je ne pense pas que ce soit sain pour un enfant. »

Il ne sembla pas rebuté par mes mots et me fit même un sourire. « Je pense que c'est le signe que tu es une très bonne mère. Donc, j'ai-merais beaucoup t'emmener dîner, mais sans ton fils, cela ne te dérange pas ? »

Je secouai la tête. « Alors, ce sera juste toi et moi, peu importe le moment que tu choisiras, August. »

Il détourna les yeux et me regarda alors qu'il semblait réfléchir à

ce que je venais de dire. « Je peux gérer ça. Pour l'instant. » Il me prit
encore la main et la serra un peu. « J'ai beaucoup pensé à toi pendant
mon absence. Ton cadeau de départ est une chose que je chérissais.
Je le fais encore. C'était le plus beau cadeau que j'ai jamais eu. »

Mes joues s'embrasèrent et j'eus soudain le désir de lui en dire
plus, mais je réussis à me retenir. « Ah, vraiment ? » Il lui suffisait de si
peu pour enflammer mes sens. J'étais étonnée de me rendre compte à
quel point, il pouvait m'affecter. Personne d'autre n'avait jamais réussi
à me faire cet effet – et August y parvenait sans même essayer.

Il acquiesça. « Je n'ai pas cessé de penser à cette nuit-le depuis que
nous nous sommes vus, il y a dix jours.

– Tu as compté ? » demandai-je avec surprise et un petit sourire.
Je pensais qu'il n'avait pas du tout pensé à moi.

« Oui. J'allais t'appeler et t'emmener dîner le soir même, mais ma
sœur m'en a dissuadé. Elle m'a demandé d'attendre une semaine et
de voir si tu hantais toujours mon esprit après cela, et c'était le cas.
Ensuite, j'ai appelé mon thérapeute, et il m'a dit que je devrais
attendre un peu plus longtemps avant de me replonger dans la vie de
quiconque. »

Je ris. « Ce n'est qu'un simple rendez-vous !

– Je sais. » Il sourit sensuellement et leva ma main pour l'embrasser. Ce simple baiser fit monter une chaleur humide à l'intérieur de
moi. « Mais je pense à au moins un endroit dans lequel je voudrais
m'insérer. »

J'avais les joues chaudes et tout mon corps rougit. « August !

– Tu m'as manqué, Tawny. Tu as toujours tenu une place dans
mon esprit et même dans mon cœur. » Ses mots ne firent que m'affecter davantage. J'avais toujours cru qu'il n'avait pas dû beaucoup
penser à moi. Je supposais qu'il avait autre chose en tête, avec tout ce
qu'il avait à faire.

« Nous nous connaissions à peine. Il ne semble pas possible
qu'une nuit de sexe... – Nous avons fait l'amour », corrigea-t-il, puis il
commença à embrasser chacun de mes doigts.

*Que Dieu me garde... Cet homme allait me faire avoir un orgasme ici et
là en me touchant à peine !*

« D'accord. Quoi qu'il en soit, il ne semblait pas possible de former un lien aussi rapidement. Non pas que nous ayons eu un vrai lien, tu comprends ce que je veux dire. Tu m'as manqué aussi. J'ai beaucoup pensé à toi aussi. Encore plus une fois que nous nous sommes rencontrés après tant d'années. » Je retins mon souffle alors qu'il me fixait des yeux.

Ces yeux noisette prirent une intensité qui me fit me tortiller sur mon siège. « Sept très longues années. Et maintenant que je suis assis là, devant toi, je sais que j'en veux plus. J'emmerde mon thérapeute. J'ai oublié de lui dire que tu es une infirmière hautement qualifiée et que tu es plus que capable de gérer la situation, si un épisode se produit. Alors que penses-tu de ce soir ? Veux-tu sortir avec moi ?

– J'adorerais. » Mais la réalité me frappa et je gémis pitoyablement. « Je dois trouver une baby-sitter. Merde.

– Ma sœur aimerait garder Calum si cela te convient », répondit rapidement mon interlocuteur.

« Vraiment ? » Mon cœur fit un bond en sachant qu'il se souvenait du nom de mon fils.

Avec un signe de tête, il répondit : « Je sais qu'elle le ferait. Elle a six enfants. Ils sont tous plus âgés maintenant ça lui manque de s'occuper de jeunes enfants. »

Je me souvenais de sa sœur. C'était déjà une jeune femme terre-à-terre à l'époque ; je parie qu'elle serait encore plus sereine maintenant. Et avec ses six enfants, elle devait savoir comment se débrouiller. « Bien, si ça ne la dérange pas, alors je suppose que nous allons finalement l'avoir ce rendez-vous.

– Ravi de te l'entendre dire. »

Je me demandais cependant, combien de temps il allait mous falloir pour nous retrouver ensemble dans le lit. Je nous donnais une demi-heure, max.

7

AUGUST

J'avais envoyé mon chauffeur chercher Tawny et son fils pour les emmener chez ma sœur, comprenant le désir de Tawny de garder les hommes qu'elle fréquentait loin de Calum. Mon chauffeur avait ensuite ramené Tawny chez elle pour qu'elle puisse se préparer pour notre rendez-vous. Je n'en pouvais plus d'attendre.

Je nous avais trouvé une table dans un restaurant pour lequel il fallait habituellement réserver trois mois à l'avance. L'argent est un vrai laissez-passer dans cette ville et lorsque j'avais proposé de faire un don très généreux à l'organisme de bienfaisance préféré du chef, il s'était empressé de me donner une table dans son établissement aux places limitées.

J'avais bien l'intention que Tawny passe un très bon moment, un meilleur moment que quiconque pourrait lui offrir.

Ce que ma sœur m'avait dit plus tôt avait fait son chemin dans mon esprit. J'avais pris la virginité de Tawny et je ne lui ai rien donné en retour. Bien sûr, nous avions tous les deux passé un moment formidable et notre nuit lui avait laissé d'excellents souvenirs, mais je ne lui avais rien donné d'autre.

Nous avions échangé quelques promesses cette nuit-là, des

promesses dangereusement proches de la fidélité. Bien sûr, je lui avais dit n'importe quoi, comme le font parfois les hommes. Je me souviens de lui avoir dit que si je n'avais pas dû la quitter, elle aurait été l'amour de ma vie. Sur le coup, je l'avais vraiment pensé. Pourtant, à mon retour, je n'avais même pas essayé de la retrouver.

Mes parents avaient déménagé peu de temps après mon départ pour l'armée. Je ne savais pas si Tawny ou sa famille vivaient encore dans la maison voisine de l'ancienne demeure de mes parents. Mais j'aurais pu appeler ou même faire un tour en voiture dans notre vieux quartier pour le savoir. Le fait était que je n'avais même pas essayé. Et cela me semblait étrange, car Tawny avait fait partie de beaucoup de mes rêves et fantasmes au cours des années – avant et après le sexe. Mais la vie n'avait tout simplement pas décidé que nous croiserions de nouveau – jusqu'à ce jour à la Cité des Sciences. Et encore une fois sur Rodeo Drive.

Les planètes semblaient s'être alignées, et nous jetaient dans les bras l'un de l'autre maintenant. Qui étais-je pour combattre des forces invisibles ?

J'avais bien sûr mis ma sœur au courant pour le rendez-vous, car elle devait garder les enfants. Elle semblait comprendre pourquoi je m'étais opposé au conseil de mon thérapeute, mais elle m'avait demandé de bien raconter à Tawny ce qui m'arrivait durant mes épisodes. Et elle m'avait recommandé d'appeler mon thérapeute pour lui dire ce que j'allais faire.

Cette conversation était un peu plus tendue que je ne l'aurais voulu. Le docteur Schmidt était particulièrement préoccupé par Calum. Même si je l'avais assuré que le garçon ne serait pas près de moi, il me dit qu'il le serait peut-être un jour, et cela l'inquiétait.

Sa préoccupation pour le bien-être de Calum était sans fondement à mon avis. Tawny ne m'avait pas dit que le garçon était de moi, alors je n'avais absolument aucune raison de le connaître. Je pourrais voir Tawny sans que le garçon ne soit impliqué.

Cela pouvait sembler insensé pour certains, mais Tawny et moi avions des choses inachevées à régler. Une nuit avec elle n'avait jamais été assez pour moi. J'avais plus d'une fois baisé des femmes au cours des sept dernières années en pensant à Tawny. J'avais besoin de sentir à nouveau son corps sous le mien. J'en avais envie très souvent. Surtout depuis notre dernière rencontre.

Mon chauffeur s'était arrêté devant son appartement et je me dirigeai vers sa porte pour la chercher. Après seulement un coup, elle ouvrit la porte et j'eus une vision de la perfection. Je sentis les bras m'en tomber.

« Tu... » Je la regardais de haut en bas, et ma respiration s'arrêta quand je croisais son regard. Ses longues boucles rouges avaient été apprivoisées en une chevelure soyeuse et droite. Les cheveux de Tawny n'étaient pas cuivrés, mais plutôt du côté auburn, avec des mèches de cuivre partout qui les faisaient briller. Ses yeux verts chatoyaient, son maquillage parfaitement appliqué pour les accentuer. Je me demandais si je trouvais ses cheveux ou ses yeux plus attrayants. « Tu es superbe. »

Sa robe verte lui effleurait le dessus des genoux, flattant ses courbes voluptueuses. Son décolleté plongeant exposait ses seins généreux de manière audacieuse, sexy et absolument fascinante. Je rêvais de regarder, que dis-je, sucer ces bébés toute la nuit.

Doux Jésus, j'espérais qu'elle me laisserait la baiser !

Des images de son joli cul à l'arrière de ma voiture avaient déjà commencé à remplir mon esprit. Tawny à genoux, cette robe vert émeraude remontée pour révéler son cul, qui était devenu encore plus rond et plus charnu que lorsque je l'avais touché la dernière fois. Ma bite était raide rien que d'y penser.

La main de Tawny se déplaça sur mon épaule. « Ces costumes que tu portes te rendent si beau, August. Tu n'as plus grand-chose du jeune homme que je connaissais à l'époque. Tu es beaucoup plus sophistiqué. Et tu as aussi ton propre chauffeur. A propos, merci de l'avoir envoyé pour nous emmener Calum et moi chez ta sœur. C'est très gentil de ta part. »

Mes yeux étaient collés aux siens. « Ce n'était rien, vraiment. Calum était-il content de rester avec Leila et sa progéniture ? »

Elle secoua la tête, me faisant froncer les sourcils un instant avant de sourire. « Pas besoin de froncer les sourcils. Il l'a tout de suite adoré, ainsi que tous les enfants. Sa maison est vraiment pleine, n'est-ce pas ?

– Oui, elle l'est. » Je pris sa main, la conduisant à la voiture en attente. « Je suis content qu'il les ait tous aimés.

– Il m'a dit que je pouvais partir et que ça irait bien avec tante Leila. C'est comme ça que s'est présentée ta sœur. J'espère que ça ne te dérange pas. » Elle me regarda alors que je lui ouvrais la portière.

Tout ce que je pouvais faire c'était de sourire. « Bien sûr que ça ne me dérange pas. » C'était un peu choquant de constater à quel point cela ne me dérangeait pas – combien j'espérais que cela pourrait être le cas en vérité.

Elle poussa un soupir de soulagement. « Bien. J'avais peur que tu ne penses que c'était trop familier.

– Mais non. » Je me glissais derrière elle, m'assurant de rester proche. À chaque fois que je la touchais, j'étais vraiment surpris de voir à quel point elle me faisait énormément d'effet, beaucoup plus que n'importe quelle autre femme – que ce soit sa main sur mon épaule ou ma cuisse serrée contre la sienne alors que nous nous asseyions côte à côte. « Donc, j'ai réservé une table chez Maude ce soir.

– Maude ? » Elle avait l'air enthousiasmée. « August, c'est incroyable. Comment as-tu réussi un tel exploit ? Oh, attends. Tu devais déjà avoir des réservations, n'est-ce pas ? J'ai entendu dire qu'il fallait réserver au moins trois mois à l'avance.

– Non, je n'ai pas fait de réservation. J'ai juste joué un peu de mon charme, c'est tout. » Je pris sa main, en embrassant le dessus avant de laisser mes lèvres glisser sur son bras jusqu'à ce qu'elles rencontrent les siennes.

Mon cœur battait à tout rompre tandis que je l'embrassais douce-ment, ne voulant pas me dépêcher, voulant seulement prendre mon temps, la goûtant comme j'en rêvais depuis des années.

Nos poitrines se soulevaient lorsque nos bouches se séparèrent. Le baiser n'avait pas dépassé le simple toucher des lèvres, mais il nous avait affectés d'une manière inattendue, à en juger par la surprise que je pouvais lire sur son visage.

« Je vais y aller doucement ce soir, Tawny. Je ne me précipiterai pas. Il n'y a aucune raison de le faire maintenant. Je ne vais nulle part. » Sa main dans la mienne, je caressais doucement son bras pour prolonger la sensation de plaisir que je ressentais lorsque je la touchais.

Elle cligna des yeux plusieurs fois. « Je pense que j'aimerais ça. Doucement, et lentement. On ne l'a pas encore fait doucement et lentement, non ?

– Non, c'était rapide et très intense si je me souviens bien de cette nuit-là. » Mon doigt parcourut ses lèvres bronzées. « Dur et rapide était bon, mais je pense que long et lent sera encore meilleur.

– Je suis tout à fait d'accord. » Elle appuya sa tête sur mon épaule. L'odeur de ses cheveux était captivante.

« Citron et miel », commentai-je alors que je reniflais profondément.

Elle leva les yeux avec un regard interrogateur. « Quoi ?

– Tes cheveux. Ils sentent le citron et le miel. Cette nuit-là, ils sentaient la fraise. » Le sourire qu'elle me fit me frappa comme un poing au cœur.

« Tu te souviens de ça ? » Elle rougit et je sentis une douce chaleur m'envahir, j'étais heureux d'être celui qui lui faisait un tel effet. J'avais envie de voir tout son corps se parer de cette même couleur. Les projets pour plus tard dans la nuit commençaient déjà à se former dans ma tête.

Nous allions dîner, danser un peu, puis retourner chez moi pour nous retrouver à l'horizontale, une fois encore. Mon sexe étant déjà gorgé de désir, je me demandais si nous allions pouvoir attendre la fin du dîner avant de laisser l'alchimie présente nous faire faire ce qu'elle demandait.

8

TAWNY

La soirée avait dépassé, de loin, toutes mes attentes. Nous avions dîné dans un restaurant qui défiait l'imagination : intime, calme et la nourriture, phénoménale. Plus tard, August me tenait dans ses bras alors que nous dansions sur une musique douce. Il avait déposé de doux baisers sur plusieurs endroits de mon corps, de ma tête à mon cou, me laissant les jambes en coton.

J'étais à lui et il le savait. Le programme pour la suite de la soirée était encore à déterminer. Nous étions revenus sur la banquette arrière de sa voiture, le chauffeur nous emmenant chez lui. Je ne pus cependant cacher ma déception lorsque j'appris qu'il y resterait, me laissant seule avec le chauffeur pour aller chercher Calum avant de me ramener à la maison.

Mes cuisses se crispèrent alors qu'il m'expliquait son plan.

Pas de sexe ?

Je me mordis la lèvre inférieure, ne sachant pas comment lui dire que je voulais plus. « August, tu ne devrais pas t'inquiéter autant. Je peux prendre ma voiture et passer chez ta sœur chercher Calum. Ce n'est pas un problème du tout. Et tu pourrais peut-être entrer quelques minutes... euh, comment s'appellent ces choses ? » Je

fouillais ma mémoire pour retrouver le vocabulaire désuet de la Croi-
sière s'amuse. « Ah oui. Un digestif.

– Un verre ? » demanda-t-il, son doigt se déplaçant le long de ma
mâchoire.

« Oui, c'est pareil, un verre. » Mon corps se tendit sous son
toucher. Je brûlais depuis des heures et j'avais besoin d'éteindre la
flamme. Seul August avait l'élixir magique pour le faire.

« Je ne veux pas que tu conduises après avoir bu un verre. » Il se
pencha plus près, laissant des traînées de baisers le long de ma
clavicule.

Je devais absolument trouver autre chose et le fis rapidement. «
Viens avec moi alors. Reste avec moi pendant que nous allons chercher Calum.

– Mais tu as dit que tu n'aimais pas présenter les hommes que tu
fréquentes à ton fils, Tawny. » Ses lèvres remontèrent sur mon cou.
Quand ses mains prirent mes poignets, immobilisant mes bras sur le
côté, je le suppliais presque de me prendre tout de suite.

« En effet. Ce n'est pas mon habitude. » Ma respiration était
devenue sporadique alors qu'il mordillait le lobe de mon oreille, puis
soufflait de l'air chaud dans mon oreille. Cela me rappelait la façon
dont il avait léché mon sexe cette nuit-là, il m'avait soufflé dessus
avant de me manger jusqu'à ce que j'atteigne l'orgasme, criant son
nom encore et encore.

Mon Dieu, j'avais vraiment envie de ressentir ça à nouveau !

« Je ne veux pas faire faire quoi que ce soit qui te mette mal à
l'aise », murmura-t-il en déplaçant ces lèvres douces tout autour de
mon oreille, puis en léchant l'endroit juste derrière.

J'étais déjà mouillée, mais avec cette sensation, c'était le déluge. «
Oh, August ! » haletai-je. « S'il te plaît, viens juste avec moi pour le
chercher. Je ne me fiche de mes anciennes règles. Je ne me sentirai
pas mal à l'aise.

– Eh bien, si tu es vraiment sûre, alors je suis à tes ordres, princesse. » Il retira doucement sa bouche de mon visage, et appuya sur
un bouton. « Max, changement de plan. Allez chez ma sœur d'abord,
s'il vous plaît.

– Oui, monsieur », répondit le chauffeur.

Puis des yeux noisette pétillant de désir se posèrent sur mes seins avant de remonter à la hauteur de mes yeux. « Puisque ton fils sera ici quand je te déposerai chez toi, je ne pourrai pas t'embrasser pour te souhaiter bonne nuit. »

Je ne pouvais pas respirer ni même penser. La seule réponse que je pus donner fut un signe de tête, lorsque je vis ce regard dans ses yeux. Il me disait clairement qu'August avait envie de moi.

Il fit la moue. « Alors, nous devrions probablement nous embrasser maintenant, avant de le récupérer. Je ne veux pas manquer la meilleure partie de la nuit. Pas toi ? »

Tout ce que je pouvais faire était de secouer la tête, une fois de plus. J'étais sans voix,

Quand il se leva de son siège pour se mettre à genoux devant moi, je me mis à trembler d'anticipation. Ses mains remontèrent sur mes jambes, pliant le bas de ma robe alors qu'il la relevait jusqu'à ce que ma culotte soit exposée. Une main chaude se déplaça sur ma chatte palpitante puis il leva les yeux vers moi, se léchant les lèvres.

Avec un signe de tête, je lui donnai le feu vert, puis posais ma tête contre le siège et fermai les yeux. Repoussant le tissu soyeux de la petite culotte sur le côté, il souffla sur mon sexe avant de le parsemer de doux baisers.

Mes poings se serrèrent sur le siège de la voiture alors qu'il passait sa langue dans mes plis, l'utilisant ensuite pour tapoter mon clitoris. Encore et encore, il me tourmentait. Je voulais que cette langue pénètre dans ma chatte, fort et vite.

Comme s'il lisait dans mes pensées, August aplatit sa langue, léchant l'ouverture qui implorait de sentir une partie de lui à l'intérieur. Quand il poussa sa langue en moi, il fit un gémissement guttural profond qui envoya des frissons à travers mon corps, ne faisant qu'ajouter aux sensations engendrées par la pénétration de sa langue.

La façon dont ses mains agrippaient mes hanches me faisait penser à cette nuit-là et je gémissais avec les nouveaux souvenirs que j'avais maintenant de cet homme. « August », grognai-je tant que je ne

pouvais pas m'empêcher de me passer les mains dans ses magnifiques cheveux, le décoiffant.

Il me dévora comme s'il était affamé. Mais il avait beaucoup
mangé cette nuit-là - sa faim n'était que de moi. En quelques minutes,
une vague se forma à l'intérieur de moi, m'élevant si haut pour
atteindre de nouveaux sommets. Je me mordis la lèvre inférieure
pour empêcher un cri de pur plaisir de faire irruption, pour ne pas
que le conducteur ne devine ce que nous faisions derrière le verre
sombre qui nous séparait de lui.

August haleta en levant la tête. « Putain, tu as toujours le goût du
paradis, bébé. »

Je n'eus même pas le temps de reprendre mon souffle, que sa
bouche s'écrasa sur la mienne. Sa langue passa entre mes lèvres et je
goûtai mon jus sur lui. D'un geste rapide, il s'assit sur la banquette et
me fit asseoir sur ses genoux, lui faisant face. Les cuisses écartées, sa
queue aussi dure qu'un rocher entre nous.

Nous nous embrassions et mon corps me faisait mal, tellement
j'avais besoin de sentir son corps nu sous le mien. Je commençais a
lentement onduler sur sa bite recouverte de tissu, aspirant à le libérer.
Mais alors que je bougeais mes mains pour le faire, il les attrapa pour
m'arrêter. Sa bouche quitta la mienne, remontant mon cou jusqu'à ce
que ses lèvres soient sur mon oreille. « Pas comme ça.

– August, s'il te plaît », suppliai-je doucement.

« Non, pas comme ça. » Il releva la tête pour me regarder, le feu
dans les yeux, révélant le feu ardent qui brûlait en lui aussi. « Non,
Tawny. Je veux que tu te sentes spéciale. Je te le dois.

– Tu ne me dois rien, August. » Je fis onduler mon corps de
manière à sentir son appendice gonflé, que je voulais à l'intérieur
de moi.

Le feu dans ses yeux fit rapidement place à l'inquiétude. Il laissa
aller mes poignets, pour faire courir ses mains sur mes bras, puis il
prit mon visage aux creux de ses mains. « Je te dois plus que tu ne le
penses. Ton visage a rempli ma tête presque sans arrêt ces dernières
années. Et chaque fois que les choses devenaient difficiles pour moi,
tu étais là, Tawny Matthews. Je t'ai fait l'amour, puis je t'ai quitté. J'ai

pris ton innocence, puis je suis parti. J'aurais pu t'appeler, écrire ou te contacter d'une manière ou d'une autre. Je n'ai fait aucune de ces choses. Je pensais que tu méritais de passer à autre chose – trouver un vrai homme pour t'aimer. Un homme qui serait là pour toi d'une façon qui m'était impossible.

– Arrête », murmurai-je. Mes mains remontèrent son dos musclé. « Je n'ai jamais voulu davantage de toi que ce que tu m'as donné.

– Tu ne voulais pas que je sois à toi, Tawny ? » Il sourit de ce sourire taquin que j'avais toujours adoré.

« Si. Mais je savais que ce que tu faisais était bien plus important que de rester à Sébastopol pour être avec moi. Alors, j'ai pris le souvenir de cette nuit et je l'ai gardé en mémoire, sachant que je t'avais donné quelque chose que tu allais emporter avec toi aussi. Et ça a été suffisant pour moi au cours de ces sept dernières années. » J'embrassai sa joue. « Mais je dois être honnête avec toi.

– S'il te plaît, sois toujours honnête avec moi, bébé. » Ses lèvres touchèrent à nouveau les miennes. Puis il les retira en me regardant.

« Je pense que c'est gentil que tu aies ressenti ça, et franchement, ça me surprend. Tu es tout à fait romantique maintenant, August. J'aime ça. »

Il me dégagea de ses genoux et remit ma robe en place tandis que je me passais la main dans ses cheveux, les remettants comme il les avait, sur le côté, il était vraiment magnifique. La façon dont il entretenait sa barbe méticuleusement me plaisait beaucoup également.

Ma chatte picotait encore parce qu'il venait tout juste de me faire plaisir. J'imaginais que ça pourrait picoter toute la nuit. J'aurais adoré avoir August dans mon lit cette nuit-là ; il ne pouvait y avoir aucun doute. Mais d'une certaine manière, attendre me semblait plus naturel, cette fois-ci.

Avant il n'y avait aucune chance d'une relation entre nous, et maintenant il y en avait une. Se précipiter n'était pas nécessaire. Mais je voulais que certaines choses soient précipitées. Je voulais sentir cet homme puissant entre mes jambes.

August n'était qu'un jeune homme lors de notre premier rapport sexuel. Son corps avait été formidable à l'époque. Maintenant, il était plus adulte et son corps magnifiquement musclé, au-delà de mon imagination la plus folle : ses cuisses, épaisses comme des troncs d'arbres ; ses biceps étaient plus gros qu'avant – et pourtant ils étaient déjà volumineux.

Moi aussi, j'avais mûri. Mes seins et mes hanches étaient devenus ronds avec ma grossesse et ils n'étaient jamais revenus à leur état antérieur. Mon corps voulait savoir comment il ressentirait le sien. Mais je laisserai August prendre les devants. Je le laisserai aller aussi lentement qu'il le voulait.

Lui faire plaisir me rendait heureuse – plus heureuse que je ne l'avais été depuis longtemps.

August Harlow était de retour dans ma vie et mon objectif était de l'y garder.

9

AUGUST

Le rendez-vous s'était mieux déroulé que j'avais imaginé _ et j'avais grand espoir de recommencer – même si c'était très dur de ne pas avoir eu de rapports sexuels avec Tawny. Mais je voulais que les choses avancent bien et lentement. Le sexe dès le départ ressemblerait trop à la première fois – comme si nous nous précipitions par désespoir. Je voulais que les choses soient différentes cette fois-ci.

Assis à la maison, je ne faisais rien, je regardais par la fenêtre de ma chambre. Les incendies qui avaient brûlé le sud de la Californie me préoccupaient toujours. Heureusement, Hidden Hills n'était pas menacé et la fumée n'arrivait pas jusqu'ici.

Mes pensées se tournèrent vers Tawny et Calum. Son appartement se trouvait à West Hollywood. Elle m'avait dit qu'une femme qui travaillait au service des ressources humaines de l'hôpital était propriétaire de la maison. Elle avait offert à Tawny le petit appartement composé d'une petite salle-de-bains et de deux chambres, pour le prix modique de mille cinq cents par mois, charges comprises. À West Hollywood, ce loyer était inouï. Tawny devait être très demandée.

Je n'avais pas le droit d'être fier de ses réalisations, mais je ne pouvais m'en empêcher. Tawny avait fait quelque chose de sa vie, même si elle avait eu Calum à l'âge de 19 ans.

Penser à Calum m'avait rappelé le trajet de chez Leila à la maison la nuit précédente. Il était très bavard et parlait du plaisir qu'il avait eu à traîner avec ma sœur et sa marmaille cette nuit-là.

« Je me suis tellement amusé, maman », avait-il dit dès qu'il était monté dans la voiture. « Tante Leila est la personne la plus amusante du monde ! »

Ma sœur pouvait être très amusante. Surtout avec les petits enfants. Elle les poursuivait, jouait à cache-cache avec eux – tout ce que tu veux, elle y joue.

« Dis-moi ce que tu as fait, Calum », lui dit Tawny, le visage radieux et ravi qu'il se soit aussi bien amusé.

« J'ai joué à un jeu appelé la marelle. C'était vraiment amusant. Et euh, son nom est, euh...

– Gino », ai-je proposé. Leila a beaucoup d'enfants ; il est probable que Calum ne se souvienne pas de chacun de leurs noms.

« Non, pas cet homme. » Calum posa son doigt sur son menton alors qu'il réfléchissait.

Le fait qu'il ait appelé Gino, un homme de seize ans, me fit rire. « Raphaël ou Jacob », lui demandais-je pour ajouter à la longue liste parmi lesquelles il pouvait choisir.

« Oui ! » cria-t-il comme s'il avait fait une découverte merveilleuse. « Jacob ! Il m'a appris à jouer à ce jeu. Puis nous sommes rentrés et j'ai joué aux dames avec tante Leila. Ses yeux noisette devinrent énormes alors qu'il haletait. « Et j'ai gagné !

– Génial, Calum », le félicita Tawny en lui tapant la main.

« Je sais, je suis très bon à ce jeu. » Son sourire me fit rire à nouveau. Il était adorable.

La façon dont Calum avait continué de parler, me rappelait mes nièces et mes neveux quand ils étaient petits. Ils avaient tous des quantités infinies de choses à dire.

Une idée s'est glissée dans ma tête. Si Tawny m'avait laissé voir son fils la nuit dernière pour lui faire savoir que nous étions sortis ensemble, le laisserait-elle venir au prochain rendez-vous ?

J'avais envoyé des fleurs le matin même, elles avaient été livrées avec une boîte de bonbons et un tigre en peluche pour Calum. Elle ne m'avait pas encore téléphoné ni envoyé de texto pour me le dire. J'étais sûr qu'elle le ferait une fois qu'elle les aurait reçues.

Quand elle me contacta, je voulais lui demander de sortir à nouveau et cette fois-ci, d'inclure Calum si elle me le permettait. Le garçon s'intéressait à moi. Je savais avec certitude que je voulais passer plus de temps avec lui, pour essayer de le découvrir – peu importe la durée de la conversation entre Tawny et moi.

Si Calum était de moi, pourquoi Tawny ne m'avait-elle toujours rien dit ? Pourquoi voudrait-elle garder ça secret ?

Je secouai la tête. Elle ne ferait jamais ça. Il devait être le fis d'un autre homme. Tawny me l'aurait déjà dit s'il était de moi.

Non ?

Plus d'une fois, elle avait affirmé que je ne lui devais rien. Tawny agissait comme si être dans les Marines était tout ce que j'avais à faire pour elle. Comme si cet acte seul suffisait à me donner un laissez-passer gratuit pour n'importe quoi.

Je ne voulais pas qu'elle se sous-estime ou, Dieu nous en préserve, sous-estimer un enfant qui pourrait être le mien, simplement parce que j'avais servi notre pays pendant un moment. Est-ce qu'elle ferait ça à son propre fils ? Le refuserait-elle à son père uniquement pour garder ce fardeau sur ses épaules ? Était-ce parce que je lui avais dit que j'avais le SSPT ?

Peut-être avait-elle prévu de me parler de Calum, mais après que je lui aie parlé de ça, s'était-elle ravisée. Peut-être qu'elle sentait qu'elle devait protéger le garçon de moi. Au moins pendant un moment, jusqu'à ce qu'elle puisse voir comment mes épisodes se passaient.

Il y avait tellement de questions que je voulais lui poser, mais je ne savais pas comment le faire sans être présomptueux. Cette affaire entre nous était encore nouvelle et je ne voulais pas la faire fuir en la harcelant ou en lui en demandant trop avant qu'elle soit prête à le partager. D'après mon expérience, les femmes n'aimaient pas beaucoup quand les hommes posaient trop de questions sur les hommes avec lesquels elles étaient dans le passé, du moins pas si tôt.

Mon téléphone sonna, me disant qu'un texto était arrivé. Tawny avait reçu les fleurs et voulait savoir si j'étais trop occupé pour qu'elle m'appelle. Je l'appelais tout de suite et sa douce voix me répondit : « Bonjour, August. Ton attention me touche énormément. Les fleurs sont magnifiques. Les pivoines sont mes préférées. Et les chocolats sont à tomber par terre. Calum adorera également la peluche. Merci beaucoup.

– C'est rien. Je voulais juste que tu saches que j'ai passé un bon moment. » Je posai mes doigts sur la commode alors que je m'y appuyais, regardant toujours par la fenêtre. « Comment ça se passe à West Hollywood aujourd'hui ? Encore des feux partout ?

– Non, c'est clair aujourd'hui. De toute façon, il y a une petite brise – je suppose que ça éloigne la fumée loin de nous. » Je l'entendis marcher, ses chaussures claquant sur le sol.

La façon dont elle me manquait n'avait aucun sens pour moi. Elle et moi ne nous connaissions pas bien du tout. Je ne savais pas quel genre de choses elle aimait ou n'aimait pas, aucune idée de sa couleur préférée ou de la nourriture qu'elle préférait. « Tu veux déjeuner avec moi ?

– J'adorerais, mais je dois aller à l'hôpital pour remplir des papiers d'assurance aujourd'hui. Ils m'ont appelée il y a quelque temps et m'ont demandé de passer vers une heure. »

La vraie question que je voulais lui poser était un peu suspendue dans ma gorge. Mais je décidai néanmoins de me lancer. « Que penserais-tu de faire un tour au zoo de San Diego demain, puisque nous sommes samedi et que Calum n'aura pas d'école ?

– Il adorerait ça ! » elle semblait excitée.

Mais tout ce à quoi je pouvais penser, c'était qu'elle avait dit qu'elle ne le laissait pas s'approcher des hommes. Alors, pourquoi était-elle d'accord pour qu'il soit avec moi ?

« Tu es sûr de ça, Tawny ? Je sais qu'il était avec nous la nuit dernière pendant un petit moment, mais je ne veux pas que tu changes toutes tes règles si tu ne le souhaites pas. » Je traversai ma chambre pour m'assoir sur le lit. Passant ma main sur la couette brun chocolat, je fis une note mentale pour que ma femme de ménage mette celle de couleur vert émeraude. Elle compléterait tellement bien les cheveux auburn de Tawny. Et je voulais vraiment mettre cette femme dans mon lit dans un futur proche. Je n'allais pas pouvoir attendre encore très longtemps.

« Eh bien, tu es différent », dit-elle, me faisant penser qu'elle pourrait être sur le point de faire une confession.

« Comment ça ? » demandai-je alors que je m'appuyais sur les oreillers, me demandant comment je réagirais si elle m'avait dit que j'étais son père. C'était une chose de spéculer à ce sujet, mais la réalité serait bien différente.

« Eh bien, il t'aime bien. Et il adore ta sœur. Jusqu'à l'école aujourd'hui, il a parlé d'elle et de ses enfants. Il se souvient à peine de leurs noms, mais il connaît certainement le tien et celui de ta sœur.

– J'aimerais bien le connaître, si ça te va, bébé. Je veux apprendre à te connaître aussi. Je veux dire, je connais les bases, et je connais des choses intimes, mais la vraie toi – eh bien, je ne connais pas encore cette femme. Je voudrais y arriver si tu veux bien. » La douceur de la couverture me rappelait à quel point ses cheveux étaient doux quand je passais mes mains à travers.

« Voyons voir... ma couleur préférée est le rouge comme mes cheveux. Je sais que ça a l'air exagéré, mais j'adore la couleur. J'en porterais tous les jours si je le pouvais, mais il faut que ce soit la bonne teinte pour que cela m'aille bien, sinon ça clash. Je ne décore même pas avec cette couleur. Je dois simplement me contenter de l'aimer, mais ne pas en utiliser trop.

– La mienne c'est le vert. Comme la couleur de tes yeux. » Je refermai les miens pour imaginer ses yeux, quand ils brillaient sans raison. Elle respirait la joie de vivre et avait toujours une étincelle dans les yeux – elle 'était vraiment le genre de personne avec laquelle les gens aimaient être.

« Hmm, vraiment ? Ou tu dis juste ça pour me draguer ? » demanda-t-elle avec un ton entendu dans la voix.

« Non, ce n'est pas de la drague. Le vert est vraiment ma couleur préférée. Et j'adore la cuisine mexicaine, et toi ? » S'occuper de ces petites choses était tellement plus facile au téléphone : quand elle était là, tout ce que je voulais faire, c'était l'embrasser et la toucher. Si nous étions face à face, cela me prendrait une éternité pour arriver à connaître ces détails.

« La cuisine chinoise est ma préférée, mais j'aime aussi la Mexicaine. Mais seulement un authentique mexicain, pas comme Taco Hell », elle rit doucement, et le son ma captiva.

« Qu'est-ce qui t'a poussé à devenir infirmière, Tawny ? » demandai-je, car cela semblait être une chose qu'un petit ami devrait savoir.

Attention ! On y va doucement.

Entre ce qui se passait avec Tawny, et mon désir compulsif de passer plus de temps avec Calum, je savais que cette femme prenait déjà une place énorme dans ma vie. Malgré cela, je savais une chose à coup sûr : mon thérapeute avait raison de penser que je devais y aller lentement.

« Je suis devenue infirmière après avoir eu mon fils. Et je voulais me spécialiser en pédiatrie. Calum est né avec une petite hernie. Il a fallu opérer tout de suite, c'était grave. Les infirmières m'ont aidée quand j'ai commencé à pleurer et à paniquer pour mon nouveau-né qui devait subir une intervention chirurgicale ».

Mon cœur s'accéléra. « Mon Dieu, Tawny. Tes parents étaient là ? » Je me sentais très mal pour elle.

« Non, ils étaient hors de la ville. Calum est arrivé deux semaines plus tôt que prévu. Ce n'est la faute de personne si j'ai dû traverser cela toute seule. C'est comme ça que ça s'est passé. Quoi qu'il en soit, les infirmières y ont fait face et m'ont aidée. Je devais rester une semaine à l'hôpital et elles m'ont appris à prendre soin de Calum. C'était donc une aubaine que mes parents ne soient pas là, parce que Calum et moi nous sommes immédiatement liés, grâce aux infirmières qui m'ont aidée. » Bien que l'histoire fût triste et effrayante, Tawny la racontait avec optimisme.

Cette femme était incroyable.

Malgré cela, je ne pouvais m'empêcher de me sentir coupable et complètement inutile. Parce que je connaissais une personne qui aurait dû se tenir près de Tawny et Calum dans cette épreuve : le père.

Quel qu'il soit.

10

TAWNY

L e soleil réchauffait l'air frais du début décembre alors que nous nous promenions dans le zoo. August et moi flânions pendant que Calum courait partout, étant le premier à chaque présentation.

Calum était sur le point de virer au coin de notre angle de vue. August cria rapidement : « Hé, mon pote, reste là où on peut te voir. »

À ma grande surprise, Calum freina brusquement. « Oui, monsieur. » Il était tout sourire alors qu'il attendait que nous rattrapions notre retard avant de tourner.

« Sensationnel. Si c'était moi qui avais dit cela, il m'aurait ignoré et j'aurais couru après lui. » Je passai mon bras sous le sien, posant ma tête sur son épaule. « Et je ne l'ai jamais entendu dire "oui, monsieur" à quiconque auparavant.

– Il m'a posé une question plus tôt et je lui ai répondu "oui, monsieur". Je suppose qu'il a voulu m'imiter. » August m'embrassa le haut de la tête. « Je peux être une bonne influence quand j'essaie vraiment.

– J'aime aussi quand tu as une mauvaise influence. Mais seulement sur moi. » August était un homme parfait avec moi depuis le moment où il était venu nous chercher. Il avait conduit lui-même sa nouvelle Mercedes, en disant que nous pourrions rester la nuit à San Diego s'il se faisait trop tard.

J'allais rentrer pour nous faire un sac de voyage au cas où ça se produirait. Il avait dit que si nous restions, il nous achèterait tout ce dont nous aurions besoin – comme si c'était normal.

Je n'avais pas eu le courage de lui demander combien d'argent il avait. Je savais que ça devait être beaucoup. Je ne savais pas non plus comment il gagnait son argent. Vouloir savoir ce qu'il faisait pour gagner sa vie ne devrait pas poser de problème. « Serait-ce impoli de ma part de te demander ce que tu fais pour gagner cette énorme somme d'argent que tu sembles avoir, August ? »

Il arrêta de marcher, me regardant dans les yeux. « Puis-je t'en parler une autre fois, Tawny ? Je te le dirai, mais là ce n'est pas le bon moment de le faire. »

N'ayant aucune idée de la raison pour laquelle il ne pouvait pas en parler à ce moment-là, je me demandais ce qu'il avait bien pu faire pour gagner sa vie, et ce qui lui valut de dire une telle chose. Était-il un espion ? Travaillait-il pour la CIA ou le FBI ? Ces personnes gagnaient-elles autant d'argent que lui ? « D'accord. » Mes yeux se détournèrent de lui alors que mon esprit était assailli de questions.

August pointa du doigt devant nous, attirant l'attention de Calum sur quelque chose qu'il était sûr d'aimer. « Ne serait-ce pas une salle de jeux vidéo, Calum ? »

Mon fils regarda en direction de la zone dégagée, recouverte d'une tente rouge et blanche rappelant un cirque. « Oh oui !

– Il va nous ruiner là-dedans, August », lui dis-je. « Et le sortir de là ne sera pas facile non plus.

– Je peux gérer », dit-il avec un petit rire.

Mais alors que nous entrions dans cette salle, avec des jeux produisant des bruits forts partout – y compris des sons d'armes à feu et d'explosions – je m'inquiétais. « August, es-tu sûr que ça va aller ? »

Il savait que je parlais de son SSPT et acquiesça. « Ça va. J'ai vaincu les bruits forts qui déclenchent les épisodes. » Donc, si ceux-ci ne les déclenchent plus, qu'est-ce qui le fera ?

En retrait, j'observais August et Calum grimper sur deux motos pour participer à une course virtuelle, laissant apparemment Calum gagner. « Oh mec. Tu m'as battu », gémit August à Calum. Puis il pointa du doigt un jeu de pêche à l'autre bout de la pièce. « Hé, tu veux voir qui peut attraper le plus gros poisson, Calum ?

– Oui, monsieur ! » Calum descendit de moto, couru à toute vitesse, ou aussi vite qu'un petit garçon pouvait traverser une foule d'enfants. Et August était sur ses talons, s'amusant autant que mon petit garçon.

Alors que je les regardais passer d'un jeu à l'autre, mon cœur battait à tout rompre. August et sa sœur avaient été formidables avec Calum. Peut-être qu'il était temps que je sois plus honnête avec eux trois.

Peut-être que je le serai, mais pas maintenant. Ce n'était ni le moment ni l'endroit, mais bientôt. Peut-être même plus tard, après notre départ du zoo.

Ma détermination avait grandi au fil des jours. Quand August attrapa Calum, le plaçant sur ses épaules pour qu'il puisse voir un ours insaisissable qui s'était caché dans sa caverne, j'ai presque failli pleurer.

Ils apprenaient tout juste à se connaître, depuis le début de la journée, n'ayant passé que quelques minutes ensemble dans la voiture en rentrant l'autre soir. Mais ils étaient là, agissant comme s'ils se connaissaient depuis toujours.

En allant chercher quelque chose à manger, ils commandèrent tous deux un cheeseburger, avec des rondelles d'oignon et un soda à l'orange. La façon dont ils éclatèrent de rire après avoir dit la même chose en même temps me fit craquer.

« Chips ! Tu me dois un Coca-Cola », déclara August après avoir répété les mêmes mots au même moment.

« Qu'est-ce que ça veut dire ? » lui demanda Calum avec un sourire en coin.

August arborait un sourire très similaire lorsqu'il expliqua cette petite expression, puis ils se mirent à rire. Les sons des tonalités profondes d'August, mélangés aux aigus de mon fils, me provoquaient des frissons.

La journée se terminait et nous partîmes suffisamment tôt pour rentrer chez nous à Los Angeles. Le trajet en voiture était calme puisque Calum s'était endormi, complètement épuisé.

August prit ma main et la souleva pour l'embrasser alors qu'il conduisait sur l'autoroute. « Merci pour aujourd'hui. Je ne me suis jamais autant amusé de toute ma vie. »

Levant un sourcil, je lui lançai un regard interrogateur. « Oh vraiment ?

– Je veux dire, de cette façon. Bien sûr, j'ai passé de bons moments avec toi, bébé. » Il me prit la main et la posa sur sa cuisse.

« Merci », dis-je avec sarcasme. « Et merci de nous avoir accompagnés pendant cette petite sortie. J'étais très heureuse que tu aies été là », lui dis-je, évoquant en secret mes nouvelles idées sur ce que je devais faire. Je pensais au moment opportun pour ce que j'avais prévu. « Tu devrais dîner chez moi ce soir. Je peux préparer des pâtes.

– Ou vous pourriez venir chez moi et je pourrais demander à Tara de nous faire quelque chose », dit-il alors que ses lèvres me frôlaient le dos de la main, provoquant des frissons.

Chez lui ?

J'étais vraiment tentée de voir comment cet homme vivait – d'en apprendre davantage sur lui. « Et Tara est ta...

– Chef. » Il me sourit avec son sourire en coin. « Et Denise est la gouvernante en chef. Max est mon chauffeur et Joël, le jardinier. Deux filles plus jeunes viennent avec Denise deux fois par semaine pour faire le nettoyage en profondeur. Pour être honnête, je ne connais pas leurs noms.

– Et tu habites où, exactement ? » Je devais le demander. Avec un personnel de cette taille, le lieu devait être glamour.

« Hidden Hills », dit-il en me regardant, tandis que j'étais ébahie.

« Non ! Tu sais que Kim Kardashian vit là-bas ? » J'étais sidérée.

« Eh bien, oui, elle et Kanye vivent deux maisons plus loin que la mienne. » Il haussa les épaules pour souligner à quel point c'était typique.

« Tu plaisantes ! Pas croyable ! » Mon esprit ne pouvait former que deux mots à la fois. Ensuite, j'ai dû demander à nouveau : « Alors, qu'est-ce que tu fais, August ?

– En ce moment, je travaille avec deux de mes associés pour ouvrir une boîte de nuit incroyablement exclusive, réservée aux personnes les plus riches. Nous l'avons nommée Swank. Elle doit ouvrir ses portes le 31 décembre. Je ne te l'avais pas encore demandé, mais je peux maintenant. Veux-tu bien m'accompagner, Tawny ?

– Alors, tu es une sorte de magnat de boîte de nuit ? Et ma réponse est oui, j'adorerais être ta cavalière. » Je me demandais comment diable un ancien militaire avait pu se lancer dans cette aventure.

« Oui, entre autres choses. J'ai plusieurs cordes à mon arc pour ainsi dire. » La circulation s'était ralentie et je vis August regarder les passagers dans la voiture à côté de la fenêtre.

« Tu finiras bien par m'expliquer quelles sont toutes ces cordes », dis-je en le regardant.

Je réalisais qu'il n'avait pas entendu un seul mot de ce que j'avais dit, figé dans la contemplation des gens dans la voiture à côté de nous. Trop de secondes passaient tandis qu'il restait immobile, puis je l'entendis finalement murmurer : « John ? »

Tout semblait se passer au ralenti, comme le calme avant une explosion. Une seconde, August allait bien, et la seconde suivante, le nom de « John » s'extirpait de sa bouche par petits coups qui se transformaient en cris aigus.

Pour aggraver les choses, ses cris réveillèrent Calum, qui se mit à pleurer : « Qu'est-ce qui lui arrive, maman ? »

Dégageant ma ceinture de sécurité, je m'agenouillai dans mon siège et je tendis la main, secouant les épaules d'August pour le tirer de sa crise. « Tout va bien, chéri », dis-je calmement, en essayant de contrôler les choses. « August, ça va aller, bébé. Ce n'est pas réel.

– Maman ! » Cria Calum en pleurant de manière hystérique. « Maman, fais-le arrêter ! »

En regardant mon fils, je lui dis fermement : « J'ai besoin que tu arrêtes de pleurer, Calum. August ne va pas bien. Tu dois te calmer maintenant. Maintenant. » Être si strict avec mon fils effrayé n'était pas une chose facile à faire, mais c'était fait, et heureusement, les cris de Calum se transformèrent en gémissements.

En reportant mon attention sur August, je grimpai sur la console centrale qui nous séparait, atterrissant à moitié sur ses genoux et mettant le levier sur parking. « August, ça va. C'est moi, Tawny. Tout va bien. Ce que tu vois n'est pas réel. Tu vas bien. Tout le monde va bien. »

Avec un souffle sourd, les yeux d'August clignèrent finalement et ses cris cessèrent. « Oh, mon Dieu ! » Il attrapa mes poignets alors que je tenais son visage entre mes mains. « Dieu... » Il prit une profonde respiration, alors qu'il revenait lentement à la réalité. « Tawny, je suis tellement désolé ! »

– Tout va bien maintenant. » Je caressais son visage et ses cheveux pendant quelques instants alors qu'il continuait à se calmer. « Je vais conduire. »

Il hocha la tête et nous sortîmes tous les deux de la voiture alors que les gens tout autour de nous l'observaient bouche bée. Je vis les yeux rougis de mon fils observer August marcher à l'avant de la voiture, se placer du côté passager – le côté juste devant Calum.

Mon fils enleva sa ceinture de sécurité avec des yeux effrayés et se glissa vers le siège derrière le côté du conducteur. Mon cœur se brisa devant un tel spectacle. Toute la confiance instaurée par August avec Calum venait d'être détruite en quelques minutes.

Qui savait combien de temps cela prendrait pour le récupérer ?

11

AUGUST

J'avais le sentiment que ma crise avait gâché la fin de la soirée. J'étais rentré directement après avoir déposé Tawny et Calum chez eux. Alors qu'aucun feu n'était plus visible, l'air était encore chargé de l'odeur âcre de la fumée. Je n'arrêtais pas d'y penser alors que je me dirigeais vers ma maison.

Joël, le responsable de la maintenance, accompagnait Tara, ma cuisinière. J'étais persuadé qu'ils se plaisaient mais il semblait qu'ils avaient choisi de prendre leur temps – peut-être parce qu'ils approchaient tous les deux la soixantaine. Leurs progrès étaient mesurés, ils n'étaient plus à l'âge où l'on se jette la tête la première dans une relation. Et puis, après tout, ça ne me regardait pas.

Je pensai à leur parler de la fumée. « Vous avez senti cette odeur dehors ? Y a-t-il un feu dans les parages ?

– Non, patron. J'imagine que les vents ont dû rabattre vers nous les fumées des incendies du Parc National Angeles. Apparemment, ces feux sont appelés des Feux de Creek. Mais aucune inquiétude à avoir ici, monsieur », répondit Joël.

« Cool », répondis-je, soulagé. « Je vais me coucher, la journée a été longue. »

J'eus toutes les peines du monde à trouver le sommeil cette

nuit-là. Au bout d'une heure passée à ressasser les récents événements, je finis par appeler Tawny. « Bonsoir, August. Tu es bien rentré ?

– Oui. Tout va bien pour toi et Calum ? » Je me passai la main sur les yeux, j'aurais tellement aimé que rien ne se soit passé ce soir.

« Je vais bien. Je t'ai dit que je pouvais gérer ça », dit-elle.

« Mais Calum ne se sent pas bien, c'est ça ? » demandais-je. Je n'aurais pas dû poser la question, sachant que j'avais blessé l'enfant.

« Il est jeune, August. Tu dois le comprendre. » Elle soupira bruyamment, me fendant le cœur.

« Je comprends, tu sais. Crois-moi. J'aimerais tellement pouvoir remonter le temps et identifier ce qui a provoqué une telle crise. » J'ai essayé autant que possible de trouver les raisons mais, comme d'habitude, je ne sais toujours pas.

C'était incroyable. J'avais compris que les environnements très bruyants pouvaient provoquer un certain type de crise, celui où je me voyais au cœur de la bataille aux côtés de mes frères d'armes, tous mes collègues de travail gisant inanimés autour de nous. Une fois ce catalyseur spécifique identifié, les crises de ce type se sont progressivement espacées, jusqu'à finir par cesser. Mais je ne savais toujours pas ce qui provoquait les épisodes où je revoyais ces moments avec John Black.

« C'est peut-être parce que je t'ai questionné sur ton travail et la façon dont tu gagnes ta vie », suggéra-t-elle. « Quand je t'en ai parlé au zoo, tu m'as dit que tu m'en parlerais plus tard, que ça n'était pas le moment. Maintenant que tu es rentré chez toi, tu ne veux pas qu'on en discute ? Ça pourrait t'aider. »

Elle avait peut-être raison, je choisis donc ce moment pour tout lui raconter. « Je t'ai parlé de l'accident qui a coûté la vie à John Black mais je ne t'ai pas précisé que j'avais porté plainte contre le fabricant de l'arme en question. La justice m'a donné raison et j'ai reçu des millions de dollars d'indemnités. La première décision que j'ai prise ensuite a été de trouver un fonds d'investissement qui me permettrait de faire fructifier cet argent. Tout ce que je désirais était de poursuivre les actions menées par John. Je voulais engendrer autant d'argent que possible pour pouvoir faire en son nom des dons aux œuvres qui lui tenaient à cœur.

– Donc, tu as fini par trouver une entreprise qui t'a permis d'atteindre ton objectif ? » demanda-t-elle.

« Tout à fait. J'ai fait la connaissance de Gannon Forester dans une de ces sociétés de placements et il est devenu un de mes associés. Il a placé la totalité des dommages et intérêts dans des entreprises dans lesquelles il avait lui-même investi. Il a fait de moi un milliardaire et m'a aidé à concrétiser mon rêve. Et maintenant, je peux vivre sur une partie de mes gains, tout en continuant à soutenir généreusement des associations caritatives grâce au retour sur mes investissements. » Je me sentais tellement mieux d'avoir pu tout expliquer à Tawny. La charge qui m'oppressait venait soudain de s'évanouir quand je réalisai que c'était bien ce sujet de conversation qui avait été le déclencheur de ma dernière crise.

Tawny garda le silence pendant quelques instants. « Quel poids tu portes sur tes épaules, August. Mon Dieu. »

Mes responsabilités étaient-elles lourdes à porter ? Je ne m'en rendais pas compte. « Je ne me sens pas accablé pour autant, Tawny.

– Tu ne t'en rends pas compte mais tu te penses être l'unique héritier spirituel de John et, pour t'assurer d'être à la hauteur de l'enjeu de transmission, tu es capable de tout. Tu les as poursuivis. Tu as réussi à faire condamner un fabricant d'armes réputé et à transformer en une véritable fortune les dédommagements que l'on t'a octroyés. Non, ça n'est pas rien. Et tu ne t'es pas arrêté là ! Tu prends le temps tous les mois de choisir les causes que tu souhaites défendre et ça ne doit pas être facile. Tu as dédié ta vie à un homme qui n'est même plus de ce monde.

– Mais c'est ma faute s'il n'est plus là », lui rappelai-je.

« Non, il est mort à cause d'une arme défectueuse, pas à cause de toi, August. » J'entendais au téléphone le bruit de ses ongles tapotant quelque chose. « Si tu avais été coupable de quoi que ce soit, tu n'aurais pas remporté le procès contre le fabricant. Tu n'es pas responsable de ce qui est arrivé à John Black et tu dois réussir à te libérer de cette culpabilité. Tu lui consacres toute ta vie depuis l'accident, comment veux-tu passer à autre chose après cette horreur, alors que tout l'univers dans lequel tu évolues te rappelle le drame ? Je ne dis pas que tu devrais tout arrêter – soutenir des œuvres de bienfaisance est plus que respectable. Mais débarrasse-toi de ta culpabilité. »

Ses paroles me touchèrent en plein cœur et je sentis les larmes me monter aux yeux. Depuis que je consultais le Dr Schmidt, il me répétait que je devais remettre la culpabilité et l'événement en perspective. Mais il n'avait pas décelé que ce point spécifique avait été le catalyseur pour chacune de mes crises. Il n'avait pas su comprendre le cœur du problème, comme Tawny venait de le faire – il ne m'avait pas aidé à appréhender l'énormité du fardeau qui m'accablait.

Tawny y était parvenue en un temps record. « Tu es une femme incroyable, Tawny Matthews.

– Et tu es un homme incroyable, August Harlow. Je crois que nous formons un couple formidable, tu ne trouves pas ? » demanda-t-elle en minaudant.

Je passai la main dans mes cheveux et repensai à quelque chose. Si j'avais effrayé son fils, pourquoi voudrait-elle me revoir ? Tawny ne se comportait absolument pas comme me l'avait prédit ma sœur. Elle n'avait pas attrapé son fils pour s'enfuir à toutes jambes.

« Un couple ? » demandai-je. « Tu n'as pas l'intention d'arrêter de me fréquenter maintenant que Calum a peur de moi ?

– Il s'en remettra. Je vais lui parler et il finira par comprendre », dit-elle. « Je refuse de ne plus te voir simplement à cause de ça. En fait, si j'arrêtais de te voir, ça pourrait aggraver ton SSPT et je m'y refuse. »

Et son fils ? Que pensait-il de lui et comment se sentait-il ?

« Tawny, je veux que tu saches que je ne t'en voudrai jamais de vouloir me quitter. Je sais que ton fils est ta priorité et c'est normal. Mais maintenant que j'ai réussi à l'effrayer, je ne te reprocherai pas de vouloir tout arrêter avec moi. » J'attendis qu'elle me réponde. Je venais de lui offrir l'opportunité de me quitter sans heurts ; je la laissais partir.

« Écoute-moi bien, August », commença-t-elle. « Calum est toute ma vie, depuis six ans et pour toujours. Mais tu occupes aujourd'hui une place dans mon cœur que je n'étais parvenue à laisser à aucun autre. Je sais très bien qu'on ne se connaissait pas vraiment alors, mais ce qu'on a fait ce soir-là nous a rapprochés. Je pense que nous sommes bien plus proches que la plupart des couples, ensemble depuis des années. Je te l'ai déjà dit – je me sens connectée à toi. Je ne sais pas si tu ressens la même chose que moi.

– Si, je ressens la même chose que toi mais comment expliques-tu que deux personnes, se connaissant à peine en réalité, puissent tisser un tel lien, Tawny ? »

S'il te plaît, dis-moi que Calum est mon fils !

J'avais croisé les doigts en attendant sa réponse, priant pour qu'elle soit celle que j'attendais.

« Cette nuit-là, tu m'as pris plus que ma virginité. Tu as volé un bout de mon cœur », dit-elle dans un soupir. « J'étais déjà un peu amoureuse de toi à l'époque et, après avoir passé ces quelques jours près de toi, je réalise que c'était bien plus qu'une aventure passagère.

– Tu m'aimes ? » demandai-je un peu trop vite. Mais, je ne pouvais qu'admettre que cette fille m'attirait comme aucune autre auparavant.

« Je t'aime depuis cette nuit-là, August. Et je pense que je t'aimerai toujours », dit-elle tendrement.

Les mots qu'elle venait de prononcer résonnaient déjà dans mon esprit et je lui avouai mes propres sentiments. « Je n'ai jamais arrêté de penser à toi toutes ces années. Je me suis repassé le film de cette soirée si souvent que j'en ai perdu le compte. Et quand tu as frôlé mon bras à la Cité des Sciences, j'ai ressenti comme une décharge électrique. Tu crois que c'est de l'amour, Tawny ? Parce que je n'ai jamais ressenti ça avec quiconque – ni avant notre rencontre, ni et encore moins après.

– Je ne peux pas te dire si c'est de l'amour, August, mais j'aimerai en faire l'expérience avec toi. » Elle se tut quelques instants, comme si elle se demandait s'il fallait ajouter quoi que ce soit sur le sujet. « La journée a été longue et il est tard – je ferai mieux d'aller me coucher. »

Je ne voulais pas lâcher le téléphone des mains, je ne voulais pas raccrocher. « Attends.

– Oui ? » répondit-elle doucement.

« Dis-moi, Tawny. Prononce ces mots pour moi.

– Je t'aime, August Harlow », dit-elle tendrement. « Tu vas te reposer, bébé. Appelle-moi demain matin. »

J'étais bouleversé par nos derniers échanges et je réalisai vite que je n'avais pas répondu à ses mots d'amour. Mais ces mots n'arrivaient pas à sortir de ma bouche. « Bonne nuit, Tawny. »

Etendu seul sur mon lit, je tâtai la place vide à côté de moi. Est-ce que les sentiments de Tawny à mon égard ne s'étaient pas transformés en amour parce qu'elle avait auprès d'elle un constant rappel de mon existence ?

Et mon amour n'était-il pas plutôt un amalgame inconscient de mes fantasmes et de mon imagination, construit au long de nos années de séparation ?

Je réalisai que je n'avais jamais laissé la moindre chance à une femme de gagner mon cœur. Putain, jamais je n'avais couché avec une femme plus de quelques jours et, à chaque fois, c'était purement de la baise – aucun sentiment. Rien à voir avec ce que j'avais ressenti avec Tawny cette nuit-là ou durant notre dîner.

Merde, je suis amoureux de cette femme !

12

TAWNY

Je ne cachais plus mes sentiments envers August désormais, mais mon fils n'en était pas encore conscient. Calum faisait la tête à chaque fois que je mentionnais le nom d'August. Il croisait les bras, les yeux froncés et soupirait bruyamment. Il ne l'appréciait plus tant que ça et ne voulait plus vraiment le voir.

Nous avions laissé passer quelques jours sans nous voir, nous parlant tous les jours au téléphone, cherchant ensemble la meilleure approche au problème. Durant tout ce temps, August ne m'avoua jamais son amour pour moi mais attendait de moi, à la fin de chacune de nos conversations, que je le quitte sur un « je t'aime ». Je n'obtenais en revanche qu'un rapide « Au-revoir » de sa part.

Bancal, je sais.

Je savais aussi qu'il était peut-être un peu prématuré de prononcer le mot qui commence par un A. J'avais refoulé ces sentiments pendant si longtemps. Il avait déjà été si difficile de dire au-revoir à August cette nuit-là, obligée de renoncer à l'incroyable embrasement né depuis notre rencontre, malgré l'importance de la signification de son départ. Mais le retrouver et passer du temps avec lui m'avait fait comprendre que je m'étais accrochée à mes souvenirs pendant ces sept longues dernières années – pas étonnant qu'ils soient remontés à la surface aussi rapidement.

J'exprimais naturellement mon amour à August car j'avais, tous les jours depuis sa naissance, dit à Calum combien je l'aimais. Mon honnêteté face à mes sentiments m'aidait à accepter le fait qu'August n'était, lui, pas encore prêt.

Il n'était pas prêt à me dire qu'il m'aimait, mais j'étais certaine qu'il était prêt à me revoir, au point qu'il avait élaboré tout un plan. Il avait décidé de passer à la maison à l'heure du dîner, puis d'expliquer simplement à Calum pourquoi il avait fait cette attaque.

Un coup résonna contre la porte et je demandai à Calum d'aller ouvrir. « D'accord, maman. » Je le suivis des yeux en remuant le plat en train de mijoter.

Il se retourna soudain, se précipita hors de la pièce et referma la porte de sa chambre à la volée. Je sus alors qu'il n'était pas disposé à écouter ne serait-ce qu'un mot de ce qu'August avait à lui dire.

J'allais ouvrir la porte et accueillis August. Je ne pouvais cacher mon dépit. « Dès qu'il t'a vu, il est vite remonté dans sa chambre. »

Il passa ses bras autour de moi, me serrant tendrement. Nos deux corps s'ajustaient étroitement, conduisant la chaleur de l'un à l'autre. « Je vais arranger ça. Regarde. » Ses lèvres se posèrent sur les miennes. « Tu m'as manqué, bébé. »

Il m'empêcha de répondre, sa bouche collée avidement à la mienne. Il posa ses mains sur mes fesses et me souleva. Sachant pertinemment que Calum ne risquait plus de nous surprendre, j'enserrai la taille d'August de mes jambes, mes bras passés autour de son cou. Je l'embrassai en retour, désirant comme une folle pouvoir faire l'amour avec lui là maintenant, à même le sol, pour la première fois depuis que la vie nous avait réunis.

Mais August avait d'autres projets immédiats. Il me lâcha et me renvoya à la cuisine d'une tape sur la fesse. « J'ai un plus gros poisson à ferrer, maman. Je reviens très vite, ne t'inquiète pas. Mais d'abord, j'ai besoin que tu me dises ces mots en face. »

Je me sentis rougir soudain et fis un sourire timide. « August ! »

Il posa un doigt sur mes lèvres en plongeant son regard dans le mien. « S'il te plaît. Ne serait-ce que pour me donner du courage. »

Elle lui répondit dans un souffle. « Je t'aime, August Harlow. »

Un sourire s'étira sur son visage. « Oh, oui. C'est bien ce que je pensais qu'il arriverait quand tu me le dirais en face. » Il m'attira soudainement entre ses bras puissants et posa sa bouche sur la mienne, pressant son érection contre mon ventre. Je n'avais besoin d'aucune autre explication, je ne pouvais que constater l'effet de mes paroles sur lui. Il murmura à mon oreille. « Je t'aime aussi, Tawny Matthews.

– August ? » demandai-je, surprise. « Tu n'as pas besoin de... »

Il m'interrompit en m'embrassant avec une nouvelle fougue.

Il m'aimait et avait fini par me le dire !

Après son baiser, il frotta son nez contre le mien. « Ça m'a fait du bien de te le dire, bébé. C'est encore mieux que lorsque tu as prononcé ces trois petits mots qui me font tellement d'effet.

– Ils ont eu un sacré effet sur moi aussi », dus-je admettre.

Il me libéra de son étreinte et grogna. « Bon, je m'y mets. »

Il se dirigea vers le petit couloir et s'arrêta à hauteur de la chambre dont mon fils avait si violemment claqué la porte. « Salut, Calum. C'est moi, August. Je sais que je t'ai fait peur l'autre jour mais je voulais te raconter une petite histoire concernant ce qui m'est arrivé. »

Tout en écoutant August, qui tentait une opération de réconciliation avec mon fils, je continuais de préparer notre dîner en me demandant comment Calum réagirait à la petite histoire d'August. Et comment August allait-il édulcorer l'histoire, pour qu'elle n'effraie pas Calum plus encore.

August restait patient. « Tu sais, j'ai fait la guerre. » Il s'interrompit un instant, permettant à Calum de bien comprendre ce qu'il voulait dire. « Tu te souviens du jeu auquel on a joué à la salle de jeux vidéos, celui où on était des soldats et où on devait tuer tous les méchants ? Eh bien, j'ai fait la même chose, mais dans la vraie vie. Quand tu fais ce genre de choses dans la vraie vie, ça provoque parfois des cauchemars, même quand tu es éveillé. C'est ce qui s'est produit l'autre jour en voiture. » Il arrêta de nouveau son récit pendant quelques secondes, sachant que la partie à venir serait la plus difficile. « Tu m'as probablement entendu parler de John dans la voiture. C'était un très bon ami à moi et il lui est arrivé un terrible accident. J'ai assisté à tout ce qui s'est passé ce jour-là. Mon esprit me joue parfois des tours – comme de très mauvaises blagues – et les souvenirs de ce qui est arrivé à John me reviennent, même si je sais que ce n'est pas réel. Je fais des cauchemars tout éveillé et il m'arrive même de me mettre à hurler, jusqu'à ce que quelqu'un me vienne en aide et me dise que tout ça n'est pas réel – comme ta maman l'a fait pour moi ce jour-là dans la voiture. Toi aussi, il doit t'arriver de faire de mauvais rêves, non ? Je n'en fais pas très souvent mais je sais combien ils peuvent être terrifiants. Je suis désolé de t'avoir fait peur l'autre jour, Calum, j'espère qu'on pourra quand même redevenir amis, comme avant que tout ça n'arrive. »

Le grincement de la porte attira mon attention vers le couloir.

Calum sortait de la chambre et August s'agenouilla pour se mettre à la hauteur de mon petit garçon. « Donc, tu as été soldat, comme à la télé ?

– Exactement », répondit August. « Et en réalité, ça fait bien plus peur qu'à la télé. »

Calum hocha la tête. « J'imagine. » Il cligna des yeux à plusieurs reprises. « Et ton ami, John, celui qui a eu un accident, il est mort ? »

August acquiesça solennellement. « Oui, il est mort. Et j'étais là quand c'est arrivé. Ça a été tellement triste pour moi que je crois voir des choses qui n'existent pas. Je sais que ça a l'air fou. »

Calum approuvait de la tête. « Oui. C'est fou. Mais un jour, j'ai vu un singe dans un arbre chez Mamie. C'était un vrai singe mais personne ne m'a cru.

– Qu'est-ce que tu as éprouvé alors, Calum ? » demanda August en passant sa main dans les cheveux sombres de Calum, de la même teinte que les siens.

« De la colère ! » s'exclama-t-il en agitant les mains. « Pourquoi j'inventerais une chose pareille ? »

August secoua la tête. « Je ne vois vraiment pas pourquoi ! »

– Je n'aurais jamais fait ça, je ne suis pas un menteur ! » se défendit à nouveau Calum.

August approuva d'un signe de tête. « Je sais que tu n'es pas un menteur. »

Calum observa August et tendit la main vers sa joue. « J'imagine que tu as dû être très triste quand tu as vu ce qui est arrivé à ton ami.

– Je n'avais jamais été aussi triste. Je fais de mon mieux pour me débarrasser de ces cauchemars, tu sais, parce que je ne veux pas que tu aies peur de moi. Ta maman essaie de m'aider aussi donc j'aimerais bien pouvoir rester près de vous, si tu es d'accord, Calum. J'aime beaucoup ta maman et je t'aime beaucoup aussi. » August posa une main sur l'épaule de mon fils. « Donc, qu'en dis-tu, Calum ? Je peux rester un petit peu avec vous ? J'apprécierais vraiment, tu sais.

– Maman t'a aidé et je crois qu'elle aussi t'aime bien », dit Calum, avant d'avancer de deux pas et d'entourer le cou d'August de ses bras. « Je suis désolé. Je suis désolé d'avoir eu peur de toi. Tu peux rester avec nous. »

August se releva et souleva Calum dans ses bras. « Merci. Tu n'imagines pas ce que ça signifie pour moi, Calum. Et je vois que tu as un grand cœur. »

Ils s'approchèrent de moi, me surprenant en train d'essuyer les larmes coulant sur mes joues. Ils m'avaient émue à un point indescriptible. « Je suis ravie de voir que vous ayez su régler votre problème. » Je reniflais comme pour confirmer le fait que j'avais pleuré, au cas où ils ne l'auraient pas remarqué.

« Oui », répondit Calum. « On est à nouveau amis. »

Des amis. Non, ils étaient plus que de simples amis. Il ne restait qu'à déterminer quel serait le bon moment pour le leur dire.

13

AUGUST

Bien que Calum m'ait pardonné l'épisode dont il avait été témoin, je n'en étais pas pour autant prêt à me pardonner moi-même. J'avais été mis en garde, tant par ma sœur que par mon thérapeute, mais j'avais décidé d'ignorer leurs conseils avisés. Je ne digérais pas le fait d'avoir effrayé le pauvre enfant.

Bien que mon côté rationnel m'ait encouragé à laisser tranquilles Tawny et son fils et à passer à autre chose, c'était mon égoïsme qui m'avait fait rester à leurs côtés. Je voulais faire partie de la vie de Tawny et de Calum, plus que tout au monde.

Une fois terminé le délicieux ragoût de bœuf qu'elle nous avait préparé et pendant que Calum remplissait le lave-vaisselle, Tawny et moi nous installâmes au salon, où je lui fis part de mes désirs. Confortablement assis sur le canapé, j'entourai ses épaules de mon bras et murmurai à son oreille : « Dis-moi, quelles sont les chances que tu me laisses dormir chez toi ce soir ? »

Ses beaux yeux verts s'écarquillèrent et elle secoua la tête. « Aucune chance, August. Tu sais que j'adorerais ça mais c'est trop petit ici et Calum a le sommeil léger. »

Ma queue ne risquait pas d'abandonner si facilement. « D'accord, alors on peut peut-être trouver un moyen pour qu'il sorte de la maison un moment ? »

Son expression passa de la sévérité à la curiosité. « Et comment ? »

Je n'aurais qu'une seule chance et sortis mon téléphone de ma poche pour appeler ma sœur. J'entendis le vacarme des conversations autour d'elle avant d'entendre ma sœur me répondre. « August, comment ça va ?

– Je me demandais ce que tu faisais ce soir », répondis-je en jouant avec une mèche des cheveux auburn de Tawny.

« En fait, Jacob avait envie d'aller voir un film et on était sur le point de sortir. Pourquoi ?

– Euh, je suis chez Tawny et... »

Elle m'interrompit. « Je vois. Oui, je sais ce que tu veux. Je veux bien emmener Calum avec nous s'il est d'accord.

– Je vais lui demander. » J'embrassais Tawny sur la joue et me levais pour consulter Calum.

« Oui monsieur ! » hurla-t-il en claquant la porte du lave-vaisselle et en fonçant vers sa chambre.

« Il est partant », confirmai-je à Leila. « On vous attend pour quelle heure ?

– D'ici une demi-heure. C'est le temps qu'il a fallu à ton chauffeur pour le conduire ici l'autre fois. Envoie-moi l'adresse par texto. »

J'avais réussi à faire en sorte de garder Tawny pour moi seul pendant au moins deux heures. J'aurais évidemment préféré disposer de la nuit entière mais c'était mieux que rien.

Je retournai m'asseoir près d'elle sur le canapé et parcourrai l'arrondi de son épaule du bout des doigts. Elle mordit lentement sa lèvre inférieure. « Je dois sauter dans la douche et me faire belle. J'ai rêvé de ce moment et je veux être au top.

– Comme tu veux, je t'attends. » Avant de la laisser se lever, je lui administrais un baiser annonciateur des réjouissances à venir.

Elle quitta la pièce le rouge aux joues, délicatesse qui me fit immédiatement bander. Il semblait que le vent tournait enfin pour nous, ça flottait dans l'air. L'atmosphère était à la fois lourde à cause des enjeux de ce que nous nous apprêtions à partager, et légère de tout ce bonheur.

Calum piaffait d'impatience et courut lui ouvrir dès que Leila frappa à la porte. Il ne ralentit que pour l'embrasser rapidement et la remercia de l'emmener avec eux.

Leila me regarda attentivement, sur le pas de la porte. « Fais bien attention à ce que tu fais, petit frère.

– Ne t'inquiète pas », dis-je en riant. Je refermai la porte, donnai un tour de clé et me dirigeai directement vers la chambre de Tawny.

Elle se préparait toujours dans la salle de bain, j'en profitai pour me déshabiller pour lui faire une petite surprise. Ma queue était déjà raide, prête pour elle. Mais je voulais prendre tout mon temps ce soir.

« August ? » appela-t-elle depuis le couloir.

« Je suis ici. »

J'éteignis le plafonnier pour allumer le chevet.

« Je pensais que tu m'attendais dans le... » elle s'interrompit, la bouche bée lorsqu'elle me vit, assis dans son lit, adossé aux oreillers.

Je tapotai le côté vide du lit alors qu'elle se tenait, immobile, dans l'encadrement de la porte. Je lui jetai un regard chargé de convoitise et un sourire carnassier.

Tawny ne portait qu'une serviette de bain, enroulée autour de son buste, ses cheveux mouillés dégoulinant sur ses épaules. Elle referma la bouche lorsqu'elle remarqua que j'étais torse nu. « Oh, tu es tout nu ? »

Je repoussai la couette pour lui montrer à quel point je l'étais. « Laisse tomber la serviette, bébé. »

Elle prit une longue inspiration puis détacha la serviette qui tomba mollement par terre. Elle claqua la porte d'un pied avant de me rejoindre.

A chacun de ses pas, ses gros seins s'agitaient. Je sentais ma verge palpiter, je salivais, j'étais déjà fou de chaque petit bout de sa généreuse anatomie.

Elle s'assit au bord du lit, le souffle déjà saccadé. Ça me rappela notre nuit ensemble. Je saisis ses hanches en riant et la positionnai sur moi.

Elle chevauchait mon ventre et je jouais avec ses seins, d'abord avec mes mains puis avec ma bouche. Elle s'était accrochée à mes cheveux et gémissait doucement. Son dernier gémissement se termina par des mots qui produisirent un effet sur moi encore inexpérimenté au lit. « Je t'aime August Harlow. »

Ma bite ne pouvait plus attendre. J'oubliais toutes mes bonnes résolutions de lenteur et de patience et, d'un mouvement agile, je l'étendais sur le dos. Je la contemplais un instant, son corps offert frissonnant. Dès qu'elle écarta les jambes pour m'accueillir, mon corps fut comme aspiré par le sien. « Je t'aime, Tawny Matthews. Tu es prête pour moi ? »

Elle avoua, en hochant la tête. « Je suis trempée, pour toi. »

– Parfait, parce que je suis sur le point d'enfouir cette belle queue dans cette chatte mouillée et je vais te baiser comme j'ai rêvé de le faire depuis bien trop longtemps maintenant. » Je commençais à pénétrer lentement sa chatte bien serrée.

Elle lâcha un petit cri quand ma queue étira son sexe, alors que son corps remuait de façon à ce que je puisse. « August ! » Ses ongles s'enfonçaient dans mes épaules.

Je laissai échapper un gémissement – elle était incroyablement étroite. « Oh, bébé ! »

Je bougeais à l'intérieur d'elle, j'imprimais un lent va-et-vient et ressentais une nouvelle fois chacun de ses reliefs intimes. Mon torse frottait contre sa peau soyeuse. Et chaque à-coup projetait ses hanches contre mon ventre. Tout n'était que sensation, chacun de ses mouvements me ramenant sept ans plus tôt.

Mais elle était à présent à moi. Pas seulement la jeune fille que j'avais trouvée dehors, assise dans la rue à minuit et contemplant la même lune que moi.

Ses cheveux auburn formaient une auréole éparse sur l'oreiller et ses yeux verts me fixaient. Ses lèvres rosies frémissaient et ma bouche n'y résista pas. Le baiser fut passionné et avide et nos langues se mêlèrent alors que je la faisais mienne à nouveau.

Ses gémissements résonnaient à l'unisson des saccades de ma respiration haletante et nos chairs claquaient à un rythme qui nous amena naturellement à notre premier orgasme de la soirée – nous avons joui au même moment, tout comme il y a sept ans.

Je n'avais jamais joui en même temps que ma partenaire. Ce que je partageais avec Tawny était très spécial, je n'avais aucun doute là-dessus.

Je reposai un instant mon corps sur le sien, prenant toutefois garde de ne pas peser de tout mon poids sur elle. Je respirais profondément jusqu'à retrouver mon souffle. Je regardai alors cette femme radieuse reprenant ses esprits, les yeux clos et les lèvres humides et je sus que si ça n'était pas de l'amour, ça y ressemblait fort.

Mon cœur explosait. Je vivais un pur amour, comme je n'en n'avais jamais connu auparavant. Je ferais n'importe quoi pour cette femme. La retrouver avait été comme recouvrer l'usage d'un membre ou récupérer une partie manquante de soi.

Elle ouvrit les yeux et prit mon visage entre ses mains. « Mon Dieu, August. » Une larme dévala l'ovale de son visage.

Je la lapai et répétai : « Mon Dieu. »

Exprimer mes émotions n'avait jamais été mon fort et je crois qu'il en était de même pour Tawny. Je n'étais pas non plus doué avec les mots mais je saurais lui montrer ce qu'elle représentait à mes yeux.

Je roulai sur le dos, l'étreignant contre moi pour que nos corps ne se séparent pas une seconde. Elle était allongée sur moi et je l'aidai doucement à se relever. Ses gros seins s'agitant au-dessus de moi me fascinaient et mes mains se mirent à jouer avec.

Elle fronça un œil et me demanda d'une voix rauque : « Tu aimes mes seins, August, hein ?

– Non, je les adore. » Je me relevai et prit un tétons dans ma bouche, léchant le mamelon et le pinçant entre mes lèvres. Ses gémissements m'excitaient tant que je bandais de nouveau et en un instant, elle me chevauchait allègrement, jusqu'à un nouvel orgasme simultané.

Je ne voulais pas la laisser quitter le lit. Rester tous les deux au lit aurait été un rêve éveillé et cette pensée me remémora les émotions que j'avais ressenties cette nuit-là. Je ressentais les mêmes émotions aujourd'hui. J'avais eu à l'époque l'impression que je ne pourrais jamais me passer d'elle, je ressentais encore la même chose aujourd'hui.

Une main passée derrière sa nuque, je l'embrassai délicatement. « T'abandonner après ce que nous avions vécu tous les deux a été l'une des choses les plus difficiles que j'aie jamais eu à faire. Et maintenant que nous sommes ensemble, je ne pense pas pouvoir jamais te quitter à nouveau. »

Elle riait en repoussant des mèches de mon front. « J'espère que tu n'auras plus à me quitter. Je ne te l'ai jamais dit mais j'ai pleuré tous les soirs pendant le mois qui a suivi ton départ. Et toutes mes prières concernaient ton retour. J'imagine qu'elles ont été entendues, hein ? »

Ses lèvres gonflées de baisers appelaient ma bouche et je les mordis doucement. « Merci d'avoir prié pour ça. »

Je sentis ma verge se réveiller doucement, à l'instar de Tawny qui recommençait à onduler contre moi. « Oui, bébé. Prends-moi encore, homme insatiable. »

Avec elle, j'étais insatiable – seulement avec elle.

14

TAWNY

August semblait se satisfaire de leur toute nouvelle situation. Il venait pendant la journée, alors que Calum était à l'école et ils faisaient l'amour continuellement, ne s'interrompant que pour manger et boire pour reprendre leurs forces. Il restait pour le dîner et rentrait chez lui dès qu'il était l'heure pour Calum d'aller se coucher. Cela dura une semaine.

Puis un jour, August comprit qu'il ne pourrait s'en contenter. Il s'était glissé dans mon petit appartement, une fois Calum déposé à l'école et le sérieux avec lequel il s'adressa à moi me troubla. « Tawny, je ne me sens pas bien dans notre relation. »

Je le pris dans mes bras et, en embrassant ses lèvres charnues, je ressentis toute sa tension accumulée. « Explique-moi, qu'est-ce qui ne va pas ? »

Il prit mes mains dans les siennes et effleura tendrement chacune de mes phalanges, tout en m'observant intensément. « Je ne supporte plus de ne pas dormir avec toi.

– Mais je suis avec toi toute la journée », lui rappelai-je doucement.

« Oui, mais je ne le supporterai plus très longtemps. Quand tu auras repris le travail, on ne pourra plus se retrouver comme ça. » Il pressa ses lèvres au creux de ma paume, me faisant littéralement fondre.

« August Harlow, es-tu devenu accro à moi ? » Je ris de le voir acquiescer sans la moindre honte. « C'est peut-être pas très bon pour toi.

– Mais ça me fait énormément de bien. » Il m'assit sur ses genoux. « Tu vois, tu me fais du bien et je veux être avec toi tout le temps. Je sais que tu vas devoir retravailler bientôt et je serai obligé de renoncer à nos journées ensemble. Que me restera-t-il ? »

Pour être tout à fait honnête, je ne m'étais pas posé la question. Que lui resterait-il ? Et que me resterait-il, à moi ?

J'avais, autant que lui, besoin de sa présence à mes côtés. Une seule chose me retenait de changer notre routine – Calum.

La chose la plus difficile lorsque l'on garde un secret est de déterminer le meilleur moment pour le dévoiler. En premier lieu, je ne voulais pas charger August d'une quelconque responsabilité qui m'incomberait. D'autre part, ayant assisté à une de ses attaques de panique, je me rendais bien compte qu'il était peut-être encore difficile de faire face aux surprises. Mais quand serait-il prêt ?

Vivre avec le SSPT était compliqué pour un vétéran. Et si l'on ajoutait le fait qu'il avait tué accidentellement un ami Marine... tous les ingrédients étaient réunis pour déclencher un vrai désastre.

En plus, entre-temps, August était devenu milliardaire. N'importe quelle autre femme y aurait vu une bénédiction. Pas moi.

Bien que nous soyons tous deux issus du même milieu, il était devenu extrêmement riche. De telles fortunes impliquaient d'assumer de lourdes responsabilités qui ne m'étaient pas familières. Les inconvénients étaient légion, vivre sous les flashes des photographes, le besoin de se faire accompagner de gardes du corps à certaines occasions, ou même des femmes prêtes à se jeter sur le premier homme nanti qu'elles rencontrent.

Si je lui avouais mon secret, dont personne n'était au courant, les choses pourraient changer dramatiquement. Et peut-être pas pour le meilleur. August, ainsi que mes parents, me prendraient probablement pour une menteuse.

Je ne voulais pas risquer ça.

Bien sûr, ils finiraient sûrement par me pardonner, plus tard, mais comment pourraient-ils ignorer le fait que je le leur avais caché pendant si longtemps ? Surtout lorsqu'il s'agissait de l'identité du père de mon fils.

Non, je ne pouvais pas. Pas encore.

« Donc, qu'est-ce que tu proposes, August ? » demandai-je en passant ma main dans ses cheveux soyeux.

« Pourquoi ne viens-tu pas t'installer chez moi ? » Ses yeux malicieux brillaient tandis qu'il me souriait.

Une fois de plus, j'imaginais que la majorité des femmes s'évanouiraient de bonheur si un homme leur faisait une telle proposition. Mais je n'étais pas comme ça. Je lui répondis et sa réaction fut prévisible. « Non. »

Il soupira de déception et me regardait fixement, attendant manifestement une explication. « Donc, tu ne me laisseras pas dormir ici chez toi. Tu m'as dit que c'est trop petit et que Calum nous entendrait. Je trouve que mon idée est la bonne, si veux mon avis.

– Ecoute, Calum est la raison de mon refus d'emménager avec toi. Il se réveille pratiquement toutes les nuits et vient me rejoindre dans mon lit. Ce serait un problème si on dormait ensemble tous les soirs. »

Il leva les yeux au ciel et répliqua de façon cinglante. « Tu te raccroches aux branches, Tawny.

– Non, pas du tout », répondis-je en quittant ses genoux. « Je vais me faire un café. Tu en veux un ? »

Il hocha la tête et me suivit dans la cuisine. Ce dont j'avais réellement besoin était un verre de vin, pour me calmer.

« Je ne vois pas pourquoi il n'apprendrait pas à ne pas se lever la nuit, c'est tout. Leila peut peut-être te donner des astuces. On ne peut pas se laisser séparer par ça Tawny, tu t'en rends bien compte. » Debout derrière moi, August passa ses bras autour de ma taille et reposa son menton sur mon épaule

Je me retournai et l'entourai de mes bras pour lui avouer un peu plus de cette vérité cachée. « Une autre des raisons est notre sécurité

et notre vie privée. Je sais que tu vis dans un environnement relativement protégé – sans parler de ton niveau de vie, bien différent de
celui auquel nous sommes habitués. Si on devait emménager avec
toi, je crois qu'il nous faudrait une protection – un garde du corps ou
un vigile au moins. J'imagine que tu n'as pas besoin de quiconque
pour te protéger mais ton altruisme et l'ouverture de ton Club font de
toi une célébrité dans cette ville. Les gens seront curieux à notre sujet
et nous aurons besoin d'une protection. Je ne crois pas que j'aimerais
vivre comme ça. »

Ses yeux noisette se remplirent de tristesse. « Bébé, qu'est-ce que
tu dis ? Tu es en train de m'annoncer qu'on ne pourra jamais avancer ? Tu es en train de me dire que c'est tout ce que l'on n'aura
jamais ?

– Je ne sais pas ce que je dis, August. Tout s'est passé si vite, je suis
un peu chamboulée. » Je l'embrassai. « La seule chose dont je suis
certaine est que je t'aime. Mais tout le reste est encore flou. »

Son torse se souleva et il soupira longuement. Il n'était pas très
content en cet instant précis. Mais je savais comment le distraire,
pour un petit moment au moins.

Je passai mes mains le long de ses bras et pris ses mains. « Ou-
blions le café et allons au lit.

– Non », répondit-il gravement. Il plongea ses yeux dans les
miens. « Si c'est tout ce que l'on peut espérer... je ne pense pas
pouvoir m'en contenter.

– August, ça ne fait pas si longtemps qu'on s'est retrouvés », répli-
quai-je.

« On se connaît depuis toujours, Tawny. Je veux partager ma vie
avec toi. Donc, s'il le faut, j'engagerai des gardes du corps pour vous
surveiller, toi et Calum. Je m'en fous. Merde, la moitié des enfants de
Los Angeles en ont ainsi que la plupart des femmes et petites amies. »
Il effleura ma lèvre inférieure de son pouce, me fixant intensément.

Comment aurais-je pu refuser quand il me considérait avec tant
d'adoration dans le regard ? La façon dont il me tenait me faisait
vibrer intérieurement. Plus que le désir, c'est l'amour qui me boule-
versait tant je souhaitais son bonheur.

Mais je ne pouvais pas emménager chez lui – pas tant que mon secret pèserait sur notre relation.

Ce ne serait pas juste.

Mon portable sonna. Je l'avais laissé dans le salon, August me libéra de son étreinte pour que je puisse y répondre. « C'est l'école de Calum », annonçai-je à August, qui surgit derrière moi. « Bonjour.

« Mademoiselle Matthews ? » demanda une voix féminine.

« Oui, c'est moi.

– Vous étiez au courant de la sortie scolaire organisée avec la classe de votre fils aujourd'hui, n'est-ce pas ? » demanda-t-elle nerveusement.

Un frisson me parcourut l'échine, mon intuition ma faisant craindre le pire. « Oui, au Lac Big Bear. Je lui ai préparé un pique-nique. Est-ce que tout va bien ?

– Euh, avez-vous regardé les infos, Mlle Matthews ? »

August m'entoura de ses bras lorsqu'il me vit blêmir. « Je n'ai pas vu les infos, non. Dites-moi ce qu'il se passe. »

August saisit la télécommande et alluma la télévision, changeant de chaîne jusqu'à trouver les actualités locales.

On ne mit pas longtemps à comprendre. Un bus scolaire jaune ainsi que plusieurs voitures étaient bloquées entre deux fronts de feux de forêt.

Je m'écroulai sur le canapé après que la femme m'ait donné plus de détails. « Il y a quinze personnes dans le bus avec votre fils, trois adultes et douze enfants. Leur évacuation est en cours mais les feux gagnent du terrain et le vent a forci... c'est une situation très dangereuse. »

August prit le téléphone. Toutes mes forces m'avaient quittée et je ne pouvais plus ni bouger ni parler. Il discuta encore quelques instants avec la femme. « Ça va aller, merci. »

Il raccrocha et composa un numéro sur son propre portable, je n'avais aucune idée de la personne qu'il cherchait à joindre. Seul me préoccupait le danger auquel mon fils était exposé. Un terrible danger. « August, et s'il brûlait vif ?

– Chut, ne pense pas à des choses pareilles, bébé. » Il vint s'asseoir près de moi et j'entendis un homme répondre avant qu'il ne mette le haut-parleur. « Gannon, j'ai besoin de ton aide », dit-il d'un ton professionnel. « Un bus scolaire plein d'enfants – et l'un d'entre eux est particulièrement important pour moi – est coincé par les feux de forêt au Lac Big Bear. J'ai besoin de quelques hélicos pour les évacuer et j'exige que mon garçon soit le premier à être sorti de là, tu comprends ?

– J'ai bien compris. J'appelle mon pilote et on s'occupe de tout ça. Retrouvez-nous à l'Héliport Beverly Center.

– Compris. » August reposa l'appareil sans même saluer son interlocuteur. « Allez, bébé. Je te ramène à la maison. » Il m'entraîna et je le suivis.

Mon esprit et mon corps étaient engourdis, j'étais anéantie par la peur.

Mais August avait un plan, et c'était plus que ce que j'avais.

15

AUGUST

L'épaisse fumée obscurcissait le ciel et pendant quelques minutes angoissées, il était impossible de discerner le sol. J'avais laissé Tawny à l'héliport à sa demande. En restant à terre, elle libèrerait une place supplémentaire dans l'hélicoptère de Gannon.

Son pilote et moi avions décollé les premiers, immédiatement suivis de Gannon et un autre pilote. Mon autre collègue, Nixon, quitta le sol juste après eux. Les trois hélicos prendraient chacun trois personnes, l'équipe étant bien décidée à sauver autant de vies que possible.

Les conditions de vol n'étaient pas idéales. Des vents forts s'élevaient entre eux et le brasier infernal. Des oiseaux semblaient voler de part et d'autre du cockpit, éjectés par la force du feu. Les moteurs étaient robustes et le reste du trajet se passa sans encombre.

Un hélico des garde-côtes nous avait doublés à l'approche de notre destination. C'était rassurant de savoir qu'un plus gros appareil les avait rejoints, ils pourraient ramener plus de monde en sécurité. On pourrait peut-être ramener tout le monde, sans que personne ne soit blessé ou tué.

J'aperçus soudain le bus jaune au travers des tourbillons de fumée et je l'indiquai du doigt. Le pilote chercha le meilleur endroit où se poser et atterrit non loin des garde-côtes.

Dès que je posai le pied à terre, je me mis à courir pour rejoindre Calum aussi vite que possible. Les enfants avaient été retenus à l'intérieur du bus et seule une femme, qui devait être leur institutrice, se tenait à l'extérieur. « A moins que vous ne soyez un garde-côte, vous n'êtes pas autorisé à emmener le moindre enfant, sauf le vôtre. Je suis sincèrement désolée, monsieur. »

Calum s'était levé et criait. « August ! Tu es là ? » Il courut vers moi et jeta ses bras autour de mon cou.

Je le soulevai et tendit mon téléphone à l'institutrice. J'avais déjà appuyé sur le numéro de Tawny et mis le haut-parleur, au cas où elle aurait besoin de soutien. « Allô ? » répondit-elle, angoissée.

« Euh, c'est Mme Copperfield, la maî... »

Tawny ne perdit pas une seconde. « Oui, je sais. Laissez mon fils partir avec l'homme qui est venu le chercher.

– Je suis désolée, je ne peux pas », répondit-elle brutalement.

« Vous plaisantez ? Vous pouvez et vous allez le faire », cria Tawny. « Les mères de Kyle et de Jasper sont avec moi et elles veulent que leurs fils aussi partent avec August Harlow. Il va s'occuper d'eux, que vous le vouliez ou non, Mme Copperfield. Nous règlerons ça avec l'école, ne vous inquiétez pas pour votre emploi.

– Je, euh... mais je ne sais pas quoi faire », dit-elle désespérée.

« Laissez-nous mettre ces enfants en sécurité. Entre nos trois hélicos, nous pouvons ramener neuf personnes », ajoutai-je en regardant Calum. « Où sont tes copains ? Viens, on va les chercher.

– Venez, les gars ! » cria Calum. Deux petits garçons sautèrent à bas du bus et nous rejoignirent en courant.

Alors que je venais de rassembler les petits, l'un des garde-côtes s'approcha de nous. « Vous avez combien de places, monsieur ?

– Je suis au complet », répondis-je. « Nous pouvons prendre trois personnes chacun.

– Les enfants sont menus », dit l'homme. « Je pense que vous pourriez en mettre deux sur chaque siège. Vous êtes d'accord pour essayer ?

– Bien sûr. Faites descendre trois autres enfants et je vois si ça passe. »

Je savais qu'avec l'aide de cet homme, l'institutrice passerait outre sa peur de se faire virer et laisserait plus facilement partir les enfants.

En un instant, six garçons étaient montés dans l'hélicoptère et nous avions repris le chemin de l'héliport. Calum souriait de toutes ses dents alors que nous traversions des nappes de fumée et même alors que le vent nous malmenait quelque peu. Le petit n'avait pas froid aux yeux.

En touchant le sol, je les aidai à descendre un par un et ils coururent rejoindre leurs parents – ils avaient dû être prévenus que leurs enfants seraient rapatriés vers l'héliport. Calum sauta dans les bras de sa mère, qui fondit en larmes de soulagement.

Je restai à l'écart un moment, m'assurant que chacun des enfants avait bien retrouvé sa famille, avant de rejoindre Tawny et Calum.

Calum n'arrêtait pas de parler, racontant à sa mère le feu, le trajet en hélicoptère et leur sauvetage. Il parlait de moi comme du héros qui était venu pour sauver leur vie à tous.

Tawny s'adressa à moi par-dessus l'épaule de son fils. « Tu es un héros, August. Tu l'as toujours été. »

Ce que je venais de faire n'était rien comparé à la guerre. Mais j'acceptai de bonne grâce le compliment. « Merci, bébé. Vous êtes prêts à rentrer à la maison ?

Elle acquiesça, tout en tenant encore fermement son petit garçon. « Je suis prête. Tout ce que je veux maintenant, c'est ramener mon petit à la maison et passer la soirée à le câliner.

– J'imagine. » Je les entourai tous les deux de mes bras et les accompagnai à la voiture alors que se posait le deuxième hélicoptère, qui ramenait à son tour six autres enfants à leur parents rassurés.

Alors que Tawny subissait encore le contrecoup de sa frayeur, Calum était tout sauf traumatisé. Il racontait à nouveau tous les événements, répétant que jamais il ne pourrait oublier cette journée.

Tawny passa ses doigts sur mon bras, les larmes roulant sur ses joues. « Comment tu vas, August ? Tu vas bien ?

– Je vais bien. Ne t'inquiète plus pour nous. Mais on dirait que tu aurais bien besoin d'un petit verre et d'un bain bien chaud. » Je tournai au coin de la rue, en direction de mon appartement. Tawny n'était pas en état de protester et avait besoin de toute mon affection.

Elle regarda autour d'elle, avant de se tourner vers moi. « Mais où vas-tu ?

– Chez moi », répondis-je en souriant.

« Ouais ! » s'écria Calum. « On va enfin voir comment c'est chez toi !

– Non », dit Tawny. « Retourne chez moi.

– Bébé, il faut... »

Elle ne me laissa pas finir. « Non, August. Ramène-nous chez moi, je veux rentrer chez moi.

– Mais, je suis déjà sur l'autoroute. Je dois trouver une bretelle de sortie et ça risque de prendre un moment. » J'essayai de gagner du temps.

« Maman, je veux aller chez lui », intervint Calum.

« Non », répondit-elle sèchement.

« Tawny, ce serait plus rapide et plus confortable d'aller chez moi. » Je tournai à la sortie suivante et repris la direction inverse, vers son petit appartement, tout en espérant qu'elle finirait par changer d'avis. « J'ai un jacuzzi où tu pourrais te détendre. Et il y a une piscine intérieure où Calum pourrait jouer.

– Je ne veux pas aller là-bas, August. S'il te plaît », dit-elle, avant de fondre en sanglots.

« D'accord, bébé. D'accord, ce n'est pas la peine de pleurer. » J'essayais de la consoler comme je le pouvais. « Je te ramène chez toi, bébé. »

Mes paroles ne lui furent d'aucun réconfort. Elle pleurait toutes les larmes de son corps, les mains devant son visage. J'imaginais que c'était la peur rétrospective de ce qui aurait pu arriver à son fils. Leila avait raison, il y avait réellement de grandes différences entre une maman célibataire et une femme sans enfants.

« Maman, tout va bien. Ce n'est pas la peine de pleurer. » Calum tentait à sa manière de réconforter sa mère.

« Tu ne peux pas comprendre, mon chéri. Vous ne pouvez pas comprendre », gémit Tawny.

« Tu as raison », admis-je. « On ne te comprend pas. Mais je te reconduis chez toi, comme tu l'as demandé. Calme-toi maintenant. Je n'avais aucune idée que ma proposition de m'occuper de toi te mettrait dans un tel état. » Je réalisai que je m'étais exprimé un peu plus brutalement que je ne l'aurais voulu et je pris une grande inspiration pour retrouver mon calme. « Je suis désolé. Je ne voulais pas te contrarier – tu m'imagines pas à quel point je suis désolé. »

Je n'obtins que le redoublement de ses pleurs et je ne parvenais pas à comprendre ce qui la pouvait la mettre dans un état pareil, surtout maintenant que Calum était hors de danger et qu'on se rapprochait de son appartement.

Elle pleura durant tout le trajet jusque chez elle et, une fois à l'intérieur, elle s'enferma directement dans la salle de bain, nous laissant seuls Calum et moi. Je l'entendais pleurer et parfois crier des mots inintelligibles mais où il était toujours question de « comment ? » et de « pourquoi ? »

M'en voulait-elle ? Pourquoi elle s'était mise avec moi ?

Calum et moi étions assis au salon où je nous avais préparé un bol de crème glacée. Je sélectionnai à la télé un dessin animé que je serai capable de supporter et nous attaquâmes notre goûter, tentant de faire abstraction des bruits qui nous parvenaient toujours de la salle de bain.

« Tu sais, je crois que je ne participerai jamais plus à une sortie scolaire », maugréa Calum avant de prendre une autre cuillerée de glace.

« Ne laisse pas un petit incident t'empêcher de t'amuser, Calum. La vie est pleine de surprises et on ne peut pas s'arrêter de vivre juste parce que des obstacles peuvent survenir. Ou on ne s'amuserait plus jamais. » Je passai ma main sur sa tête et le bousculai d'un petit coup d'épaule. « Et elle va se remettre, tu verras. Oh, les mères, hein ?

– Tu m'étonnes », approuva Calum en soupirant et en levant les yeux au ciel, comme l'aurait fait un adulte.

Heureusement pour moi, Calum aimait le même style de dessins animés que moi – je m'étais occupé de mes six nièces et neveux et je connaissais bien les programmes enfants. Avant que je ne m'en rende compte, on s'était raconté toute la dernière saison des Tortues Ninja, Steve était notre personnage préféré à tous les deux.

Une heure s'était passée et plus aucun bruit ne provenait de la salle de bain ni de la chambre de Tawny. « Je devrais peut-être aller voir si tout va bien », dis-je à Calum avant de me lever pour aller voir ce qui l'avait rendue soudain si silencieuse.

Le grincement de la porte me stoppa et je me figeai près du canapé. Calum se releva à genoux et tendait le cou vers le couloir. « Maman ? »

Ses mèches auburn étaient ébouriffées. Je savais qu'elle avait dû y passer les mains. Ses yeux rougis par les larmes, qui avaient fait couler son maquillage se posèrent sur moi, puis sur Calum. Elle ouvrit la bouche mais ne dit rien.

« Bébé, tu vas bien ? » Je devais lui poser la question. Je ne l'avais jamais vue, ou même imaginé la voir, dans cet état et je ne savais pas comment la soutenir.

Elle secoua la tête lentement et sembla à nouveau être sur le point de parler. « Ça ne va pas du tout. J'ai fait quelque chose que je n'aurais pas dû faire. »

Mon sang ne fit qu'un tour.

Son regard passa de Calum à moi. « Vous allez être furieux contre moi.

– Jamais de la vie », la rassura Calum en secouant la tête.

Elle hocha la tête. Le temps semblait figé alors qu'elle se tenait à l'autre bout de la pièce « Je vous ai caché un secret. »

Vraiment ?

16

TAWNY

J'étais paralysée de peur, leurs deux regards rivés sur moi. Dans mon désarroi, j'avais imaginé que les mots viendraient tout seuls, incapables de les retenir plus longtemps. Au contraire, j'étais incapable de trouver les mots pour livrer aux deux personnes devant moi une information qu'ils méritaient de connaître.

Avec le recul, si j'avais été en pleine possession de mes moyens je m'y serais prise autrement. Mais l'affolement que j'ai ressenti après que mon bébé ait frôlé la mort, plus August qui a failli être empêché d'intervenir...

Soudain, quelque chose avait lâché en moi, je ne pouvais plus garder ce secret plus longtemps.

« Un secret ? » demanda August, le visage déformé par l'inquiétude.

Il avait déjà commencé à imaginer le pire et je mis fin à l'attente. « August, tu es le seul homme... » Je m'interrompis et me tournai vers mon fils de six ans, consciente qu'il me fallait formuler ma phrase pour ne pas froisser ses oreilles innocentes.

« Je suis le seul homme qui quoi, bébé ? » demanda August, les yeux plissés. Il savait qu'il se passait quelque chose et il savait qu'il était concerné.

« Il n'y a jamais eu d'autre homme que toi, August Harlow. Depuis la veille de ton départ au camp jusqu'à nos retrouvailles à la Cité des Sciences, il n'y a jamais eu que toi. Je n'ai jamais été... » Je ne pouvais pas le dire. Pas quand mon fils me regardait.

« Oh... » murmura August. « Je vois ce que tu veux dire. » Il regarda Calum puis moi à nouveau. « Donc, dis-nous ce que tu voulais nous dire, Tawny », m'encouragea-t-il. Son visage était impassible et ne donnait aucun indice quant à son état d'esprit.

Je plongeai alors mon regard dans celui de Calum. « Calum, August est ton papa. »

Le regard de mon fils semblait tellement confus. Puis il demanda « Mais comment tu sais ? »

August rit et le souleva dans ses bras. Je respirai enfin. « Parce que les mamans et les papas savent ces choses, c'est tout. Je me posais des questions à ton sujet, Calum. On a les mêmes cheveux. »

Calum vérifia immédiatement et il regarda intensément les yeux de son père. « Et tu as les yeux de la même couleur que moi » ajouta-t-il.

« Je pense que ta maman avait une bonne raison pour garder ça secret, parce qu'elle était inquiète. Mais elle n'aurait pas dû s'inquiéter, vous pourrez toujours compter sur moi, tous les deux. Mais on ne doit pas être fâché contre elle, d'accord, mon garçon ? Elle était jeune et elle a fait ce qui lui semblait le mieux. » August me regarda. « Viens par ici et oublie tout ça, bébé. Personne ne t'en veut. »

Mon cœur s'apaisait, je soufflais enfin. J'avais imaginé une crise entre les hurlements de la part d'August et la colère de Calum. J'avais cru qu'ils ne me comprendraient pas et il s'avéra que je m'étais trompée.

« Je suis désolée de ne pas vous l'avoir dit plus tôt, les garçons. J'attendais le bon moment pour vous parler. »

August m'attira près de lui et passa son bras autour de mes épaules. Il m'embrassa tendrement sur la tempe. « Tu es pardonnée. Je t'avoue que je me doutais bien que Calum était mon fils. J'attendais que tu abordes le sujet – je ne voulais pas paraître grossier au cas où j'aurais eu tort. »

J'étais reconnaissante et soulagée de ses paroles. « Merci. »

« Je te pardonne aussi, maman », dit Calum qui se pencha pour m'embrasser. « Et je te remercie de me l'avoir dit. Quand je vais retourner à l'école, je pouvoir dire à tout le monde que c'est mon père qui nous a sauvés. Mec, je vais gagner en popularité ! »

August reposa Calum et partit chercher à la cuisine une bouteille d'eau qu'il me tendit. « Voilà pour toi. Je crois que tu dois reconstituer tes réserves d'eau, tu les as largement épuisées en pleurant. »

Je pris la bouteille. « Merci, les garçons, d'avoir si bien pris la nouvelle. Je me rends compte que j'ai pleuré pour rien.

– Oui », approuva August. Il s'assit près de Calum et je pris place de l'autre côté de notre fils. « Vous savez, je n'ai pas cessé de m'inquiéter au sujet de ces feux de forêt depuis que je suis tombé sur vous deux. C'était très étrange puisqu'on a déjà eu des feux en Californie mais je ne m'étais jamais autant inquiété. Je vais pouvoir me relaxer maintenant. Je savais peut-être qu'un jour, j'aurais à sauver mon petit garçon des flammes. » Il haussa les épaules. « On a déjà vu des choses bien plus bizarres.

– Waouh », dis-je en les regardant. « Un don de voyance à ajouter à tes superpouvoirs. » Je lui fis un clin d'œil et lui soufflai un baiser.

« Et je suis tout à toi, bébé. » il passa sa main sur la tête de Calum. « J'aimerais pouvoir le reconnaître et qu'il porte mon nom. Et j'ouvrirai immédiatement un compte épargne pour lui.

– Qu'est-ce que c'est un compte épargne ? » demanda Calum.

« Oh, c'est juste un petit coup de pouce qui t'aidera toute ta vie. Un bonus que tu as obtenu en étant mon fils. » August riait. « C'est si fou d'entendre ça de ma bouche. J'ai un fils !

– Et j'ai un papa ! » ajouta Calum. « J'ai toujours tellement voulu avoir un papa. Tout le monde en a un. Enfin, sauf Kaylanna, qui a deux mamans au lieu d'un papa et d'une maman. »

Alors que nous riions tous les trois, je remarquai l'apaisement dans les prunelles noisette d'August. Une vraie famille. C'est à ce moment-là que je réalisai combien j'avais perdu une bonne part du contrôle que j'avais jusqu'à présent. Calum était son fils et je connaissais suffisamment August pour savoir qu'il ferait toujours de son mieux pour Calum, quoi qu'il arrive.

Encore une fois, la plupart des femmes seraient aux anges de pouvoir enfin partager cette responsabilité. Mais voilà des années que j'étais mère célibataire. C'était moi qui avais pris toutes les décisions concernant Calum. Dorénavant, August aurait lui aussi son mot à dire.

Quel genre de coparents allions-nous être ? Serions-nous toujours sur la même longueur d'ondes ou faudrait-il batailler pour la moindre décision ? Quelles seraient les répercussions pour notre couple ?

Lorsqu'August se releva, il agit un doigt en ma direction. « Je peux te parler en privé, maman ? »

Calum retourna à son dessin animé, August me prit par la main et m'entraîna vers la salle de bains. La porte ouverte de ma chambre dévoila à un August ébahi le désordre total qui y régnait. Les couvertures mêlées aux draps que j'avais empoignés et froissés pendant ma crise d'apitoiement.

Il ne prononça pas un mot et referma la porte derrière lui. Il passa la main sur ma joue dans un geste très tendre et l'embrassa. Ma poitrine se gonfla d'amour et de soulagement. Tout aller bien se passer désormais.

Il plongea son regard dans le mien. « Je veux que vous veniez tous les deux avec moi. Je veux passer avec vous autant de temps qu'il est humainement possible. »

Telle fût sa première exigence. Et comment pourrais-je la lui refuser maintenant ? Maintenant qu'il savait que Calum était son fils, je n'avais plus le droit de l'empêcher de le voir, comme je l'avais fait depuis déjà trop longtemps.

Mais il était tout sauf un parent irresponsable. « August, que se passera-t-il si ça ne fonctionne pas entre nous ? Qu'arrivera-t-il à Calum ? »

Il secoua la tête. « Tawny, même les couples mariés ne savent ce que l'avenir leur réserve, à eux et à leurs enfants. Tu ne devrais pas t'encombrer de "si jamais" – ils impliquent bien trop de questions sans réponses. Et je peux t'assurer que quoi qu'il advienne de notre couple, Calum est mon fils et je ne lui tournerai jamais le dos et tu pourras également toujours compter sur moi. Vous faites tous les deux partie de moi maintenant. »

Je savais qu'il avait raison et tentai de retrouver une attitude positive vis-à-vis de ce que j'avais sous les yeux. Aucun « si jamais » ne me ferait renoncer à ce que je possédais, une famille.

« Je viendrai, mais j'aimerais avoir ma propre chambre. Jusqu'à ce que Calum arrête de venir dans mon lit la nuit. Il a l'air excité et enthousiaste pour l'instant mais il risque d'être un peu chamboulé.

– Ce n'est pas forcément ce que j'aurai souhaité mais c'est mieux que rien », dit August en souriant. « Au moins, je pourrai te faire l'amour avant que tu ne quittes ma chambre le soir et je pourrai venir te réveiller et te voir tous les matins. Tu ne sais pas à quel point ça m'excite. »

Je sentais sa verge durcir au travers de son jean et je savais qu'il ne mentait pas.

Puis ses lèvres effleurèrent mon cou et il chuchota à mon oreille. « Tu as donc tenu ta promesse envers moi. Personne d'autre que moi ne t'a jamais touchée. Bébé, tu n'imagines pas ce que ça me fait.

– Je crois que ça te fait te sentir très bien », dis-je en pressant mon bassin contre son bas-ventre. S'il n'y avait pas eu de petit garçon assis dans la pièce voisine, il m'aurait déjà déshabillée à moitié.

Je ne me préoccupais pas de vérifier s'il avait, lui aussi, tenu sa promesse, sachant qu'il avait connu d'autres femmes. Cela n'avait finalement aucune importance. Je savais qu'il m'aimait et je doutais qu'il en eut aimé une autre.

« Allons préparer vos affaires et je vous emmène chez moi, là où vous devez être. » August prit ma main et m'entraîna vers notre fils. « Hé, Calum, tu veux voir notre nouvelle maison, fils ?

– Oui, monsieur ! » s'exclama-t-il, renversant presque les bols de glace sur la table basse. « Zut ! » dit-il en les remportant à la cuisine. Il se précipita ensuite vers August et s'agrippa à ses jambes. « Je peux t'appeler papa maintenant ?

– Tu as intérêt », répondit August en riant et en ébouriffant les cheveux de Calum. « Fils. »

Mon cœur s'emballait dans ma poitrine. J'avais réussi. J'avais réussi à avouer la vérité et nous étions désormais une famille unie et heureuse. Il me fallait encore parler à mes parents mais les deux intéressés connaissant désormais la vérité, tout leur dire serait plus simple.

Tout prenait forme et j'envisageais mon avenir sereinement. Peu importe ce qui avait pu se passer entre August et moi, mon fils ne serait plus jamais seul, je savais qu'August y veillerait – c'était un vrai héros à plus d'un titre.

August balaya la pièce du regard. « Est-ce que tout ça est à toi ?

– Non, nous n'avons que nos vêtements et nos affaires personnelles. J'ai loué l'appartement meublé. A part quelques produits d'entretien, tout le reste appartient au propriétaire. On n'a plus rien d'autre à prendre. Mais ça va être étrange pour moi, de ne plus avoir mon propre appartement. Je vivais avec mes parents jusqu'à ce que j'emménage à Los Angeles. Ça a été mon premier appartement et je m'y sentais bien.

– Je crois que tu aimeras ton nouveau quartier de Hidden Hills », dit-t-il en riant. « Et pour être honnête, j'adore l'idée que notre nouvelle famille occupe enfin tout cet espace resté vide pendant bien trop longtemps. »

Ça y était, ma vie avait été totalement bouleversée – par le père de mon enfant – et en un temps record.

17

AUGUST

Je ne souvenais pas avoir jamais été aussi heureux que ce jour où je pus conduire Calum et Tawny chez moi. Je n'arrêtais pas d'imaginer notre avenir. « Tu vas pouvoir te débarrasser de ton pot de yaourt, j'ai plusieurs voitures, tu n'auras qu'à choisir. N'hésite pas non plus à appeler mon chauffeur.

– August, tu en as déjà trop fait pour moi. Et ma voiture n'est pas un pot de yaourt – je te ferai remarquer que la Nissan Sentra de 2005 est connue pour son exceptionnelle résistance en cas de collision frontale ou arrière. Sa carrosserie dispose de deux zones de déformation qui... »

Je l'interrompis d'un regard en biais. « Tawny, c'est bon. Ta voiture est une antiquité mais dorénavant, tout ce qui est moi est à toi. »

Elle éclata d'un rire inexplicable. « August, nous ne sommes pas mariés. Donc ce qui est à toi n'est pas à moi.

– Mais tu es la mère de mon fils – et c'est ça qui compte le plus à mes yeux. Donc je te dis que ce qui est à moi t'appartient, Tawny Matthews, un point c'est tout. Tu peux dire ce que tu veux mais tu es la maman de mon bébé et je vais m'occuper de vous deux.

– Seigneur, je déteste que tu m'appelles comme ça », marmonna-t-elle. « J'ai l'impression d'être une femme du Jerry Springer show.

– D'accord, je vais trouver autre chose. Mais tu m'es précieuse et je vais te traiter en conséquence. Que tu le veuilles ou non, je t'aime. Et maintenant que je sais que tu as porté notre enfant et que tu l'as élevé toute seule pendant six longues années, j'estime t'être redevable. » Nous arrivions devant le portail de ma maison et Tawny et Calum ne purent cacher leur surprise.

« August, tu habites vraiment derrière ces grilles ? » demanda Tawny avant de secouer la tête. « J'ai l'air d'une péquenaude. Ignore ce que je viens de dire. Je n'ai jamais fréquenté de gens riches et je ne sais pas comment me comporter.

– Reste toi-même », lui dis-je.

Calum se libéra de sa ceinture de sécurité pour mieux observer les alentours de la maison et se pencha entre nos deux sièges. « Wouah !

– Je sais ! » Je réalisais combien cette demeure pouvait être imposante. J'avais passé mes années d'enfance dans une modeste maison de trois chambres, à Sébastopol. Je savais que la maison que j'avais achetée était une œuvre d'art.

L'allée qui menait à la maison était bordée d'une végétation luxuriante. « August, je n'avais pas imaginé », s'exclama Tawny.

« Tu savais que je vivais à Hidden Hills. Que veux-tu dire par "je n'avais pas imaginé" ? » demandai-je en garant la voiture.

« Je veux dire que je ne savais pas que ta maison était si grande et si magnifique », répondit-elle en souriant.

« C'est sûr », ajouta Calum en s'extirpant de la voiture. Tawny et moi le suivîmes. « J'ai hâte de voir l'intérieur. »

Debout devant la façade, je désignai la partie droite de l'édifice. « Bon, cette maison est divisée en trois parties. Au milieu, c'est l'entrée, qu'on appelle également le foyer. C'est là que se trouve l'escalier. Le salon principal est juste à l'arrière de cette pièce – il est immense. A sa droite, il y a une piscine intérieure, un bar, une salle de jeux, une pièce multimédia et un autre salon.

« Tout ça juste dans la partie droite ? » demanda Tawny, pleine de curiosité.

« Et je n'ai parlé que du rez-de-chaussée. A l'étage, il y a les trois

chambres et leur salle de bains privative, des dressings et un salon »,
leur précisai-je.

« Et à gauche ? » demanda Tawny en se tournant vers l'aile gauche
de la maison.

« A gauche, vous avez la cuisine, un coin-repas, une salle à
manger et la salle de réception, une salle de projection et un autre
salon. Et au-dessus, il y a encore quatre chambres avec les mêmes
équipements que dans l'autre aile. Ma chambre est située dans l'aile
gauche et j'adorerais que vous choisissiez vos chambres près de la
mienne. Je préfèrerais que vous restiez près de moi. » Je passai mon
bras autour de la taille de Tawny et l'attirai contre moi. « Surtout toi,
bébé », murmurai-je à son oreille.

Un sourire complice releva les coins de sa bouche alors qu'elle
battait des cils. « August, quel coquin tu fais. »

J'embrassai délicatement son cou. « Seulement avec toi, bébé. »

Je les guidai vers l'intérieur de la maison, guettant leurs réactions
– et elles furent à la hauteur de mes attentes. Calum s'étouffa presque
lorsque j'ouvris la porte. « Wouah ! » s'exclama-t-il.

« Seigneur, August, tu vis ici tout seul ? » demanda Tawny. « Cet
endroit est immense. » Ses yeux contemplaient l'escalier en séquoia
rouge. Deux volées de marches se rejoignaient à l'étage supérieur,
l'espace ouvert baigné d'un puits de lumière naturelle. Le marbre gris
luisait dans les rayons du soleil.

« J'ai vécu ici tout seul », répondis-je. « Et maintenant, vous allez
partager cet espace avec moi. Tawny, je n'ai jamais été aussi heureux
de toute ma vie. Je veux que vous vous sentiez ici chez vous.

– Je vais devoir ajouter ma patte, August. » Elle regardait partout,
écarquillant les yeux. « On se croirait dans un hôtel cinq étoiles.

– Je m'y suis fait en cinq minutes. » J'embrassai sa joue. « Et je suis
sûr que vous allez vous y faire très vite aussi. »

La porte de derrière s'ouvrit et ma gouvernante apparut. « Ah,
Denise, je suis ravi de vous voir. Je dois vous présenter deux
personnes très spéciales qui vont maintenant vivre avec moi. Je vous
présente Tawny Matthews, ma petite amie. »

Tawny tendit sa main. « Ravie de vous rencontrer, Denise.

– Tout le plaisir est pour moi, mais qui est ce petit garçon ?

– Je suis Calum », répondit mon fils en s'approchant pour lui serrer la main. « Je viens d'apprendre qu'August est mon père. »

Denise fronça les sourcils et me regarda, les bras grands ouverts. « Eh bien, félicitations, August ! »

Denise était incroyablement maternelle. Elle avait eu trois enfants et m'avait toujours traité comme si j'étais son quatrième. « Merci, Denise. » Elle observa Calum. « Et il ressemble à son père comme deux gouttes d'eau.

– Tawny et Calum vont vivre avec moi maintenant donc je vous demande de les aider à s'installer comme vous l'avez fait pour moi. Ils viennent de la ville dont je suis originaire et vont devoir s'habituer, comme moi lorsque j'ai acheté la maison et que je vous ai engagée. » Je continuai tout en caressant le dos de Tawny. « Après avoir recruté Denise, je pensais n'avoir besoin de personne d'autre pour m'aider dans l'entretien de la maison. Elle m'a aidée à sélectionner le reste du personnel – elle a beaucoup d'expérience dans la gestion de grandes demeures.

– C'est bon à savoir », répondit Tawny en regardant Denise. « Parce que je me laisse facilement déborder et nous n'avons encore vu que le foyer !

– Je vais vous dessiner un plan pour que vous ne vous perdiez pas », dit Denise en riant et en applaudissant. « Je vais dans la cuisine, finissez par-là votre visite et je vous donnerai le plan. »

LA DÉMARCHE sautillante de ma gouvernante me prouva, s'il en était besoin, qu'elle était tout aussi enthousiaste que moi à l'idée que de nouveaux occupants nous rejoignent dans la grande maison. Elle était très consciente de sa responsabilité à notre égard. Alors qu'elle se dirigeait vers la cuisine, j'entraînai ma petite famille vers la pièce suivante.

L'un des murs du salon principal était vitré sur toute sa longueur, offrant à la vue un magnifique paysage de montagnes. « C'est l'endroit que je préfère pour me relaxer dans un fauteuil et admirer le coucher de soleil. » Je frottai mon nez contre celui de Tawny. « Et maintenant, vous pourrez le regarder avec moi.

– Le panorama est à couper le souffle », murmura-t-elle. « Seigneur, August, c'est juste trop beau pour être vrai.

– C'est exactement ce que je me suis dit lorsque j'ai acheté la maison. Mais tout est vrai, Tawny et tu en fais partie. » Je saisis son menton et déposai un léger baiser sur ses lèvres pendant que Calum poursuivait son exploration. « On finit le rez-de-chaussée et je vous ferai visiter l'étage ensuite. Vous pourrez choisir vos chambres. »

Le reste de la visite les laissa sans voix, ce qui était rare chez Calum. Lorsque je les guidai vers l'aile gauche, je leur désignai la porte de ma chambre, située au bout du couloir. « Voici ma chambre et vous pouvez constater qu'il y en a plusieurs autres tout près, vous n'avez plus qu'à choisir ! »

Calum courut vers la porte de droite, l'ouvrit et se figea. « Maman, regarde », murmura-t-il.

Les yeux de Tawny étaient écarquillés – et je ne pouvais pas lui en vouloir. La pièce était plus vaste que l'appartement dans lequel ils vivaient. « Oh, seigneur ! » J'entrai et les invitai à me suivre. « Voici le salon, la télévision », précisai-je en désignant l'écran plat fixé au mur et faisant face à deux canapés en cuir. J'ouvris l'autre porte de la pièce, qui menait à une chambre. « Il y a plein de place ici. Je pense que cette chambre serait parfaite pour tous tes jouets et bien plus. Qu'en penses-tu, Calum ?

– Je crois que je suis au paradis », gloussa-t-il, avant de se précipiter vers un lit immense qui venait d'attirer son attention. Il s'y jeta et s'y étendit, étirant au maximum son petit corps. « Je n'arrive pas à le croire ! Ce lit est vraiment tout pour moi ?

– Oui, c'est ton lit. » Tawny s'assis près de lui, s'extasiant sur le moelleux du matelas et la légèreté de la couette et des oreillers. « Oh, August, ce lit est si confortable. » Elle prit Calum et l'assit sur ses genoux. « Je crois que tu vas dormir comme un bébé dans ce lit, tu ne crois pas ?

– C'est sûr ! » confirma-t-il.

Je leur montrai ensuite la salle de bain privative qui comprenait une douche et une baignoire et attenante à un dressing. Ni Tawny ni Calum n'en connaissaient la fonction. « A quoi sert cette pièce ? » demanda Calum.

« C'est ton dressing. » J'ouvris les portes, habilement dissimulées pour ne présenter qu'une surface lisse. « Tu vois, tu vas pouvoir ranger toutes tes affaires ici. Et tu pourras t'asseoir sur ce banc et y ranger tes chaussures. Tous tes livres pourront aller sur les étagères.

– Il y a plein d'étagères, papa », dit Calum en écarquillant les yeux.

J'ouvris les deux dernières portes pour lui montrer les tiroirs et tous les autres rangements. « Et là, tu pourras conserver tes affaires de sport si tu veux. »

Aucun de nous n'était très à l'aise mais, alors que nous ne savions plus comment nous comporter, nous étions tous envahis de bonheur. Et lorsque j'emmenai Tawny dans une autre chambre, semblable à celle de Calum, elle commença à pleurer. Je la pris dans mes bras pour la réconforter. « C'est trop, August.

– Non, c'est simplement ta nouvelle vie, Tawny. Ta place est à mes côtés et notre fils mérite tout ce que je peux lui donner. Toi aussi. » J'embrassai son front et l'enlaçai.

Sa tête contre mon torse, nous contemplions notre fils en train de découvrir les merveilles que recelait son nouveau territoire. Les pièces du puzzle de ma vie étaient enfin rassemblées et l'espoir emplissait mon cœur.

Plus rien ne pourrait plus m'arrêter.

18

AUGUST

« J'ai commencé la journée en prenant presque feu et maintenant, je nage dans une piscine, à l'intérieur de la maison dans laquelle je vais vivre ! » s'exclama Calum, qui faisait un énorme vacarme en frappant l'eau des mains pour nous éclabousser.

Tawny et moi étions assis sur la margelle, les pieds dans l'eau. Elle n'avait pas de maillot de bain et ne pouvait pas se baigner. Je choisis de rester près d'elle tandis que nous regardions Calum, satisfait de jouer dans l'eau en caleçon.

Nos doigts entremêlés, épaule contre épaule, nous nous reposions l'un contre l'autre en regardant notre fils jouer sous nos yeux. Je n'avais jamais été d'aussi belle humeur. Nous nous retournâmes de concert au bruit de la porte. « Bonsoir, monsieur. » Tara, ma cuisinière, nous salua. « Je viens voir ce que vous souhaitez pour le dîner. J'aimerai préparer un repas qui plaise à tous les convives. »

Calum pataugeait vers nous, ses petits brassards le maintenant hors de l'eau. « J'adore les hot-dogs. Oh, j'adore les frites aussi. »

Tawny s'éclaircit la gorge. « Mais pour devenir un homme costaud comme papa, un petit garçon doit manger plus que des aliments nocifs. » Elle s'adressa ensuite à Tara. « Donc, du moment que vous nous préparez des plats équilibrés, tout nous va. Je n'aime pas beaucoup la friture et j'évite toujours les boissons et les produits sucrés. Je suis infirmière donc pour moi, l'équilibre alimentaire est plus important que le goût.

– Je vois. Donc, voyons si ce menu type peut vous plaire », dit Tara. « Je vous propose un poulet rôti avec une sauce aux amandes, des haricots verts frais bio et des champignons, ainsi que des pommes de terre au four avec un beurre à la cannelle. Qu'en pensez-vous ?

« Ça m'a l'air tout aussi sain que gourmand », répondit Tawny avec un large sourire. « Et je donne un verre de lait d'amandes ou de coco à Calum, ou un mélange des deux, le tout sans sucre bien sûr. Et un verre d'eau. »

Après un hochement de tête, Tara reprit la parole. « Je sers habituellement du vin blanc avec la volaille, cela vous convient, madame ?

– Oui, bien sûr. Mais assurez-vous qu'il y ait aussi de l'eau sur la table », ajouta Tawny en souriant. « J'en bois énormément, c'est une véritable cure de jouvence pour moi.

– Je m'en souviendrai. Je m'assurerai que vous ayez des bouteilles d'eau dans le minibar de votre chambre. Je mettrai aussi quelques boissons saines dans celui de Calum. » Sur ce, Tara quitta la pièce et nous laissa seuls.

Tawny secoua la tête. « C'est bizarre, hein ?

– Quoi donc ? Commander ton repas à la cuisinière ? » demandai-je en riant. « Non, c'est ce que tu es censée faire. Tara est une cuisinière hors pair et elle est soucieuse de nous faire plaisir donc, n'hésite pas à lui dire ce que tu aimes. » Ses lèvres étaient trop proches et je lui volai un baiser tandis que Calum barbotait encore. « Il s'occupe très bien tout seul, tu ne trouves pas ? »

Elle acquiesça et me fit une petite moue coquine. « Après ça, un bon repas, un bain chaud et une histoire, il ne devrait pas faire long feu.

– Et papa et maman pourront s'amuser ensemble. » Je l'embrassai à nouveau. « Merci d'être venue ici avec moi. »

Elle posa sa tête sur mon épaule et passa sa main sur mon torse. « Merci de nous avoir proposé de te suivre. Ma fierté me joue des tours parfois.

– T'inquiètes. » J'aperçus Calum sortir de la piscine et me souvins brusquement d'une question que j'avais sur le cœur. « Tawny, je pensais que tu m'avais dit prendre la pilule ce soir-là. »

Elle baissa la tête, soudain timide – et se sentant peut-être aussi coupable. « Oui, tu as raison.

– Donc comment as-tu pu tomber enceinte ? » Je pris son menton pour l'obliger à soutenir mon regard.

« D'accord », dit-elle avant de détourner un instant les yeux, « je t'ai menti à ce sujet.

– Mais pourquoi mentir sur un sujet pareil ? » demandai-je incrédule.

« Parce que je voulais être avec toi. Et je n'avais pas de préservatifs et je doutais du fait que toi, tu en aurais. Et je voulais te sentir en moi. Et je sais que j'ai été totalement immature – et très injuste vis-à-vis de toi. Et je savais que je prenais un risque mais je m'en fichais. Je te désirais tellement que rien d'autre ne comptait. » Ses joues rosirent de gêne. « Je suis désolée, August. Je ne voulais pas réellement tomber enceinte et je ne voulais pas te faire souffrir, c'est pourquoi je ne t'ai rien dit. J'ai pensé que j'étais seule responsable.

– Mais c'est la chair de ma chair, bébé. Je ne veux pas te faire culpabiliser mais tu aurais dû me prévenir que tu attendais un enfant. J'aurai quitté les Marines après ma période d'engagement de deux ans. » Mes souvenirs me ramenèrent à cette période, où j'avais été confronté à des missions très dangereuses, missions que je n'aurais jamais acceptées si j'avais su que j'avais un enfant.

« Je suis désolée, vraiment », murmura-t-elle. « Nous n'étions rien l'un pour l'autre à l'époque. C'est la raison principale qui m'a poussée à garder tout ça pour moi. »

Je hochai la tête. Ses arguments étaient sensés. « Moi aussi, je suis désolé. Je n'aurai jamais dû te faire l'amour pour te laisser ensuite comme ça. Nous aurions pu trouver le moyen de rester en contact. De mon côté, je ne t'ai pas donné de nouvelle parce que je voulais que tu te sentes libre de rencontrer quelqu'un d'autre, de tomber amoureuse même. Je n'aurais jamais pensé que tu tiendrais la promesse que tu m'avais faite cette nuit-là. »

Elle cligna des yeux à plusieurs reprises et soupira. « Oui, c'est vrai que c'est difficile de faire des rencontres quand on a un enfant. Merde, je me suis fait draguer par des médecins que j'ai tous repoussés. Je ne pouvais pas imaginer présenter Calum à aucun d'eux. Aucun des autres hommes ne me faisait vibrer comme toi, de toute façon. »

Je caressai ses cheveux, prêt, moi aussi, à faire un dernier aveu. « Je ne peux pas te mentir et te dire que j'ai tenu ma promesse. Mais je peux te dire ceci – personne ne t'arrive à la cheville. Aucune femme n'a jamais occupé mes pensées comme toi. »

Elle tourna vers moi son regard vert chargé d'amour et d'espoir. « Je déteste ce qui s'est passé aujourd'hui avec Calum et l'incident des feux de forêt, mais je suis soulagée que toute la vérité ait été faite. J'ai su dès que tu as été obligé de prendre les choses en main, combien il vous était essentiel de savoir ce que vous êtes l'un pour l'autre.

– C'est fou comme les choses fonctionnent. » Mes doigts jouaient avec le col de sa robe et j'effleurai sa peau. Sa douceur m'électrisait. Notre connexion était réelle, tout comme notre amour.

Ma petite voix intérieure me houspillait pourtant. *Si elle t'avait dit que tu étais devenu père, tu aurais quitté les Marines bien avant que ne se produise l'accident avec l'arme défectueuse.*

Je fermai les yeux et tentai d'écarter ces pensées. Ce qui s'était passé s'était passé. Je ne pouvais pas laisser mes démons intérieurs se mettre en travers de mon chemin vers le bonheur.

J'ouvris les yeux et observai la femme que j'aimais. « Je t'aime, Tawny. Peu importe ce qui s'est passé, je t'aime. »

Son sourire fit fondre mon cœur alors qu'elle caressait ma joue. « Et je t'aime aussi. Je vais passer le reste de ma vie à te le prouver et à rattraper le temps que je t'ai fait perdre auprès de ton fils. »

Ça, c'est sûr, lui souffla sa voix intérieure. *Mais elle ne peut pas changer le passé.*

19

TAWNY

Les événements de la journée avaient eu raison de Calum et, dès qu'il posa sa tête sur l'oreiller, il tomba du sommeil du juste. August lui avait lu une histoire mais, rendu à peine au quart du livre, Calum ronflait déjà.

« Il est crevé, » dis-je en prenant le livre des mains d'August pour le poser sur la table de nuit. August me scruta alors que je m'assis près de lui au bord du lit. « Que fait-on maintenant ? »

Mon corps brûlait de désir, depuis des heures. Je pris sa main, l'attirai à moi et enroulai mes bras autour de son corps. « Je pense que je vais aller me coucher. »

Il avait attendu que nous soyons sortis de la chambre de Calum pour me soulever de terre et me jucher, sans le moindre effort, à cheval sur son épaule. « J'avais une autre idée en tête. » Sa main posée sur mon cul, me faisait glousser d'excitation.

Je n'avais pas encore vu sa chambre. Un édredon vert foncé couvrait son lit immense. « Il est encore plus grand qu'un king-size, non ? » demandai-je alors qu'il me jetait dessus.

« Oui. Même s'il était aussi grand que l'état du Texas, tu ne pourras pas m'échapper. » Il se débarrassa de son jean, puis de sa chemise, ne gardant que son boxer noir.

Il m'attrapa par les jambes et me tira au bord du lit, faisant remonter ma robe et lui laissant libre accès à ma petite culotte. Il empoigna le léger tissu soyeux et le déchira. « Oh, c'est si bon de te savoir exactement là où je te voulais depuis si longtemps.

– Est-ce que tu obtiens toujours ce que tu désires, August Harlow ? » demandai-je avec une grimace ironique.

Il confirma d'un hochement de tête puis s'écarta de moi. Le renflement de son caleçon prouvait l'intensité de son désir. Il leva le doigt et l'agita vers moi d'un air aguicheur.

Je portais encore ma robe et mon soutien-gorge et me plaçai à quatre pattes. Je le rejoignis au bord du lit, où il m'attendait. J'arrêtais de ramper lorsque j'arrivai à lui, sa bite à parfaite hauteur. Je tirai sur l'élastique pour libérer son énorme érection. « Ouh, là là... » Je passai la langue sur les lèvres et levai les yeux. « Tout ça me semble délicieux. Ça t'embête si je goûte cette friandise ? »

Il secoua la tête et je m'attelai à la tâche, léchant le gland tout en passant mes doigts le long de sa verge. Ses gémissements m'encourageaient et me rassuraient sur mes capacités.

J'avais effectué quelques recherches sur le sujet et visionné quelques vidéos expliquant comment donner du plaisir à un homme. Et mon homme semblait comblé en cet instant.

Je bougeais ma bouche de haut en bas, tout en jouant avec ses testicules et August émettait de petits bruits des plus sexys, me tirant les cheveux et prononçant des mots cochons soigneusement choisis. « Oh putain, bébé, tu es très douée. »

Je perçus le goût de son premier jet légèrement salé sur ma langue lorsqu'il empoigna mes cheveux et qu'il me tira presque brutalement la tête en arrière. Je remarquai une lueur dans son regard, qui m'indiquait qu'il ne voulait pas lâcher sa semence dans ma gorge comme je le croyais. « Non ? » demandai-je en essuyant ma bouche d'un revers de la main.

« Non, je veux jouir à l'intérieur de toi. » Il passa la robe par-dessus ma tête et dégrafa mon soutien-gorge. « Sur tes genoux, mais dans l'autre sens cette fois. »

Je m'exécutai, disposée à faire tout ce qu'il me demanderait. La confiance que je vouais à cet homme n'avait pas de limites. Sa main parcourait mon cul, le caressait. Je poussai un petit cri quand il m'asséna une belle claque sur les fesses, mais je commençais à me tortiller, j'en voulais plus. Il recommença donc avec une autre fessée, puis une autre, quelques autres encore, laissant mon cul brûlant de douleur avant de le couvrir de baisers.

Il mitraillait mon cul de baisers doux lorsqu'il me lécha d'un coup entre les fesses, provoquant des picotements intérieurs. Il aplatit sa langue, écartant mes fesses, pour mieux me lécher entre, de haut en bas, de bas en haut, encore et encore,

Je mouillais tellement d'excitation que le haut de mes cuisses était trempé. Il se fraya un passage entre mes jambes et sa main saisit mon clito entre le pouce et l'index, le titillant, le pinçant. Un gémissement continu émanait de mon corps, tant il jouait avec jusqu'à me pousser au bord de l'orgasme.

Il s'arrêta, me saisit par la taille pour me retourner, pour me finir. Cet homme adorait goûter mes jus et s'en délectait dès qu'il le pouvait. Sa langue, pointue et raidie courait entre les replis intimes. Puis il l'aplatit de nouveau, pour lécher mon clito, le tapotant à chaque passage.

J'avais agrippé ses cheveux tandis qu'il me broutait, mon corps brûlait d'un feu intérieur et tout mon sexe vibrait, contracté, prêt à jouir intensément.

Lorsque ses lèvres se posèrent sur l'entrée de mon vagin et qu'il y souffla de l'air chaud, je criai de plaisir. « Oui ! »

Il me baisait avec sa langue. Je cambrais tout mon corps pour qu'il aille plus profond encore, et il prit mon cul dans ses mains, me soulevant pour pouvoir mieux me dévorer.

C'en était trop, il fallait que j'explose et que mon jus jaillisse. Quand l'orgasme arriva, je criai « August ! Oui ! »

Sa bouche vorace m'avait engloutie et lapait chaque goutte produite pour lui par mon sexe.

Une fois satisfait, il remonta le long de mon corps sans cesser de l'embrasser jusqu'à ce que sa bouche rencontre la mienne et que son corps repose sur le mien.

Nos langues s'entremêlaient, prenant tout ce qu'il y avait à prendre de nos saveurs qui se mélangeaient. Je relevai les jambes, les reposai sur ses épaules et il me pénétra, relançant les spasmes de l'orgasme, geignant à chacune de mes contractions autour de sa verge. « Putain, bébé, c'est tellement bon d'être en toi.

– Ta queue me remplit parfaitement », dis-je en gémissant. Nos corps étroitement imbriqués ondulaient ensemble en une vague de sensations intenses.

Ses yeux noisette brillaient. « Tu aimes quand cette grosse bite coulisse dans ta petite chatte, bébé ? »

Il savait que je ne résistais pas quand il me disait des trucs cochons. « Oui, j'adore. » Je m'étirai pour atteindre sa lèvre, que je mordis et suçai.

Il grogna et nous retourna. A califourchon sur lui, ma taille enserrée entre ses mains puissantes, je me trouvai soudain empalée sur sa bite dressée. Mes seins s'agitaient sous ses yeux pleins de concupiscence. « Seigneur, tes seins sont si pleins, j'adore les voir bouger comme ça. Je parie qu'ils étaient encore plus gros pendant ta grossesse. »

Je passai lascivement les mains sur mes seins en continuant à le chevaucher. « Ils faisaient presque le double. Je devais porter des soutiens-gorges spéciaux. »

Ça m'excitait de voir l'envie dans ses yeux quand il regardait mes seins. Il se releva et en prit un dans sa bouche. Il le suçait fort tout en léchant le téton.

Je passai la main dans ses magnifiques boucles brunes et il me suçait encore, électrisant mon entrejambe à chaque tétée. Il ne me fallut qu'un instant pour jouir à nouveau, me tordant sur lui alors qu'il continuait de me sucer.

L'intensité de ma jouissance me faisait haleter et je criai. « August ! August ! »

Mais il continuait de lécher et d'exciter mon téton tout en me faisant glisser le long de son membre. Je gémis – de protestation comme de soulagement – lorsqu'il lâcha un téton pour se concentrer sur l'autre, qu'il entreprit de pincer et de téter entre ses dents. Il me fit jouir à nouveau.

Je pouvais à peine respirer tant cet orgasme avait été intense. Il se tourna et me mit sur le dos, puis plongea son sexe en moi.

Je m'accrochai à son cou et plongeai mes yeux dans les siens. Ils semblaient vouloir me dire quelque chose. « Je voudrai un autre bébé », finit-il par avouer.

Il poursuivait ses va-et-vient alors que je tentai de réfléchir. Sa façon de bouger en moi, de me remplir totalement, la manière dont il me regardait, tout concourrait à ma réponse. « Oui. »

Tout en grognant, il me pénétra plus vite, plus profondément, s'enfonçant avec une sauvagerie que je ne lui connaissais pas encore. Encore et encore il me pénétra avec force jusqu'à ce qu'il hurle, se déchargeant sous le coup de la jouissance, m'emmenant vers un nouvel orgasme qui fit trembler mon corps de la tête aux pieds.

Nous respirions bruyamment pour tenter de reprendre notre souffle. Il resta à l'intérieur de moi jusqu'à la dernière salve de sa queue. Nous restâmes un moment étendus côte à côte, contemplant le plafond.

Je récupérai et réalisai soudain ce que je venais de lui répondre. Il se tourna sur le côté et posa sa main sur mon ventre. « Tu porteras bientôt un nouveau bébé de moi. Et cette fois, je participerai à toutes les étapes. »

Je n'avais jamais eu ce type de discussion auparavant. Il voulait un autre enfant, il brûlait du désir de me voir porter son enfant. C'est alors que je fus frappée par la culpabilité, celle que je me cachais depuis si longtemps.

Les larmes me montèrent aux yeux et les larmes roulaient sur mes joues. « Je suis désolée, August. Je suis tellement navrée de ce que j'ai fait. »

Il me regarda pleurer. Puis il couvrit mes yeux de sa main. « D'accord, pleure maintenant et on n'en parlera plus ensuite, Tawny. Je ne veux plus te voir verser la moindre larme sur le sujet. Ce qui est fait est fait et on ne peut rien y changer. On ne peut que tourner la page et avancer. Nous allons fonder une famille et toi et moi serons toujours là pour nos enfants. Pour toujours. Tu comprends ? »

J'essayai de reprendre mes esprits. « Oui.

– Oui », répéta-t-il. « Et quand le prêtre te posera ses questions, dans la petite église toute blanche de Sébastopol, je veux que tu lui répètes ce mot-clé et je te promets d'en faire de même. »

Je ravalai mes sanglots en essayant de comprendre ce qu'il venait de dire. Son sourire me fit chavirer le cœur. « Es-tu en train de me demander en mariage, August Harlow ? »

Il acquiesça. « Donc, tu en dis quoi ? Tu veux m'épouser et avoir plein de bébés ? »

Je ne pus m'empêcher d'éclate de rire. « Plein de bébés ? Je pensais avoir accepté d'en avoir un.

– Oui mais j'en veux une douzaine. » Il rit et m'embrassa. « Te garder pieds nus et enceinte me va.

– Espèce d'homme de Cro-Magnon », rétorquai-je en riant et frappant son torse.

Je n'avais jamais vraiment envisagé ni d'avoir d'autres enfants ni de me marier. Donc, que voulais-je réellement ?

Je voulais qu'August fasse partie de ma vie, j'en étais certaine. Je voulais que Calum ait une vie géniale et des frères et sœurs y contribueraient largement. August et moi avions déjà eu un petit garçon adorable.

Ses mains caressaient mon ventre. « Je te promets de te rendre heureuse, Tawny.

– Tu me rends déjà heureuse », dis-je en me redressant pour l'embrasser. Il prit ma nuque et m'embrassa passionnément. Mon cœur s'embrasait et les frissons qui me parcouraient levèrent mes derniers doutes. Je ne pouvais qu'accepter de me donner entièrement à l'homme que j'aimais.

Il s'écarta légèrement et posa son front contre le mien. « Donc, qu'en dis-tu ? Tu veux devenir Madame Harlow ?

– Oui, je le veux. »

20

AUGUST

Je ne m'étais pas attendu à me réveiller seul en ce premier matin de fiançailles. Pas de peau douce à caresser, pas de tignasse auburn fleurant la vanille, pas de corps chaud à étreindre avant de me lever.

J'avais des réunions auxquelles je devais assister et l'ouverture du Swanks approchait à grands pas et il y avait encore tant à faire. Nous avions dû doubler les équipes pour terminer les travaux à temps et nous devions nous réunir avec le contremaître pour établir la stratégie la plus adaptée pour ouvrir à la date prévue.

La soirée du Jour de l'An verrait l'aboutissement de notre collaboration et j'avais hâte de voir le résultat final de tout le travail accompli au club. L'inaugurer en compagnie de ma sublime fiancée, Tawny serait la cerise sur le gâteau.

Je grognai en sortant du lit et me dirigeai vers la douche. J'irai ensuite vérifier si Calum avait rejoint Tawny dans sa chambre pendant la nuit.

J'ouvrir sa porte et l'aperçut, assise au bout du lit, en train de bailler et s'étirer. Les cheveux en pagaille, elle portait l'un de mes tee-shirts, qui lui arrivait aux genoux tant il était grand.

Calum était toujours étendu au beau milieu du lit immense.

« Donc, il est venu te retrouver cette nuit », dis-je, attirant son attention.

« August, qu'est-ce que tu fais ? » Elle passa ses mains dans ses cheveux, sachant qu'ils étaient en pagaille.

J'entrai dans la chambre à grands pas et la soulevai pour l'embrasser. Elle me repoussa. « Tu es trop mignonne quand tu te réveilles, Tawny.

– Non, laisse-moi, j'ai envie de faire pipi. » Elle poussa mon torse de ses petites mains. Elle se précipita vers les toilettes et j'en profitai pour mater son petit cul remuer sous le tee-shirt blanc. Je bandais déjà.

Je baissai la tête et murmurai : « Pas maintenant, calme-toi. »

J'avais prévu quelque chose après mes réunions et, en jetant un coup d'œil dans sa chambre, j'aperçus ses bagues, qu'elle avait dû ôter et poser sur sa table de chevet pour la nuit. Je subtilisai celle qu'elle portait à l'annulaire, un petit saphir et la plaçai dans la poche de ma veste Armani.

Je savais que Tawny s'apercevrait de sa disparition mais j'avais l'intention de la remplacer rapidement, par une somptueuse alliance. Calum dormait toujours, en ronflant doucement, ses cheveux sombres en bataille.

Je me penchai et déposai un baiser sur son front, puis j'entendis s'ouvrir la porte de la salle de bains. En sortit une Tawny toute fraîche, coiffée, dents brossées et prête pour la journée.

Je me dirigeai droit vers elle et l'entourai de mes bras pour l'embrasser tendrement. Sa bouche sentait la menthe de son dentifrice et sa peau fleurait bon l'abricot – probablement les cosmétiques qu'elle avait utilisés.

Je posai mon front contre le sien. « Bonjour, ma belle fiancée.

– Bonjour à toi, mon fiancé. » Elle gloussa doucement. « Je dois réveiller Calum et le préparer pour aller à l'école.

– Demande à Max de vous conduire. J'ai une réunion ce matin et quelques affaires à régler ensuite. » Je sortis de mon portefeuille la carte bancaire que je glissai dans sa main. » Et demande à Max de t'emmener sur Rodéo Drive. Je veux que tu fasses un peu de shopping aujourd'hui. Cet énorme dressing semble tellement vide.

– Oh, non, August. Je ne peux pas... » tenta-t-elle.

Je l'interrompis d'un baiser, coupant court à ses protestations. « Tu peux et tu vas l'accepter. Et prends quelques vêtements pour Calum aussi. Et ne regarde pas à la dépense. Je veux que toute la famille soit stylée. Quand je rentrerai, je vérifierai que les placards débordent. Je sais que tu ne disposes que de quelques heures pour faire tes courses mais j'aimerai que tu t'achètes tout ce qui te fait plaisir, y compris des chaussures et des sous-vêtements. Prends-toi quelques pièces de lingerie sexy et des soutiens-gorges - n'oublie pas. »

Elle secoua la tête en me regardant. « August, ça ne me ressemble pas.

– Très bien, je te ferai accompagner par un personal shopper dans ce cas. » Je la ferai accepter, d'une manière ou d'une autre.

« Très bien », accepta-t-elle enfin dans un soupir de renoncement. « J'irai.

– Tu sais, Tawny, la plupart des femmes seraient ravies si un milliardaire leur donnait une carte de crédit – dont le montant est illimité – et leur disait de se faire plaisir. » J'embrassai le bout de son nez pour conclure ma démonstration.

« Oui, je sais. Merci », concéda-t-elle. « Je vais essayer de m'habituer à être gâtée pourrie.

– Oui, tu devrais parce que je vais vous gâter tous les deux et quand les prochains arriveront, ils recevront le même traitement. » Je passai ma main sur son ventre plat. « Et tu peux jeter ta pilule maintenant. »

Elle cligna des yeux. « Tu es sûr, August ? Je veux dire, tu veux qu'on se marie, ça va déjà être pas mal. Tu es sûr de vouloir voir arriver si rapidement un bébé ?

– On a déjà un enfant donc pourquoi attendre ? » Je ne comprenais pas ses atermoiements. Pourquoi devrions-nous attendre ? Qu'est-ce que cela changerait ?

« Bon, d'accord. J'arrête de prendre ma pilule. Mais mon organisme aura besoin de peut-être quelques mois avant que je ne puisse tomber enceinte. « Donc, il ne faudra pas m'en vouloir si ça ne marche pas tout de suite, d'accord ?

– D'accord », dis-je avant d'embrasser sa joue. « Je dois y aller. Je serai de retour pour le dîner. Passe une bonne journée. Et tu n'as pas intérêt à oublier de déjeuner. Appelle un amie pour venir avec toi – offre-lui une journée de shopping avec toi.

– August, je ne me suis pas encore fait d'amies ici. Je n'ai pas encore commencé à travailler donc je n'ai pas encore eu l'opportunité de me faire des amis depuis que j'ai emménagé ici. » Elle sembla réfléchir puis leva les yeux vers moi. « Dis, tu penses que Leila accepterait de se joindre à moi ?

– Je sais qu'elle accepterait. Appelle-la après avoir déposé Calum à l'école. » Je l'embrassai une dernière fois avant de partir pour rejoindre le lieu de ma réunion.

Gannon et Nixon étaient déjà au Café de King's Road et seul le contremaître manquait encore à l'appel. Des scones et du café avaient déjà été déposés sur la table et je me servis. « Comment allez-vous, messieurs, en cette belle journée ? »

Les yeux de Gannon brillaient. « Ça va plutôt bien si l'on considère les merdes que j'ai dû gérer récemment. »

Nixon ricana en dégustant son café brûlant. « Est-ce que ça aurait quelque chose à voir avec la petite baby-sitter blonde ?

– C'est possible », répondit Gannon en lançant un clin d'œil à son associé avant de se retourner vers moi. « Et tu sembles en forme olympique ce matin, August. Une raison particulière ?

– Eh bien, j'ai découvert hier que je suis le père d'un petit garçon de six ans. Sa mère et moi avions couché ensemble une fois, la veille de mon départ à l'armée et elle m'a avoué avoir eu un enfant. » Le serveur s'était approché de notre table et m'avait interrompu. Il se tenait debout, immobile, attendant de prendre ma commande sans dire un mot. « Un café macchiato, s'il vous plaît. » Il s'éloigna précipitamment et je me retournai vers mes amis.

« Et tu parais parfaitement heureux ce qui veut dire que c'est avec une femme que tu appréciesx », dit Nixon. « Donc, vous êtes tous les deux pères. J'imagine que je devrais me sentir exclu – non pas que je sois prêt à accepter que la première femme venue me dise que je lui ai fait un enfant. »

Je hochai la tête. « La mère de mon fils n'est pas la première venue. Nous étions voisins pendant notre enfance, je la connais depuis toujours en fait. J'ai demandé à Tawny de m'épouser. C'est comme ça qu'elle s'appelle, au fait et mon fils s'appelle Calum. »

Nixon sourit. « Félicitations. Je suis heureux pour toi que tu aies rencontré quelqu'un. Je suis un peu jaloux – pour être honnête, je ne peux pas oublier cette fille qui me trotte dans la tête. On a passé une folle soirée d'Halloween ensemble et depuis, impossible de l'oublier. Mais ça s'est produit il y a peu de temps, je finirai peut-être par l'oublier, qui sait ? »

Gannon éclata de rire. « Je vais demander à Brooke de m'épouser le soir de Thanksgiving, durant la soirée chez ses parents. Souhaitez-moi bonne chance, les gars. Son frère Brad est mon meilleur ami et il m'avait demandé de laisser sa petite sœur tranquille. Comme si je pouvais m'en empêcher ! C'est la femme la plus adorable que j'aie jamais rencontrée. J'accepte de m'exposer à la fureur de toute la famille si c'est le seul moyen de la faire mienne. »

Je n'enviais pas Gannon. « Au moins, je n'ai pas à me préoccuper de la famille de Tawny. Elle est enfant unique donc pas de problèmes avec les frères et sœurs. Et ses parents ne semblent pas se mêler de ses affaires. Je pense que Tawny et moi avons trouvé ce que tout le monde recherche. L'amour vrai. » Je regardais le serveur apporter ma boisson, la déposant sur la table devant moi.

« Etes-vous prêts à commander ? » demanda-t-il.

« Pas encore », répondit Gannon. « Nous attendons encore quelqu'un. »

Le serveur quitta la table sur un hochement de tête et nous pûmes reprendre le cours de notre discussion.

« Donc finalement, il semble que l'ouverture officielle ne ressemblera pas à ce que nous avions imaginé au départ. En tous cas pour vous les gars. Moi je suis toujours un homme libre. Peut-être que Katana va m'appeler et je pourrai l'inviter pour la soirée ! »

Gannon regarda Nixon les yeux écarquillés. « Tu n'as pas son numéro ?

– Non, c'était un coup d'un soir. Mais je lui ai laissé mon numéro, au cas où. » Nixon affichait une expression pleine d'espoir. « Elle appellera peut-être. J'espère en tous cas. »

J'éclatai de rire. « On dirait que tu apprécies vraiment cette fille, Nixon. »

Il hocha la tête et prit une gorgée de son café. « Lorsque m'est venue cette idée d'ouvrir une boîte de nuit pour les hyper riches, c'était entre autre choses pour pouvoir draguer des filles, chose qui n'intéresse plus aucun d'entre nous, finalement.

– Qui l'aurait cru ? » ajouta Gannon.

Nous étions assis là, trois amis qui s'étaient associés dans de grands rêves de célibataires. Mais chacun de nous était désormais uniquement intéressé par une femme très spéciale. Il semblait que nous n'aurions plus de nuit de pur badinage.

Mais tous les deux avaient passé des années à vivre ce genre de vie, et moi aussi ? C'était fou comme les choses pouvaient changer aussi vite.

Mais ces choses allaient bien mieux que prévu, et ma vie se transformait pour le meilleur chaque jour. Ça ne pouvait que s'améliorer.

21

TAWNY

Quand je me rendis compte que ma bague en saphir avait disparu, j'avais une petite idée de l'endroit où elle devait être. August avait dû l'utiliser pour m'acheter une bague de fiançailles. Cela ne me surprenait pas du tout.

J'avais passé la journée à faire du shopping avec Leila, et nous avions passé un très bon moment. Avec son aide, j'avais fait beaucoup d'achats et j'attendais patiemment le retour d'August pour lui montrer tout ce que j'avais ajouté à la garde-robe de Calum et à la mienne.

Les heures passèrent et finalement, à dix-neuf heures, il nous fit l'honneur de sa présence. Nous attendions dans le salon principal, juste derrière le vestibule. Je me disais que ce serait le meilleur endroit si nous voulions le voir à son arrivée à la maison.

Calum courut jusqu'à August quand il passa la porte. « Papa !

– Calum ! » lui répondit August en criant. En le prenant dans ses bras, je le vis murmurer quelque chose à notre fils, et Calum hocha sa petite tête rapidement. « Bien – content que tu sois d'accord. »

August préparait quelque chose, et je me suis approché de lui, les bras grands ouverts. « Bonsoir.

– Ah, je t'ai manqué ? » demanda-t-il en posant Calum, pour que je puisse l'embrasser.

« Un peu », lui dis-je en le prenant dans mes bras. La façon dont son corps s'enroulait autour de moi fit tressaillir mon cœur. J'adorais être dans ses bras.

Quand notre étreinte fut terminée, August se mit à genoux et me regarda, tenant toujours ma main gauche. « Tawny Susan Matthews, me ferais-tu le grand honneur de devenir ma légitime épouse ?

– Euh, oui », dis-je en levant les yeux au ciel. « Je t'ai dit oui hier soir. »

En me regardant de plus près, il me chuchota : « Je fais ça pour lui. »

Oh ! Pour Calum !

« Oh, alors ma réponse est oui. Oui, mon seul et unique grand amour, je t'épouserai. »

Il sortit quelque chose de sa poche et enleva le couvercle d'une petite boîte noire. À l'intérieur, il y avait un solitaire étincelant qui avait dû coûter une petite fortune. J'étais vraiment surprise cette fois, et ma main libre couvrit rapidement ma bouche béante. « August !

– Ah, voilà la réaction que j'attendais. » Il me glissa la bague au doigt et Calum vint la voir.

« Oh là là, elle est énorme, Maman. » Calum me prit la main pour voir de plus près la bague. « Alors, mon père sera ton mari, comme dans les vraies familles. C'est génial ! »

Se relevant de sa position, August posa ses mains sur mes hanches puis embrassa mes lèvres. « Merci, bébé. »

Je regardai la bague et je le regardai. « Merci à toi aussi. »

August se retourna, prenant Calum dans ses bras et me prenant la main. Il nous emmena nous asseoir sur l'un des canapés, Calum sur ses genoux. « Nous aimerions te parler de quelque chose, Calum. »

Je regardai August avec une expression interrogative. « Oh, ah bon ? »

August hocha la tête et me montra mon ventre. « Oui. »

Je comprenais maintenant, mais je n'étais pas sûre de vouloir parler à mon enfant de six ans d'une chose pareille. « August, c'est peut-être un peu trop tôt. Et il a déjà eu une bonne nouvelle aujourd'hui avec le mariage.

– Eh bien, je pense qu'il devrait le savoir », argumenta August.

Je hochai la tête avec détermination. Je savais qu'August était tenace et qu'il l'emporterait à la fin de toute façon. « Vas-y. »

Calum nous regardait l'un et l'autre. « Qu'est-ce qu'il y a ? »

August commença. « Calum, que penses-tu de devenir grand frère ? »

Calum me regarda. « Tu vas avoir un bébé, Maman ?

– Non, pour le moment il n'y a personne dans mon ventre. Mais ton père et moi aimerions en avoir un. Est-ce que tu serais d'accord ? » demandai-je à mon fils.

Calum regarda August pensivement. « Mais je viens de t'avoir, et si tu as un bébé, je vais devoir te partager.

– Calum, tu es mon fils aîné. Mon tout premier enfant. Tu auras toujours une place dans mon cœur que personne d'autre n'aura. » August caressa la tête de Calum. « Je te promets qu'on passera beaucoup de temps ensemble, peu importe ce qui arrive. Et tu pourrais aussi beaucoup aider avec le bébé, tu sais. Tu deviendrais grand frère, l'aîné de la famille que ta mère et moi aimerions avoir.

– Ça pourrait être amusant », dit Calum en levant les yeux vers le plafond, réfléchissant à tout cela.

« J'aimerais avoir une grande famille, Calum. Ça voudrait dire qu'il y aurait beaucoup d'autres enfants, des frères et sœurs, avec qui jouer. Tu ne te sentiras jamais seul. » August le prit par le menton. « Tu ne seras jamais seul.

– Eh bien, d'accord ça ira alors », dit Calum. « Alors, allez-y, faites un bébé si vous voulez.

– Ravi d'avoir ton accord, fiston », dit August, puis il l'embrassa sur le front. « Maintenant, il y a encore une chose dont je veux te parler.

– Qu'est-ce qu'il y a d'autre, August ? » lui demandai-je, car je pensais que Calum avait déjà beaucoup à digérer.

« À propos des nuits », me dit-il. « Je veux que tu dormes avec moi. »

Respirant un grand coup, je n'arrivais pas à croire ce qu'il avait dit.
« August ! »

C'est Calum intervint en premier : « Les mamans et les papas ne
dorment pas dans la même chambre, Maman ? »

August lui répondit : « Si, Calum. Mais tu sembles avoir l'habitude d'aller dans le lit de ta mère au milieu de la nuit, et ça pourrait
être un problème.

– Pourquoi ? » demanda Calum en regardant August. « Je peux
venir dans votre lit. »

Mes sourcils se soulevèrent en regardant mon fiancé, qui semblait
penser qu'il en savait plus que moi à propos de Calum. « Comment
vas-tu expliquer ça, August Harlow ?

– Attends », dit-il avec un clin d'œil. « Eh bien, tu pourrais faire ça,
Calum. Mais je pensais que tu pourrais t'habituer à dormir toute la nuit
dans ton propre lit. Comme ça, tu seras un bon exemple pour tes jeunes
frères et sœurs quand ils seront confrontés au même problème que toi.

– Oh, je ne pense pas que ce soit un problème », dit Calum en
secouant la tête. « J'aime juste me blottir contre Maman, c'est tout.

– Moi aussi », dit August, me faisant rougir.

Calum acquiesça. « Elle est très confortable.

– Je suis d'accord », ajouta August. « Peut-être qu'on pourrait
trouver un arrangement, pour qu'elle n'en ait pas marre qu'on lui
fasse des câlins tout le temps. Je l'ai la nuit, et toi toute la journée. »

Calum se mordit la lèvre inférieure en réfléchissant. « Eh bien,
peut-être que ça pourrait aller. Mais que dis-tu de cette idée. Si je me
réveille et que j'ai peur, Maman peut venir dormir avec moi ? »

August sourit, et il tendit la main pour serrer celle de notre fils.
« Marché conclu, fiston. »

Alors qu'ils se serraient la main, je soupirai, voyant que ma vie
changeait vraiment – et rapidement.

Après avoir dîné et donné un bain à Calum, on le borda, August
lui lut un livre pendant que je m'asseyais de l'autre côté du lit de
notre fils, caressant ses cheveux. La façon dont Calum nous regardait
tous les deux gonflait mon cœur de joie.

Mon petit garçon commençait enfin à ressentir ce que ses amis avaient ressenti toute leur vie, l'amour d'une mère et d'un père qui l'adoraient.

On resta avec lui jusqu'à ce qu'il s'endorme. Fidèle à ce que son père lui avait dit juste après le dîner, il y avait un moniteur pour bébé placé sur la table de nuit à côté de son lit. Tout ce qu'il avait à faire s'il se réveillait et qu'il avait peur, c'était de m'appeler et j'arriverais en courant. August avait placé la réception sur la table de nuit du côté droit de son lit, qui était mon côté désormais.

August s'efforçait de faire en sorte que les choses fonctionnent parfaitement. Et jusqu'à présent, tout se passait comme il le voulait – et j'adorais tout ça aussi.

D'une façon ou d'une autre, August faisait faire à Calum des choses que je n'arrivais pas à faire. Et il le faisait sans faire de mal à notre fils. J'aimais de plus en plus cet homme au fil des jours.

Lorsque nous allâmes au lit cette première nuit-là, je ressentis un soulagement. Je n'avais plus à porter toute la responsabilité sur mes seules épaules d'élever notre fils. Il y avait un père avec qui partager ça. Et bientôt, il serait mon mari, et on agrandirait ensemble notre famille.

Dans mes rêves les plus fous, je n'avais jamais imaginé que ma vie prendrait ce tournant.

Nous avons fait l'amour cette nuit-là, doucement et tendrement. Nos corps bougeaient ensemble comme s'ils avaient été faits l'un pour l'autre. Il se déplaçait avec des poussées douces, et je m'arquais pour rencontrer chacun d'elles. Notre amour remplit toute la pièce alors que nous atteignions simultanément l'orgasme.

Il me passa la main dans les cheveux en me regardant dans les yeux. « Je t'aime plus que tu ne peux comprendre, bébé.

– Je comprends parfaitement parce que moi aussi je t'aime autant que ça. » J'embrassai sa joue barbue et passai la main sur le tatouage de son pectoral gauche. SEMPER FI était écrit en toutes lettres, entouré de pistolets, d'un aigle et d'un hélicoptère. C'était une œuvre d'art, et j'adorais la manière dont ça lui allait.

Mon soldat des Marines était un homme coriace. Il serait toujours mon héros.

S'endormir dans ses bras, c'était comme le paradis pour moi. Même si j'avais été un peu ennuyée quand il en avait parlé, je ne pouvais pas être plus heureuse qu'il ait fait en sorte que notre fils se sente à l'aise à l'idée que nous puissions le faire.

La vie serait fantastique avec August à mes côtés.

Des heures s'étaient écoulées quand mes yeux s'ouvrirent soudainement, réveillée par August qui se tournait et se retournait à côté de moi. Il murmura quelques mots, et je le secouai pour le réveiller. « August, réveille-toi, tu fais un cauchemar. »

Son bras gauche vola et me frappa au visage. Je sentis tout de suite le goût du sang, ma lèvre ayant éclaté sous le coup. « August ! » criai-je et je reculai.

Le sang coulait le long de mon bras et je couvris ma bouche de ma main. Je me retournai jusqu'à ce que j'arrive au bord de l'immense lit. Attrapant des mouchoirs sur la table de nuit, je les tins sur ma lèvre et je me rendis à la salle de bains pendant qu'August continuait à bouger dans le lit, marmonnant des choses indiscernables dans son sommeil.

La lumière de la salle de bains s'alluma automatiquement lorsque j'entrai dans la pièce, comme toutes les lumières de la maison. Je vis que ma lèvre inférieure avait été assez bien fendue, mais elle n'aurait pas besoin de points de suture. Mouillant une serviette, je la tins sur ma lèvre jusqu'à ce que le saignement cesse, puis je retournai dans la chambre à coucher pour essayer de réveiller August sans me faire frapper cette fois.

Les couvertures étaient en désordre et il faisait des allers-retours avant de s'asseoir brusquement, les yeux ouverts et scannant la pièce.

« August », dis-je d'une voix calme. « Tu es réveillé ? »

« Toi ! » cria-t-il en arrêtant ses yeux sur moi. Puis il regarda par-dessus son épaule comme s'il voyait quelqu'un d'autre. « Attrapez-la ! » cria-t-il en me montrant du doigt.

« August, arrête ! » criai-je quand il se leva du lit en ma direction. « Non ! Réveille-toi, bon sang ! »

Je n'étais qu'à quelques pas de la salle de bains, et je m'y enfermai rapidement. Quand il vit que j'avais l'intention de me réfugier dans la salle de bains, il accéléra. Ses mains m'attrapèrent à la gorge. « J'ai l'espion. »

Je ne pouvais rien dire car il me coupait le souffle. Puis il me souleva par la gorge jusqu'à ce que mes pieds quittent le sol. Je luttais et je le frappais pour qu'il me laisse partir, mais mes efforts étaient vains.

Une fois de plus, il regarda par-dessus son épaule comme si quelqu'un lui parlait. « Oui, monsieur », dit-il, puis il posa mes pieds sur le sol, relâchant son emprise sur ma gorge. « À genoux. N'essaie même pas de t'enfuir ou je te tue, espionne de merde. »

Je me mis à genoux, haletant pour faire entrer de l'air dans mes poumons. Puis je vis ses pieds s'éloigner de moi alors qu'il aboyait un ordre à un soldat imaginaire, « Emmenez-la au camp. »

Marchant à quatre pattes aussi vite que je pouvais, j'arrivai dans la salle de bains. Fermant et verrouillant la porte derrière moi, je pris quelques minutes pour respirer et me calmer avant de remplir deux tasses d'eau froide et de retourner dans la chambre. Je trouvai August encore en train de rêver, me regardant fixement.

« Comment t'es-tu éloignée de mes hommes, sale espionne ? » me dit-il en mugissant.

Une fois qu'il fut assez près, je lui jetai les deux tasses d'eau au visage, et il s'arrêta immédiatement sur place. Secouant la tête, il s'essuya le visage avec ses mains. Le regard dans ses yeux avait changé, et August était de retour. « August ! »

Il cligna des yeux en me regardant. « Ta lèvre est fendue. »

Ma poitrine se souleva alors que je m'efforçais de ne pas pleurer, mais j'échouai lamentablement. M'effondrant, je tombai par terre en une flaque d'émotion.

« Bébé, qu'est-ce qui se passe ? » demanda-t-il en me câlinant. « Tu es tombée et tu t'es cognée la bouche sur quelque chose ? »

Me portant sur le lit, il m'allongea puis il passa ses mains sur son visage une fois de plus. « Pourquoi suis-je mouillé ? »

Je dus me ressaisir pour expliquer ce qui s'était passé. Alors, respirant profondément, je ravalai mes sanglots et je m'assis. « Tu as fait une sorte de rêve. Ton bras a volé et a frappé mon visage quand j'ai essayé de te réveiller. Puis tu... » Je m'effondrai encore.

Je ne me suis jamais considérée comme faible. J'avais gardé le contrôle dans des situations terribles depuis que j'étais devenue infirmière, mais c'était différent.

Je n'étais pas en sécurité avec l'homme que j'aimais. Qu'est-ce qu'on pouvait faire s'il ne se contrôlait pas pendant qu'il dormait ?

« Je t'ai frappée ? » demanda-t-il en s'asseyant sur le lit à côté de moi.

En acquiesçant, je répondis à sa question : « Puis tu m'as traitée d'espionne et tu as commencé à m'étrangler. »

Il s'approcha de moi, repoussant mes cheveux en arrière, regardant les marques que ses mains avaient dû laisser sur mon cou. « Mon Dieu ! » L'horreur remplit son visage. « Je t'ai fait mal. »

Nous nous regardâmes l'un l'autre pendant très longtemps, sachant tous les deux que ce qui s'était passé était trop grave pour que nous l'ignorions. Au bout d'un moment, il se leva, fit le tour du lit, prit le moniteur pour bébé et revint vers moi. Nous étions tous les deux nus, car nous nous étions endormis juste après avoir fait l'amour. Il ne se donna pas la peine de mettre quoi que ce soit et il me prit dans ses bras et m'emmena dans mon ancienne chambre, me déposant dans le lit. « Tu es en sécurité ici. »

Il se retourna pour partir, et je ne pus m'empêcher de dire : « Non. Ne me quitte pas, August. »

Sans me regarder en arrière, il secoua la tête. « Je ne veux pas te mettre en danger. J'irai voir mon psy à la première heure demain matin. Je t'aime. Essaie de dormir un peu. »

Sur ce, il me laissa seule dans ma chambre. Et alors que j'étais couchée là, je n'arrivais pas à me débarrasser du sentiment que quelque chose de terrible avait intercepté toute la joie que nous avions trouvée. Et mon cœur me faisait mal parce que je ne savais pas si je pouvais me sentir en sécurité ici.

En allant dans mon placard, je mis un pyjama puis j'allai dans la chambre de Calum. Verrouillant la porte derrière moi, je grimpai dans son lit, le tirant à moi pour le câliner. Avec la porte verrouillée entre August et nous, je me sentais mieux.

Ce n'était pas du tout comme ça que je pensais que les choses allaient se passer. Dans mes fantasmes, August et moi étions un couple parfait. J'avais souvent rêvé, du retour d'August dans ma vie et de la suite de notre conte de fées, surtout quand j'étais enceinte de notre fils. À l'époque, mon plus grand rêve était qu'un jour, il revienne dans ma vie et me demande de l'épouser, faisant de nous une vraie famille.

Ça, c'était fait dorénavant. Mais je n'aurais absolument jamais pensé, que nous aurions un problème aussi grave que celui-ci.

Il m'avait mise à l'écart. Ce n'était pas quelque chose que j'avais prévu dans mes fantasmes. Non, je nous avais vus bien nous entendre. Mais pour que cela se produise, il faudrait qu'il m'écoute au sujet de choses particulièrement importantes comme celle-ci. Et il ne le faisait pas. Il prenait tout sur lui, me laissant de côté.

Serais-je capable de vivre avec lui une vie si différente de celle que j'avais imaginée ? Comment pourrais-je supporter la déception d'un autre rêve brisé ?

22

AUGUST

Je quittai la maison tôt le lendemain matin. Affronter Tawny après ce que je lui avais fait était trop dur pour moi. Le bureau de mon thérapeute n'ouvrait pas avant neuf heures, alors j'attendais dans le parc tout près.

Mon portable sonna à huit heures trente. Le nom de Tawny illumina mon écran. « Salut », répondis-je.

« August, où es-tu ? » demanda-t-elle, soucieuse.

« Je t'ai dit hier soir que je verrais mon thérapeute à la première heure ce matin, Tawny. » Une voiture passa et je vis le docteur Schmidt à l'intérieur. « Hé, il est là. Je t'appelle plus tard.

– August, appelle-moi dès que tu as fini. J'ai fait quelques recherches. Je veux t'en parler. »

J'avais mal au cœur et j'avais l'impression d'avoir participé à un match de boxe avec Mike Tyson. Je me sentais désespéré.

Tout se passait si bien. Mais j'avais oublié ma maladie. Ce ne serait jamais sûr pour Calum ou Tawny.

En arrivant dans le cabinet juste derrière le docteur, je semblai l'avoir effrayé. « Oh, mon Dieu, August. Que faites-vous là si tôt ? » Il regarda le calendrier qui était accroché au mur. « Attendez, aujourd'hui n'est pas votre jour habituel. « Non, c'est vrai. Il s'est passé quelque chose. J'ai blessé quelqu'un. » Je pris place sur le canapé, celui sur lequel je m'asseyais habituellement pour nos séances. « Quelqu'un que j'aime.

– C'est ce que je craignais », dit-il en prenant son siège habituel. « August, je sais que vous avez fait de grands progrès, mais pas encore assez pour qu'il n'y ait pas de complications quand vous voyez quelqu'un sérieusement. Alors, dites-moi ce qui s'est passé. »

Je lui dis ce que je savais. « J'ai fait un cauchemar. Je ne me souviens pas du tout de ce rêve, ni même d'en avoir eu un. Elle a dit qu'elle a essayé de me réveiller et je l'ai frappée au visage, en lui éclatant la lèvre. C'était déjà assez mauvais. Mais elle a dit que je l'ai étranglée aussi. Il y avait les marques de mes mains partout sur son cou, Doc. » Des larmes coulèrent sur mon visage quand la honte et l'horreur m'envahirent. « Comment puis-je arrêter ça ?

– Ça prend du temps », me dit-il, me donnant une boîte de mouchoirs en papier. « August, vous avez été Marine pendant six ans. Vous avez vu des choses, participé à des choses et accompli des actes de guerre que la plupart des civils n'auraient jamais pu imaginer. Tout cela s'accumule à l'intérieur du cerveau d'une personne.

– Je n'avais aucune idée que j'avais ce genre de rêves, Doc. Comment pourrais-je ne pas le savoir ? » lui demandai-je. Ça me déchirait de savoir que j'avais amené la femme que j'aimais dans mon lit sans savoir que je risquais de la blesser physiquement.

« Mon conseil, pour l'instant, est de me laisser vous prescrire quelque chose. Du Zoloft, je pense, pourrait être le mieux. » Il sortit un bloc d'ordonnances et commença à écrire dessus.

Je ne voulais pas prendre de médicaments. Je détestais la façon dont ils me faisaient me sentir engourdi et déconcentré. « Non. »

Il me regarda avec un froncement de sourcils sur son visage ridé. « August, vous avez besoin de plus qu'une thérapie pour gérer ça en ce moment. Vous avez besoin de médicaments. Si vous aviez, disons… de l'hypertension, alors vous prendriez des médicaments pour ça. Si vous étiez diabétique, vous prendriez des médicaments pour ça. Pourquoi ne pas considérer cela comme la maladie que c'est ?

– Parce que c'est dans la tête. Ce n'est pas physique, et je ne vais pas me transformer en zombie pour gagner cette bataille. » Je me levai et je claquai la porte de son bureau.

Rien de ce qu'il faisait ne marchait pour moi. J'avais besoin de plus. J'avais besoin d'aide. Peut-être que toute une putain d'équipe pourrait m'aider à surmonter ça.

Je pouvais le faire. Je savais que je le pouvais. Je pouvais le faire parce que j'avais au moins deux raisons de le faire, maintenant. Avant, je n'avais personne pour qui le faire. Mais maintenant ce n'était plus le cas et je voulais combattre cette chose.

En montant dans ma voiture, je frappai le volant de frustration. J'avais tout l'argent du monde à ma disposition et je ne savais pas comment obtenir l'aide dont j'avais vraiment besoin.

Mon portable sonna, et je le regardai. Tawny m'avait envoyé un texto, me disant de rentrer à la maison et de lui parler, qu'elle avait beaucoup à me dire.

Alors, je rentrai chez moi, sans être sûr de ce qu'elle avait à dire, mais en lui faisant confiance, tout comme elle me faisait confiance. Si elle et moi devions nous marier, alors je devais apprendre à m'appuyer sur elle aussi. Il était temps de m'avouer pour une fois que j'avais des faiblesses, comme tout le monde. Je n'étais pas le héros qu'elle pensait que j'étais.

J'avais parfois été un tueur impitoyable. J'avais été un homme qui tirait d'abord et posait les questions ensuite – c'est ce à quoi j'avais été entraîné. J'avais peut-être tué des innocents ; je n'avais aucun moyen d'en être sûr. Tirant depuis un hélicoptère en mouvement sur une masse mouvante de ce que nous pensions être des rebelles, j'avais pu tuer des innocents. C'était la terrible conséquence de la guerre, les victimes au combat.

Heureusement, Calum était parti à l'école quand je suis rentré à la maison. Faire face au petit gars aurait rendu les choses encore plus difficiles. Tawny avait dû tendre l'oreille parce qu'elle courut vers moi dès que j'entrai dans le vestibule. « August ! » Elle me prit dans ses bras et me serra.

Je déplaçai mes bras pour l'enlacer, regrettant d'être si mal en point. « Bébé, je suis désolé.

– Mais non. Tu ne le fais pas exprès. » Elle s'écarta pour me regarder, et sa lèvre inférieure enflée faisait mal à voir. « August, j'ai été mordue par des petits enfants effrayés, frappé par des femmes enceintes qui avaient des seuils de douleur bas, et une fois j'ai été frappée au visage par le sac d'une vieille dame quand je suis arrivée trop vite derrière elle et lui ai fait peur. Son sac à main a éclaté mes *deux* lèvres. » Elle essayait de prendre la situation à la légère, mais cela ne m'aidait pas du tout.

« Non, Tawny. C'est grave. C'est vraiment grave. Je ne savais pas que je faisais des choses comme ça quand je dormais. » Je pris sa main, lui caressant le dos de la main, aimant la façon dont je sentais sa peau douce sous mes doigts.

« C'est compréhensible, puisque personne n'a jamais dormi toute une nuit avec toi, de façon régulière. » Elle me tira dans le salon principal et on s'assit. Son ordinateur portable était ouvert sur la table basse. Elle toucha l'écran et une photo apparut. « C'est ce que je voulais que tu voies. C'est à l'ouest de Los Angeles, et je pense que ce serait l'endroit parfait pour toi. Ce qu'ils font avec les personnes souffrant du SSPT est révolutionnaire et novateur. »

Elle prit l'ordinateur, le posa sur ses genoux et me montra tout sur ce lieu. L'une des choses qui ressortait, c'est la durée de traitement de quatorze jours pendant laquelle je devrais rester dans leur établissement. Et le fait qu'ils traitaient avec des drogues. Et pas les drogues habituelles non plus. Non, ils utilisaient une forme de drogue connue sous le nom d'ecstasy dans la rue, mais ils l'appelaient MDMA.

« Wow, ce n'est pas une drogue normale pour le SSPT, Tawny. » Je la regardai avec inquiétude. « Mon médecin m'a mis sous toutes les autres drogues qu'ils utilisent pour ça, et elles ne m'ont jamais bien réussi, aucune d'elles.

– Eh bien, celle-ci fonctionne très différemment de des autres », me dit-elle en montrant certains des témoignages. « Ces résultats ne peuvent pas être ignorés, bébé. »

L'un des témoignages de patients disait que la personne qui s'était rendue à l'établissement pour essayer le traitement – qui comprenait la prise du médicament et une thérapie intense – se sentait comme si son âme était revenue dans son corps.

C'est plutôt fort, pensai-je.

« Je serais absent pendant deux semaines. » Je regardai Tawny, prenant son visage dans mes mains. « Ça fait longtemps sans voir ton beau visage.

– Je peux supporter la moitié d'un mois si ça veut dire qu'on peut avoir une vie ensemble, dormant ensemble chaque nuit. Tu peux le faire, August. Avec l'aide adéquate, tu peux t'en sortir. Et je serai là à chaque étape. Je ne vais nulle part. » Elle passa ses mains sur mes joues barbues.

« La vérité, c'est que je suis surpris que tu sois encore là. Je pensais que je t'avais fait tellement de mal que tu te sentirais obligée de me quitter. Pour ta sécurité et celle de Calum », lui avouai-je.

« Je n'ai pas si peur de toi. Si je dois garder une bouteille d'eau avec moi pour te sortir d'un épisode, ou t'enchaîner à ton lit pour que tes mains ne puissent faire aucun dommage, ainsi soit-il. Je ferai tout ce qu'il faut pour te garder avec moi. Je n'abandonne pas les gens en général, et ces gens sont plutôt insignifiants à mes yeux. Tu es tout pour moi, August Harlow, et je ne t'abandonnerai jamais. Jamais de la vie. »

Elle devrait abandonner, et je le savais. Mais cette partie égoïste de moi s'accrochait à elle comme si elle était ma seule bouée de sauvetage. « Je vais le faire. J'irai à cet endroit, et j'essaierai tout. Je peux être têtu...

– Comme si je ne le savais pas », me coupa-t-elle en souriant.

En riant, je pris l'ordinateur, le remit sur la table basse et l'incitai à s'asseoir sur mes genoux. « Merci pour cette pleine lune il y a sept ans.

– C'est ce que je me dis tout le temps », ajouta-t-elle.

Nos bouches se rencontrèrent, et son doux baiser me fit penser que tout irait bien. Il le fallait. J'avais la meilleure des femmes à mes côtés. Avec elle, je pouvais vaincre tout ce qui m'arrivait.

En attendant, je n'allais pas perdre un seul instant avec Tawny avant de devoir partir. En la poussant à s'allonger sur le canapé, je posai mon corps sur le sien. Elle me repoussa par les épaules, séparant nos bouches. « Qu'est-ce que tu fais ?

– Je vais prendre ton joli petit cul ici, bébé. C'est ce que je fais. Et je t'emmènerai peut-être à la piscine où on pourra se baigner nus. Après ça... »

Elle soupira en m'arrêtant. « Alors, aujourd'hui, c'est juste prendre ta dose de moi, c'est ça ?

– Bébé, je ne me rassasierai jamais de toi. Mais aujourd'hui, il s'agit d'avoir autant de toi que possible. Parce que demain, je partirai pour aller mieux. » Remettant ma bouche sur la sienne, je la sentis me repousser par les épaules une fois de plus. « Qu'est-ce qu'il y a maintenant ?

– Et le personnel, August ? » Elle avait l'air inquiet. « Je ne veux pas qu'on nous surprenne. »

Elle était loin de se douter que j'avais appelé Denise pour lui dire de donner congé à tout le personnel. Je voulais être complètement seule avec Tawny toute la journée. Mais je ne lui dis rien – une petite peur de se faire prendre mettrait un peu de piquant. « Ne t'inquiète pas pour ça. » Je l'embrassai encore.

Le baiser était si fort et si plein de passion qu'elle fondit sous moi, me laissant faire. Elle savait que je n'allais pas arrêter avant d'avoir obtenu ce que je voulais, et elle ne s'opposait pas sur la plupart des choses – pas quand elle voulait ces choses autant que moi. J'adorais ça chez elle.

J'aimais tout chez elle, et j'aurais fait n'importe quoi pour devenir l'homme qu'elle méritait.

23

TAWNY

Après une journée fabuleuse, où August m'avait donné toute son attention comme il l'avait promis, nous avions dû reprendre nos esprits quand Calum fut rentré de l'école. Max, le chauffeur, avait récupéré Calum pour nous et l'avait ramené à la maison.

On réussit à ne pas se toucher jusqu'à ce que Calum s'endorme, puis on s'y remit comme des lapins jusqu'aux petites heures du matin. Puis August me porta dans mon lit, verrouillant la porte derrière lui.

Alors je me mis à pleurer. Pleurer pour tout ce qu'il avait traversé. Pour ce qu'il avait vu. Pour tout ce qu'il avait à faire. Cet homme était mon héros. Il le serait toujours.

Après une douche, je mis mon pyjama et m'endormis. J'avais apporté le moniteur pour bébé avec moi dans ma chambre à coucher et je fus surprise quand je me réveillai le lendemain matin seule dans mon lit.

Pas de Calum.

Il y avait eu des progrès, et je priai pour que notre petite famille continue à progresser.

Plus tard, après m'être habillée et avoir habillé Calum, je trouvai

August dans le coin du petit-déjeuner. La vapeur tourbillonnait au-dessus de sa tasse de café et il désigna la carafe d'un signe de tête. « Prends une tasse et rejoins-moi. » Il regarda Calum. « Il y a du jus dans l'autre pour toi, fiston. »

Je nous versai à boire puis nous prîmes place à la petite table ronde avec August. Il posa son portable, regardant notre fils. Je savais que le quitter pendant quatorze jours entiers ne lui plaisait pas.

En posant ma main sur celle d'August, je dis : « Je vais lui expliquer, ne t'inquiète pas.

– Expliquer, quoi ? » demanda Calum avant de boire son jus de pomme.

« Je veux lui dire », dit August avant de diriger son attention sur son fils. « Calum, je dois partir pour un petit moment.

– Pourquoi ? » demanda Calum en fronçant les sourcils.

« Tu te souviens que je t'ai raconté pourquoi j'ai eu cet épisode bizarre de hurlements l'autre jour dans la voiture, non ? » August passa sa main dans les cheveux noirs de Calum.

« Oui, monsieur », dit Calum, puis il prit un autre verre.

« Je crois qu'il est temps que je règle ce problème. Ta Maman a trouvé cet endroit qui pourrait m'aider. Mais je dois y aller et y rester deux semaines. Tu crois que tu peux m'aider et tenir compagnie à ta maman pendant mon absence ? »

Calum avait l'air un peu inquiet. « Tu reviens, hein ? » Sa lèvre inférieure commença à trembler. « Parce que tu vas me manquer.

– Tu vas me manquer aussi, fiston. Mais j'ai besoin que mon petit homme s'occupe de sa Maman et qu'elle soit heureuse pendant mon absence. » August se leva et prit Calum dans ses bras.

Calum appuya sa tête sur la large épaule de son père pendant qu'il pleurait. « Je vais essayer, papa.

– Papa a besoin d'aide pour aller mieux. » August lui tapota dans le dos, et je dus me mordre la lèvre pour retenir les larmes qui remplissaient mes yeux.

August me regarda. « Leila sera bientôt là pour le récupérer et l'emmener pour la journée. Je pensais que ce n'était pas une bonne idée de l'envoyer à l'école aujourd'hui. Et j'aimerais que tu viennes avec moi à l'établissement. J'ai un peu besoin de toi, pour me tenir la main. »

Hochant la tête, je pris une serviette pour sécher mes larmes avant qu'elles ne tombent. « D'acc. »

On resta assis en silence pendant que nous choisissions tous le petit déjeuner que Tara avait préparé pour nous. Aucun d'entre nous n'avait plus faim.

Après que Leila soit venue chercher Calum, Max nous conduisit à l'établissement, qui allait aider, je l'espérais, l'homme que j'aimais. « Alors, nous y voilà », dit-il en sortant et en me prenant la main, m'aidant à sortir de la voiture.

Étant infirmière, j'avais l'habitude des établissements médicaux. Mais celui-là, c'était autre chose. Tout était à la pointe de la technologie. Le bâtiment était grand, mais il n'avait pas l'air d'un hôpital morose. De l'énergie positive passait invisiblement dans l'air.

Saisissant le bras d'August, je chuchotai : « J'aime l'atmosphère ici, chéri.

– Ça a l'air bien, non ? » demanda-t-il. Il se dirigea vers la réception. « August Harlow. J'ai parlé à quelqu'un à propos d'un traitement.

– Bien sûr », dit la jeune femme en souriant. Elle montra du doigt une porte en verre dépoli. « Le Dr Sheldon vous attend derrière ces portes. Il passera en revue le plan de traitement, et si vous êtes d'accord, vous signerez des papiers, et nous vous mettrons sur la voie de la réussite, M. Harlow. »

Avec un signe de tête, on se dirigea dans la direction qu'elle avait indiquée et on entendit de la musique douce en entrant dans le cabinet du médecin. L'homme qui s'y trouvait avait une voix douce et un comportement qui nous a tout de suite mis à l'aise.

Je devais admettre qu'il avait l'air sincère. Bien plus que n'importe quel autre médecin avec qui j'avais eu affaire. La confiance continua à s'installer en moi quand il nous raconta comment ils s'y prenaient pour faire les choses. « Bien que nous ayons eu beaucoup de succès avec nos traitements ici, il est important que vous compreniez que la thérapie est quelque chose que vous devrez suivre pour le reste de votre vie, August. Vous devrez vous y habituer. »

August n'avait pas l'air d'en être content et demanda : « N'est-ce pas votre mission de me guérir ?

– Il n'y a pas de remède pour ce qui vous afflige. Pouvez-vous imaginer être victime d'une fusillade, ou être un enfant qui a été horriblement maltraité ? » lui demanda le médecin.

August haussa les épaules. « Je suppose que oui.

– Vous attendriez-vous à ce qu'ils soient guéris de leurs souvenirs ? » La façon dont le docteur sourit me fit mal au cœur. Il avait raison sur toute la ligne – c'était un vrai ange envoyé ici pour aider les autres.

August ne pouvait que secouer la tête. « Non, je suppose qu'on ne peut pas guérir les souvenirs. Alors, comment pouvez-vous m'aider ?

– Bien que nous ne puissions pas effacer votre mémoire, nous pouvons vous aider à mieux gérer ces souvenirs. Les gens qui ont eu une surcharge de choses terribles qui leur sont arrivées ont beaucoup plus de mal que la moyenne des gens. D'où la raison pour laquelle tant de militaires, en particulier, se retrouvent avec un SSPT. » Le docteur prit un flacon de pilules. « Voilà à quoi ressemble la MDMA.

– Vous devriez savoir que je n'aime pas prendre de pilules, Doc. » August haussa à nouveau les épaules. « Je n'aime pas les effets qu'elles ont sur moi, et je ne veux pas dépendre d'elles non plus.

– Laissez-moi d'abord vous expliquer ce médicament, et voyons si je peux vous aider à comprendre ce qu'il peut faire pour vous aider. Et laissez-moi vous dire ceci, aussi : ce n'est pas un médicament que vous prendrez pour toujours, à l'opposé de la thérapie. » Le médecin ouvrit le flacon, renversant toutes les pilules sur le bureau devant lui.

« Ça fait beaucoup de pilules », marmonna August.

« C'est votre réserve personnelle pour un mois », lui apprit le docteur. « Et avec notre aide et nos observations, vous apprendrez à gérer quand en prendre une et quand vous n'en avez pas besoin.

– D'accord, mais je dois demander », intervint August, « c'est de l'ecstasy, n'est-ce pas ? Alors, je vais être excité, n'est-ce pas ?

Comment suis-je supposé gérer cette frustration sexuelle quand je serai enfermé ici ? »

Avec un sourire complice, le médecin lui répondit : « Personne n'a dit que vous ne pouviez pas vous masturber, August. Vous aurez une chambre pour vous ici, beaucoup d'intimité. Maintenant, laissez-moi vous expliquer ce médicament. Ces pilules sont composées de trois neurotransmetteurs. La sérotonine en constitue la majeure partie. Maintenant, vous pouvez acheter de la sérotonine dans n'importe quelle pharmacie en vente libre. Elle est souvent utilisée pour aider ceux qui ont des difficultés à s'endormir. Les personnes souffrant d'anxiété légère prennent également de la sérotonine. Est-ce que ça va pour l'instant, August ?

– Je suppose que si elle peut être vendue comme ça, elle n'a pas d'effets secondaires négatifs », dit August. « Et c'est peut-être comme prendre les suppléments vitaminiques que je prends tous les jours. Pas vrai ? »

D'un signe de tête, le médecin poursuivit. « Donc, vous êtes d'accord avec la sérotonine. Les deux autres composants, la dopamine et la noradrénaline, ont des effets similaires. Ce sont les composants qui augmenteront la vigilance – ils augmenteront aussi votre niveau d'énergie. Et avec tout ce flux sanguin positif, votre excitation est également augmentée. Et enfin, les effets relaxants de la sérotonine agissent comme une base qui aide à tout niveler. »

« Ok, est-ce que c'est une drogue qui crée une dépendance ? » demanda August. « Je ne veux pas quitter cet endroit en étant devenu accro à quoi que ce soit.

« Dites-moi, pensez-vous avoir une personnalité addictive ? Avez-vous besoin d'alcool, de tabac ou d'autre chose du genre ? », demanda le médecin.

En levant nos mains qui se tenaient, August embrassa la mienne. « Elle est la seule chose à laquelle j'ai jamais été accro. Pourtant, je trouve la force de rester loin d'elle pendant quatorze jours, n'est-ce pas ? »

Un rougissement chauffa mes joues, et je baissai la tête tandis que le médecin continuait : « Eh bien, je suis content de l'entendre,

August. Tant que vous prendrez ce médicament, vous serez strictement observé. Ce n'est pas notre intention de rendre quelqu'un dépendant de quoi que ce soit. Nous ne sommes pas une société pharmaceutique et nous n'avons aucun lien avec eux. Notre métier est d'aider les gens. Et nous le faisons en allégeant leur humeur avant d'avoir des séances de thérapie en profondeur. Nos séances durent parfois douze heures, la plupart du temps huit heures. Cette pilule vous aidera à penser à des choses que vous avez reléguées dans les recoins les plus profonds de votre esprit et à gérer ces souvenirs dans un état de conscience calme et dispos.

– Alors, ce que vous dites, c'est que vous allez sortir toutes les merdes que j'ai vues, faites et gérées, et m'apprendre à les interpréter d'une nouvelle façon ? D'une façon positive ? Parce qu'il y a des choses que j'ai vues et que j'ai faites que rien ne réussira à transformer en quelque chose de positif », soutint August.

Le médecin sourit et je commençai à me sentir un peu confuse, pensant qu'August pourrait ne pas guérir aussi bien que nous l'espérions. « Peut-être que ce n'est pas le meilleur moment pour lui », dis-je en serrant la main d'August.

Le médecin se pencha vers l'avant, joignant ses mains puis posant son menton sur elles. « Je pense exactement le contraire, Tawny. Vous voyez, votre fiancé est le candidat parfait pour ça. Ses préoccupations sont valables et il a la conviction dans le cœur. Il est clair qu'il est prêt à travailler fort pour régler cette question. Je parie sur la réussite d'August, et je perds rarement mes paris. »

August me regarda, puis prit une grande respiration. « Je vais rester, Tawny. Je vais tout donner. Et je le fais pour toi, Calum, et pour les futurs enfants qu'on va avoir. Mais je le fais aussi pour moi.

– Jamais de meilleurs mots n'ont été prononcés, August », complimenta le médecin.

Quand il fut temps de quitter August, je le fis avec l'espoir dans mon cœur et un sourire sur mon visage, même si des larmes me remplissaient les yeux. Il allait tellement me manquer, mais c'était quelque chose qu'il devait faire.

24

AUGUST

Une thérapeute du nom de Tasha me dit : « J'ai un petit test à vous faire faire, August », alors qu'elle posait un ordinateur portable sur le bureau de ma chambre.

J'avais été admis dans l'établissement de traitement du SSPT et emmené dans ce qui serait ma chambre pour les deux prochaines semaines. Ça ne faisait que quelques heures, et Tawny et Calum me manquaient déjà beaucoup. Mais je voulais le faire pour nous. Je devais le faire.

« Ok, je coche juste les cases oui ou non ? » Je posai la question en regardant la liste des questions. La première question demandait si j'avais déjà été exposé à un événement traumatisant.

« Oui », dit Tasha en hochant la tête. « Et soyez honnête. La thérapie fonctionne mieux si vous êtes honnête et vulnérable, surtout si vous avez l'habitude d'être un dur. Personne n'est fort tout le temps, et c'est important de laisser apparaître ces faiblesses. » Elle se dirigea vers la porte. « Je vous laisse faire alors. »

Seul, je regardai la pièce. Un petit lit deux places était dans un coin et un bureau se trouvait juste en face de lui – c'est là que je m'assis. Les murs étaient d'un bleu pâle, la porte était d'un blanc immaculé et le plancher était en bambou, ce qui donnait à la pièce un aspect serein et apaisant. Les quelques photos qui étaient accrochées aux murs étaient des fleurs, des papillons, et l'une d'elles était celle d'une multitude d'oiseaux. Une petite salle de bain était associée à la chambre, ce qui me donnait toute l'intimité que je pouvais demander.

Je m'intéressai à nouveau au test et je répondis par l'affirmative à la première question. La question suivante demandait si j'avais déjà fait l'expérience d'une menace de blessure ou de mort, pour laquelle je cochai à nouveau la case *oui*.

Même si j'essayais de ne pas y penser, je suppose que cela faisait partie du processus de réparation de mon esprit pourri. La question suivante demandait si j'avais ressenti de la peur, de l'impuissance ou de l'horreur. Celle-là me fit réfléchir et essayer de compter le nombre de fois où j'avais ressenti ces émotions.

En secouant la tête, je dus arrêter d'y penser. Il y avait de trop nombreuses fois pour être comptés. Une autre case où je cochai *oui*.

Avez-vous régulièrement des pensées qui vous ont gêné(e) au sujet de l'événement traumatisant ?

Je dus me demander ce que signifiait « régulièrement ». Mais l'idée de ces cauchemars dont j'ignorais l'existence me vint à l'esprit, et je dus cocher à nouveau *oui*.

La question suivante demandait si j'avais parfois l'impression de revivre l'événement, et un autre *oui* était nécessaire. Les cauchemars récurrents, le stress sur la mémoire, les pensées sur l'événement, les gens qui me rappelaient l'événement, tout cela devait être coché *oui* aussi.

J'étais sur une lancée. Une mauvaise. Et je me demandais si toutes ces réponses affirmatives n'allaient pas m'obliger à rester plus long-temps à cet endroit.

Ensuite, je pus cocher un *non* quand on me demanda s'il y avait des choses dont je n'arrivais pas à me souvenir au sujet de l'événe-ment. Non, je me rappelais tout trop bien, en fait.

Avais-je perdu tout intérêt pour ce que j'aimais faire ? Je pus cocher un autre *non* pour celle-là.

Ouf, pendant une minute, j'ai cru que j'étais fichu !

D'autres *non* suivirent, car on me demandait si j'avais de la diffi-culté à faire confiance aux gens ou à montrer mes émotions. Avais-je peur de ne jamais avoir un avenir normal ? Je pus cocher les cases *non* concernant les difficultés à m'endormir. Je pensais que je dormais comme un bébé, mais j'avais tort. Mais je savais que je n'avais jamais eu de mal à m'endormir.

Les accès de colère ont eu un *non* aussi, tout comme la difficulté à se concentrer. Mais la question de la culpabilité de ceux qui sont morts alors que j'avais survécu dut avoir un *oui*.

Oh, eh bien, elles ne peuvent pas toutes avoir un non.

J'étais là pour une raison, après tout. J'eus un mélange de réponses *oui* et *non* au fur et à mesure que j'avançais dans le question-naire. Est-ce que je sursautais facilement, est-ce que je me sentais comme si je devais être sur mes gardes tout le temps, prêt à passer à l'action ?

Je pouvais passer à l'action chaque fois que j'en avais besoin, comme je l'avais fait avec la situation des feux de forêt et Calum, mais je n'étais pas tendu et prêt à le faire.

Je cochai la case *oui* à la question de savoir si je vivais cela depuis plus d'un mois. Mais la dernière question me fit réfléchir.

Vos symptômes interfèrent-ils avec vos habitudes, comme le travail, l'école ou votre vie sociale ?

Est-ce que c'était le cas ?

Je devais y réfléchir. Je pouvais sortir sans problème. Ah, mais il y avait eu l'incident sur l'autoroute, puis quelques autres par le passé – un dans une boîte de nuit, un dans un restaurant. Je dus cocher un autre *oui*, puis j'appuyais sur le bouton « Envoyer ».

Le score était de douze, et je pensais que c'était plutôt bon. Mais quand je regardai le bas de la page, je lus que tout ce qui dépassait dix était considéré comme une preuve des symptômes du SSPT.

Eh bien, ce n'était pas quelque chose que je ne savais pas déjà. Je passerais en effet les quatorze prochains jours ici avec de bons méde-cins et thérapeutes. Je supposais que les choses auraient pu être pires. J'aurais pu perdre Tawny et Calum, ce qui ne s'était heureusement pas encore produit – et n'arriverait pas, si je devais rester ici quatorze jours ou quatorze mois pour régler ce problème.

Une fois le test soumis, Tasha revint dans la pièce. « August, les résultats nous ont montré sur quels domaines vous devez travailler. Encore quelques questions, qu'on puisse vous installer. » Elle tapa son stylo sur le dessus de son bloc-notes puis le posa sur le papier. « Vous sentez-vous plus à l'aise à parler avec un homme ou une femme ? »

« Hmm, je pense que j'aimerais que ce soit un homme. » J'aimais bien parler à Tawny, mais surtout c'était plus facile de parler de mes faiblesses aux hommes.

« D'accord », dit-elle, en prenant note. « Et vous aimez être seul ou en groupe quand vous discutez de choses privées ?

– Seul », répondis-je immédiatement. Je n'étais pas du genre à parler librement dans un groupe – je ne l'avais jamais été, je ne le serais jamais.

« Ok, alors juste une dernière chose », dit-elle, en me regardant. « Êtes-vous une personne plutôt diurne ou nocturne ?

– Je me lève tôt chaque matin, alors mettez de jour. » Je me levai de la chaise, impatient de commencer les choses. « Alors, quand est-ce qu'on commence ?

Bientôt. J'entrerai ces données dans mon ordinateur et j'aurai un emploi du temps pour vous dans une heure. Le déjeuner est servi, alors pourquoi ne pas aller à la cafétéria et vous présenter aux autres ? » Elle quitta la pièce, et je restai là, me demandant si je voulais vraiment aller rencontrer du monde.

L'idée de me socialiser ne me plaisait pas. Mais les gargouillements de mon estomac me dirent d'aller manger, alors je sortis pour trouver mon chemin vers la cafétéria.

Une quinzaine de personnes étaient assises à différentes tables. Tout comme au lycée, ils semblaient avoir leurs clans. Quand je vis un tatouage des Marines sur le bras d'un gars, je me dirigeai vers cette table après avoir pris un plateau de nourriture et une bouteille d'eau. « Bonjour, je suis August Harlow, anciennement Major Harlow, Premier du Premier. »

L'homme baraqué me serra la main. « Tom Moore, ancien sous-lieutenant Moore, Régiment logistique de combat numéro trois. » Il fit un geste à l'homme à sa droite. « C'est Frank Wilson, non militaire, fils d'un baron de la mafia de la drogue. »

Je serrai la main de cet homme aussi. « Enchanté, Frank.

– Pareillement, August. » Frank recommença à manger sa dinde et son seigle, qui était le plat principal du déjeuner.

Une paire d'yeux bleus rencontra les miens quand je vis la femme assise à côté de lui à la table ronde. « Natasha Granger, ancien capitaine Granger du Dixième Régiment.

– Ah, le bras de la décision. Trop de décisions que vous auriez préféré ne pas prendre – est-ce ce qui vous a amené ici ? », lui demandai-je en lui serrant la main.

« On peut dire ça », répondit-elle. Ses cheveux blonds étaient tirés vers le haut dans une queue de cheval.

La première chose qu'ils avaient faite, c'était de me donner un ensemble de blouses bleu clair à porter, et je vis que tout le monde les portait aussi. On m'avait dit que c'était parce que la MDMA pouvait rendre certaines personnes hypersensibles au toucher, alors on essayait de réduire cette distraction avec le matériau doux et spacieux des blouses. Le personnel clinique portait tous des blouses blanches. Les autres travailleurs de l'établissement portaient tous des blouses jaunes. En regardant autour de moi, on aurait dit un film de science-fiction.

Il y avait une chaise vide à table, et une autre personne ne s'était pas encore présentée à moi : une jeune femme tranquille aux cheveux et aux yeux sombres. Des yeux qui avaient l'air d'avoir vu de la merde. Avec un signe de tête à la chaise vide, je me présentai à elle, « Salut. August Harlow. Je peux m'asseoir ici ?

– Fais ce que tu veux. Qui suis-je pour t'arrêter ? » dit-elle, d'un ton grognon de sa voix grave.

Je m'installai. « Et je n'ai pas entendu votre nom ? » dis-je.

« Tillie », dit-elle, puis elle prit une grosse bouchée de son sandwich, le mâchant en me regardant.

Natasha me donna un coup de coude. « C'est une victime d'abus sexuel », me dit-elle doucement. « Trafic d'êtres humains, vendue comme esclave sexuelle à l'âge de dix ans. Sauvée l'année dernière par des agents de la DEA. »

La voix grave de Tillie retint mon attention. « Mon maître était tout ce que je connaissais. Maintenant, il semble que je n'ai aucune idée de comment fonctionner dans la société. Alors, je suis venue ici pour voir si on pouvait m'apprendre.

– Quel âge as-tu ? » demandai-je avec inquiétude.

« Vingt-et-un ans », dit-elle la bouche pleine de nourriture.

Elle n'avait pas de bonnes manières, semblait-il, mais qui pouvait lui en vouloir ? « Ta famille ? »

Elle secoua la tête. « C'est mon père qui m'a vendue. Maman est morte quand j'avais 8 ans.

– Oh merde ! » marmonnai-je .« Je suis désolé d'entendre ça. J'espère que tu trouveras de l'aide ici, Tillie. »

Je n'avais rien du tout comparé à cette pauvre fille.

Tom me regarda de l'autre côté de la table. « Combien de temps es-tu resté là-bas ?

– Six ans », dis-je, puis je pris une bouchée du sandwich, le trouvant plutôt bon.

« J'ai fait à peine les deux ans pour lesquels j'avais signé. Je ne vois pas comment tu as tenu six ans. » Il but de l'eau dans la bouteille devant lui, et je vis qu'il avait déjà trois bouteilles d'eau vides.

Natasha intervint : « J'ai tenu presque dix ans avant que ça arrive. C'était comme, bam ! Un jour saine d'esprit, le lendemain, criant sur une pauvre dame qui faisait la queue à l'épicerie parce qu'elle bougeait trop lentement. » Elle secoua la tête. « Mon mari m'a dit que je me réveillais en hurlant aussi. Je ne me souviens pas avoir fait ça.

– Moi aussi, j'ai fait des choses dans mon sommeil », admis-je. « Et hier soir, j'ai frappé ma fiancée à la bouche, lui explosant la lèvre, puis je suis allé jusqu'à l'étrangler. Je ne me souviens de rien de tout ça. Mais la coupure sur sa lèvre et les marques que mes doigts ont laissé sur sa gorge m'ont dit tout ce que j'avais besoin de savoir. Je devais trouver de l'aide et vite, sinon je la perdrais, elle et notre fils. »

Natasha acquiesça d'un signe de tête. « C'est mon deuxième

mariage. Je me suis mariée quand j'avais à peine vingt ans – c'était un ouvrier du pétrole qui ne comprenait pas pourquoi je voulais être dans l'armée. Maintenant, mon mari et nos deux enfants s'inquiètent. Il m'a dit d'aller chercher de l'aide ou de partir. A trente ans, recommencer à zéro était la dernière chose que je voulais faire. Alors, j'ai pris ma retraite des Marines et je suis venue ici après.

– Merde », murmurai-je. « Ma copine m'a dit qu'elle serait derrière moi à chaque étape. Elle a dit qu'elle ne me tournerait jamais le dos.

– Ne la crois pas, mon pote », Frank arriva dans la conversation. « Personne ne peut supporter longtemps les mauvais traitements, que tu le fasses dans ton sommeil ou non. Elle partira si tu ne reprends pas le contrôle de la situation. »

Je doutai des paroles du jeune homme. « Sans vouloir t'offenser, Frank, quel âge as-tu ?

– Vingt-deux ans. Un très vieux vingt-deux ans. J'ai vu des trucs que personne ne devrait voir, et je n'ai pas eu besoin de quitter la maison pour les voir. » Il but son eau puis en ouvrit une nouvelle.

En regardant autour de la table, je vis que tout le monde avait au moins quatre bouteilles d'eau et que je n'en avais pris qu'une. « Sans vouloir être impoli, pourquoi buvez-vous autant d'eau ? »

Tom gloussa. « Un effet secondaire de la MDMA. Soif excessive. »

Tout en acquiesçant, ma mâchoire se contracta. Je n'aimais pas ça du tout. Mais j'avais promis d'essayer. « Je n'ai jamais pris de MDMA. À quoi faut-il que je m'attende ? »

Natasha répondit d'abord : « Je l'appelle le sérum de vérité. La drogue te berce, te faisant te sentir bien pour tout. En sécurité, tu sais ? Comme si tu pouvais dire tout ce que tu as fait ou vu à ton thérapeute et ne pas craindre qu'il pense que tu es malade, fou ou un monstre. Je n'arrive pas à me résoudre à admettre ce que j'ai fait si je ne prends pas cette pilule. »

Tom ajouta : « Et puis il y a l'excitation. » Il me regardait de haut en bas, comme s'il essayait de prendre la mesure de ma personnalité. « Si tu es comme moi, tu peux t'inquiéter pour cet effet de la drogue. »

Je hochai la tête. « Un peu, oui. D'autant plus que ma fiancée n'est pas disponible pour gratter cette démangeaison. »

Tout le monde rit alors, et Tillie répondit : « Les séances de thérapie durent au moins huit heures. Je ne commence pas à être nerveuse avant la fin, et quand ma thérapeute me remarque en train de me tortiller, elle termine la séance, et je dois aller me masturber pendant au moins une heure. »

Natasha ajouta : « C'est comme une petite blague entre nous ici. Ne t'inquiète pas si tu vois quelqu'un qui marche très vite pour se rendre à sa chambre et qu'il t'ignore. C'est juste qu'ils doivent s'occuper de choses plus personnelles en privé.

– J'ai une question à poser », dis-je alors qu'une question me démangeait. « Il y a beaucoup de relations ici ? »

Ils se regardèrent tous les uns les autres, puis chacun d'eux regarda une table dans le coin où six personnes étaient assises. Une femme et cinq hommes. « Si tu veux coucher avec quelqu'un, c'est vraiment la seule qui aime ça ici.

– Non », dis-je rapidement en secouant la tête. « C'est pas du tout ce que je cherche. Je me demandais juste. »

Tom rit puis finit le reste de son eau, et je vis Tasha entrer dans la cafétéria. Elle me fit signe de venir, et je m'excusai pour aller chercher mon emploi du temps.

Les choses allaient commencer, et je me sentais prêt pour ça.

25

TAWNY

Une semaine s'était écoulée, et je n'avais eu aucune nouvelle d'August. Leila était venue chez nous pour organiser un peu les choses. Elle m'avait appelée, m'expliquant que la famille voulait passer les vacances chez August cette année-là, ce qui fonctionnerait très bien, car il était prévu qu'August sorte de l'établissement quelques jours seulement avant Thanksgiving.

J'étais heureuse de cette décision, car j'avais déjà demandé que ma date de retour à l'hôpital soit reportée au 5 janvier ; j'étais libre comme l'air et je savais que planifier les choses m'aiderait à ne plus penser à August qui me manquait.

Les enfants de Leila étaient venus aussi. C'était le week-end, et ils nous aidèrent à divertir Calum pendant que Leila et moi discutions autour de quelques verres du vin qu'elle avait apporté. Elle avait remis les clés de la voiture à son aînée, Jeanna, juste après être rentrée. « Tiens, Jeanna, je bois, alors c'est toi qui nous reconduis chez nous. »

Sa fille prit les clés et suivit les autres dans la salle de jeu. « Compris, Maman. »

Leila me montra le sac avec les trois bouteilles à l'intérieur. « Je nous ai apporté des rafraîchissements, Tawny. Mais je bois de façon responsable, je ne conduis jamais en état d'ébriété. L'oncle de mon mari, Alonzo, est mort dans un accident de voiture il y a dix ans après avoir bu et conduit, et j'ai juré de ne jamais le faire, même après un seul verre. »

Avec un signe de tête, je la conduisis au bar pour qu'on puisse trouver des verres et un tire-bouchon. En envoyant un texto à Tara, je demandai au chef si elle pouvait nous apporter un plateau de fromage et de fruits frais.

Leila et moi nous installâmes sur de grands tabourets le long du magnifique bar en bois sombre. Leila avait trouvé la stéréo et mis de la musique rock douce. « J'adore venir ici. C'est comme un hôtel, tu ne trouves pas ? » me demanda-t-elle.

« C'est ce que j'ai dit quand je suis venue pour la première fois. » Je gloussai, en prenant une gorgée et en appréciant les nuances salées du vin rouge. « Délicieux.

– N'est-ce pas ? » renchérit Leila. « J'adore le vin de la Vallée de Napa.

– Une vraie Californienne », ajoutai-je en souriant.

Tara apporta les plateaux que j'avais demandés, et Leila l'invita rapidement à se joindre à nous. « Tara, nous allons discuter de Thanksgiving. Tu voudrais prendre un verre et te joindre à nous ? Tes commentaires seraient appréciés. »

Derrière le bar, Tara prit un verre et se versa du vin. Elle prit un bloc de papier et un stylo de son tablier et les posa sur le dessus du bar. « D'accord, alors on le fait ici ? »

Avec un sourire, j'étais heureuse de lui annoncer la nouvelle : « Oui. Notre première fête ensemble, et j'en suis l'hôtesse. Je suis si excitée.

– Maman et Papa viennent aussi », lui dit Leila. « L'effectif total est de treize personnes. Même mon insaisissable mari sera à la maison pour une fois, et sera donc là.

– Alors, je vais enfin rencontrer l'homme derrière cette femme remarquable », lui dis-je en riant.

« Et oui. »

Tara tapota ses ongles sur le bar. « D'accord. La dinde est obligatoire.

– Le jambon aussi », ajoutai-je.

Puis Leila me regarda. « Tawny, dis-moi que tes parents vont venir aussi. » Elle regarda Tara. « Ajoute deux personnes de plus. J'ai oublié de les compter. »

Tara le nota. « Ok, quinze personnes.

– Disons dix-neuf, Tara », fis-je rapidement remarquer. « J'espère que toi et le reste du personnel pourrez profiter du repas aussi. »

Un petit sourire se glissa sur ses lèvres. « C'est gentil de ta part. Donc, notre compte final est donc de dix-neuf.

– Tu crois qu'August veut inviter ses associés ? » me demanda Leila. « Il sortait tous les week-ends avec eux. Ils sont tous assez proches.

– Je lui demanderai s'il m'appelle. » Et là-dessus, mon portable vibra. En le sortant de ma poche arrière, je ne reconnus pas le numéro, mais je vis que c'était un appel local. « Allô ?

– Bébé, je t'ai manqué ? » C'était la voix d'August.

Je criai et sautai du tabouret de bar, trop excitée pour rester assise. « August ! Oui ! Oui, bien sûr, tu m'as manqué ! » En jetant un coup d'œil sur les deux femmes qui se moquaient de moi, je me suis excusée et je me dirigeai vers la pièce voisine. « Comment vas-tu, bébé ?

– Plutôt bien », répondit-il. « Je me sens un peu épuisé en ce moment. Beaucoup de souvenirs sont en train d'être déterrés. Quand je prends de la MDMA, je peux tout supporter. Mais après, quand la drogue s'estompe, je me sens épuisé. »

Ça ne m'a pas semblé être un progrès, alors j'ai demandé : « Tu penses que c'est une perte de temps, August ?

– Non, ils m'ont dit que ce serait comme ça au début. C'est un processus, et ces quatorze premiers jours ne sont que la pointe de l'iceberg. » Il soupira fortement. « Le plus dur, c'est d'être sans toi et Calum. Je ne sais pas pourquoi ils pensent que c'est si important de nous avoir ici sans amis ni famille, mais ils pensent que c'est important. J'ai demandé à plusieurs reprises si vous pouviez au moins venir me voir, mais on m'a dit que ce n'était pas permis. »

En me mordant la lèvre inférieure, je ressentis la même angoisse que lui. « La plupart des programmes de rétablissement veulent que la personne sache qu'elle doit se débrouiller seule. Il peut y avoir un soutien émotionnel, mais l'idée est de te faire voir que tu es bien tout seul, et que tu n'as pas à dépendre de quelqu'un d'autre que toi-même.

– Je suppose que tu as raison. Je ne sais pas, ou je m'en fous. J'ai parlé à beaucoup de gens ici la semaine dernière, de ce qu'ils ont vécu aussi, et dire que l'atmosphère générale de dépression est démoralisante est un euphémisme. » Je pouvais entendre sa respiration, et j'avais hâte de sentir son souffle chaud sur mon cou.

« Euh, ta sœur est là. Nous allons accueillir pour Thanksgiving cette année. Tu es d'accord ? » lui demandai-je pour ne plus penser à son haleine, à ses lèvres et à tout le reste.

Pff ! J'avais tellement besoin de lui.

« Ah bon ? » demanda-t-il en riant. « Alors, Leila et sa couvée veulent venir saccager notre maison, hein ?

– Ils sont là maintenant, tous les trois. » Je mâchonnais mon ongle du pouce alors que les souvenirs de son corps sur le mien me remplissaient la tête. « Oh, et veux-tu inviter tes partenaires ? Leila a dit que tu étais assez proche d'eux.

– Non, Gannon a de grands projets cette année, et Nixon rentre au Texas pour être avec sa famille. Merci quand même d'avoir posé la question. C'est gentil de ta part, bébé. » Il soupira encore longuement. « J'espère que la semaine prochaine passera plus vite que celle-ci. Une fois sorti, je dois suivre une thérapie tous les jours. Les séances durent huit heures, donc je serai parti toute la journée.

– Même Thanksgiving ? » demandais-je, le désespoir remplissant ma voix.

« Ouais, même Thanksgiving. Ils m'ont dit que ce serait de neuf heures du matin à dix-sept heures. Pouvons-nous faire la fête pour le dîner ? » demanda-t-il.

Je n'allais pas le laisser tomber. « Bien sûr, je m'assurerai de leur dire qu'il s'agira d'un dîner, avec un dîner servi vers, disons, huit heures ?

– Ça m'a l'air bien. Invite tes parents, bébé. J'ai hâte de les revoir. Les caramels de ta mère étaient les meilleurs de tous les temps. Elle venait nous en donner une fournée à chaque Noël.

– Et ta mère nous donnait sa fameuse nougatine à la cacahuète aussi », ajoutai-je.

On se connaissait depuis longtemps. Nous avions un passé. Peut-être n'avons-nous jamais été un couple, mais nous avions passé un peu de temps ensemble en tant que voisins. Des barbecues dans les jardins et des fêtes de quartier. Tous les soirs de Nouvel An, en regardant les feux d'artifice, chacun dans son jardin, mais en partageant des choses par-dessus la clôture – la seule chose qui nous séparait les uns des autres.

« Plus qu'une semaine », dit-il discrètement. « Je peux encore résister. Et toi, Tawny ? »

« Il le faut, n'est-ce pas ? » Je ris pour détendre l'atmosphère. « Alors, comment c'est, à part le fait de se sentir si épuisé ? Y a-t-il des gens qui sont dans le même cas que toi ?

– Deux anciens Marines sont ici. Nous nous asseyons à la même table pour tous les repas. Natasha a trente ans et elle est mariée et a des enfants. Son mariage est en jeu à cause de son SSPT. Tom est un enfant qui a à peine deux ans de service. Il a vu des merdes qui le hantent. Je m'inquiète pour les deux. Mais pas autant que je m'inquiète pour Tillie. C'est une jeune fille dont le père l'a vendue pour être esclave sexuelle quand elle n'avait que 10 ans. Tu peux croire que quelqu'un puisse faire ça à son propre enfant, bébé ? C'est trop dégoûtant pour y penser. J'ai l'impression d'être une mauviette d'avoir tant de problèmes, alors que ce que j'ai traversé n'est rien comparé à ce qu'elle a traversé.

– Tu es toujours humain, August. Tu as tout de même vécu de mauvaises choses toi-même. N'oublie pas ce sur quoi tu dois travailler juste parce que d'autres en ont aussi souffert », lui reprochai-je gentiment. « Mais c'est une chose très triste pour cette pauvre fille. » Mon estomac se noua en pensant à la vie horrible qu'elle a dû avoir, et à la difficulté qu'il y aurait à s'en remettre.

Le monde pouvait être un endroit terrible. Ce serait merveilleux si les choses pouvaient être parfaites tout le temps, mais ce n'était pas comme ça que le monde fonctionnait. Et mon pauvre homme avait vécu des choses horribles, des choses qui briserait le commun des mortels.

August était au-dessus de la moyenne. C'était un héros tout entier. S'il pouvait apprendre à gérer ses mauvais souvenirs, les choses s'amélioreraient pour lui et pour nous tous.

« Quand tu viendras me chercher, demande à Max de te conduire », me dit-il.

« Pourquoi ça ? » lui demandai-je en passant ma main dans mes cheveux, en prétendant que c'était sa main à la place. Mon corps me démangeait en pensant qu'il me touchait.

« Parce que je vais te dévorer toute entière sur le chemin du retour », sa voix était devenue profonde avec l'envie.

Ma culotte se trempa avec ces mots seulement. « August !

– Mes médecins surveillent aussi mon sommeil. Ils travaillent sur une idée pour m'aider à arrêter ces conneries nocturnes que je fais. Ils ont un plan qui me permettra de te garder dans mon lit. » Il gémit. « Je le veux tellement, bébé. J'ai mal aux bras tellement ils veulent t'enlacer. Putain !

– Ça va aller, August. Encore une semaine et tu seras à la maison. Travaille simplement à apprendre comment utiliser les pilules pour t'aider et utilise la thérapie, aussi. Je sais que tu peux battre ça. J'ai lu une histoire... » Je m'arrêtai. « Peu importe. Parlons d'autre chose. » Quand je réfléchis à ce que j'allais dire, je me souvins que même si l'histoire du succès était géniale, il avait fallu une trentaine d'années à la femme pour se libérer complètement du SSPT.

« Peu importe ? » demanda-t-il. « Pourquoi ça ? »

Avec un soupir, je lui dis quand même. « Eh bien, il y avait cette histoire que j'ai lue, qui avait bien fini. Cette femme avait souffert d'abus dans sa famille. Je veux dire, très abusif. C'était une véritable histoire d'horreur, ce que son père lui avait fait jusqu'à ce qu'elle ait dix-huit ans, et puis il l'a chassée de la maison. Bref, elle a été l'une des premières personnes à suivre le programme que tu suis actuellement. Il n'en était qu'à ses débuts, c'est peut-être la raison pour laquelle il lui a fallu tant de temps pour être complètement libérée de tout symptôme de SSPT. Mais c'est ce que je voulais que tu entendes – elle s'est libérée de tous les symptômes et n'a plus eu à prendre de MDMA non plus. La thérapie que tu suis peut fonctionner, et elle peut te soulager complètement de tous les symptômes, bébé. N'est-ce pas une bonne nouvelle ?

– Combien de temps ça lui a pris, Tawny ? » demanda-t-il d'un ton sinistre.

« Trente ans », dis-je rapidement. « Mais ça devait être parce qu'elle avait été impliquée au début du programme. Ils n'avaient pas résolu tous les problèmes, tu sais ? »

– Hmm. » Sa réponse était incertaine. « Eh bien, je ne vais pas laisser cela me donner de faux espoirs. Les choses ne se vont pas si bien que ça pour moi. Et l'excitation sexuelle n'est pas confortable. Dieu merci, je ne dois prendre qu'une seule de ces pilules par jour, juste avant ma séance. »

Une pensée me vint à l'esprit, et je lui soumis. « Et si tu prenais cette pilule la nuit ? Disons, juste avant d'aller dormir ? Peut-être que ça empêcherait tes épisodes nocturnes de se produire, et que je serais là pour t'aider avec cette excitation sexuelle. » Mon corps s'échauffait à l'idée que notre vie amoureuse serait si ses médecins étaient d'accord avec ça.

« Ce n'est pas comme ça que ça marche. Je ne peux même pas ramener les pilules à la maison de toute façon. » Il s'arrêta et rit. « Mais je rentre à la maison après les séances, et tu pourrais m'aider avec ce "petit problème".

– Je ne vois pas du tout ça comme un problème. » L'idée m'excitait déjà. « Mon Dieu, tu dois aller en thérapie tous les jours pour... combien de temps déjà ? »

Il rit. « Espèce de vilaine. Je dois y aller tous les jours pendant deux semaines de plus, puis tous les deux jours pendant un mois, puis tous les trois jours pendant le mois suivant, et ainsi de suite jusqu'à ce que j'y aille une fois par semaine seulement.

– Ça m'a l'air très bien. Pourquoi ne pas en faire une chose exceptionnellement bonne, bébé ? » lui demandai-je en passant mes mains sur tout mon corps, en pensant aux soirées que nous allions avoir.

Les choses s'arrangeaient !

26

AUGUST

Mon corps avait dû s'habituer à la MDMA dès la deuxième semaine de traitement, car les choses commencèrent à changer. Mon esprit se sentait différent ; mes pensées devenaient plus claires. Outre le besoin de boire plus d'eau, il n'y avait pas d'autres effets secondaires, si ce n'est qu'un sentiment de paix – et cette excitation persistante.

Le dernier jour de thérapie, je m'assis sur le canapé dans les salles du Dr Baker. Nous n'allions pas dans un bureau pour les séances – les espaces ressemblaient plutôt à des salons dans une maison.

« Alors, vous dites que cinq hommes venaient du petit village, ne tuant que les enfants mâles ? » me demanda-t-il.

Je lui avais parlé d'une mission qui avait marqué ma mémoire. C'était une chose que j'avais dissimulé parce que c'était trop difficile d'y penser. Mais maintenant, je pouvais non seulement y penser, mais aussi en parler sans ressentir l'immense désespoir que je ressentais habituellement quand je pensais à des choses aussi terribles.

« Ouais, et moi et les trois autres Marines qui avaient été envoyés pour s'occuper de ces hommes, nous étions plutôt en colère. Parce qu'ils tuaient des enfants innocents. Enlevaient des fils à leurs pères et à leurs mères qui les aimaient. » Je me penchai vers l'avant, mettant mes coudes sur mes genoux puis mon visage dans mes mains alors qu'une émotion puissante me submergea.

« C'est normal de laisser sortir cette tristesse. Laissez-la sortir de votre esprit, August. Bien sûr, vous avez ressenti de la tristesse pour les parents, les frères et sœurs des garçons et les garçons eux-mêmes. C'est tout à fait naturel », me dit le docteur Baker d'une voix calme.

Des larmes coulèrent de mes yeux. Je ressentais de la tristesse, sans aucun doute, mais il y avait une autre émotion en avant-plan. L'amour.

Je ne sanglotai pas, seulement des larmes coulaient quand l'émotion m'envahissait. C'était la chose la plus étrange que j'aie jamais ressentie. En avalant ma salive, je m'assis en arrière, je pris quelques mouchoirs dans la boîte qui se trouvait sur le canapé à côté de moi, et je m'essuyai les yeux. « Donc, ces hommes ne ressemblaient pas du tout à des humains. À mes yeux, ils ressemblaient à des démons. Je suppose que c'est ce que mon cerveau a fait pour pouvoir les tuer. Les déshumaniser pour que tout aille bien.

– Eh bien, c'est intéressant, n'est-ce pas, August ? » me demanda le docteur. « Transformer un homme en monstre vous aiderait à faire votre travail, qui était, en fin de compte, de sauver des vies.

– Effectivement. » Je séchai le reste des larmes quand elles cessèrent de couler. « J'en ai tué deux alors que je me cachais derrière un parapet de la maison de quelqu'un, qui avait explosé dans une autre bataille quelque temps auparavant. Ce village avait été ravagé par la guerre, et je ne pouvais pas imaginer que cela pouvait se passer en Amérique.

– Pourquoi ça vous a fait penser à l'Amérique ? » me demanda-t-il.

Je m'arrêtai un moment, réfléchissant à cette question du mieux que je pouvais avant de lui répondre. « En Amérique, nous sommes beaucoup plus protégés – par nos lois, nos droits. Nous sommes même capables d'avoir nos propres armes, alors que les habitants de ce pays ne sont que des cibles faciles pour les terroristes. Leur gouvernement ne semble pas se soucier de les protéger et ne semble pas comprendre ce dont ces gens ont besoin pour survivre ou pour surmonter leurs difficultés. C'est exaspérant, ennuyeux et il est très difficile de ressentir beaucoup d'empathie – comment pouvons-nous aider un pays qui ne semble pas disposé à s'aider lui-même ? Mais quand vous voyez une famille qui a été victime de violence, l'empathie est là. Mais je n'en ai pas pour ceux qui les gouvernent.

– Donc, ce sont des sentiments qui sont en conflit chez vous », souligna le Dr Baker. « Il n'est jamais facile de faire face aux conflits intérieurs. Vous devriez peut-être parler de ce conflit, et trouver un moyen d'y mettre fin.

– D'un côté, vous avez un gouvernement qui fait de ses citoyens des cibles faciles, et c'est un crime à mon avis. D'un autre côté, il y a des gens qui n'ont pas vécu librement de toute leur existence. » Je restai assis là, à y penser pendant longtemps. Le médecin restait assis tranquillement, patiemment, sans jamais me presser ni me donner de mots de sagesse. Et au fil du temps, je sentis un déclic dans ma tête. « Mais ce n'est peut-être pas à moi de comprendre. Des choses se produisent, et nous ne sommes pas censés comprendre tout ce qui se passe. Et c'est juste la vie. Je ne peux pas résoudre tous les problèmes du monde, je ne peux pas mener toutes les batailles du monde. »

Le docteur ne fit que hocher la tête. Au bout d'un moment, il prit sa tasse de thé et en prit une gorgée. Je me repoussai en arrière sur le canapé, posant mes mains jointes sur mon ventre. La paix m'emplit alors, et je passai le reste de cette session à nager dans la paix que j'avais trouvée.

Et le docteur le permettait. Après la huitième heure, il se leva et s'étira. « Eh bien, il semble qu'il soit temps pour vous de rentrer chez vous, August. Je vous verrai ici demain matin à neuf heures. »

Je me redressai, et ça me frappa. Tawny m'attendait dehors !

En bondissant sur mes pieds, je me précipitai dans ma chambre pour me changer dans les vêtements que je portais, avant de me dépêcher de sortir par la porte d'entrée. Il y avait ma voiture noire et Max m'attendait à la porte arrière. « Max ! » criai-je en faisant de grands pas pour atteindre la voiture.

« Bonjour, M. Harlow. Ravi de vous revoir », me salua mon chauffeur.

« Content de te voir aussi, Max », lui dis-je en lui serrant la main.

Il ouvrit la porte, et Tawny était assise là. Elle portait un trench-coat beige, ses cheveux auburn tressés et tirés par-dessus son épaule gauche, et un immense sourire sur son visage. « Je t'ai manqué ? » demanda-t-elle timidement.

Glissant sur le siège arrière, je la pris dans mes bras et l'embrassai. Je n'avais même pas remarqué que Max avait fermé la porte – elle m'avait captivé, m'avait englouti, m'avait complètement pris.

La voiture se mit à rouler, ce qui me ramena à la réalité. Je détachai ma bouche de la sienne pour la regarder. « Mon Dieu, tu es réelle, ce n'est pas un rêve, n'est-ce pas ? »

Elle hocha la tête et tira la ceinture de son manteau, l'ouvrant et révélant une agréable surprise. « Je pensais te faciliter les choses, August. »

« Oh, bébé ! » En la poussant sur la banquette, je fis courir mes mains sur tout son beau corps tout à fait nu. Ma bouche suivit mes mains et bientôt j'embrassai sa chatte, léchai ses plis chauds et picorai son clitoris avec des baisers doux. Elle avait le goût de la maison, et ma faim ne fit que croître.

Ses doigts passaient dans mes cheveux tandis que je la goûtai avec une férocité qui ne s'atténuait pas. Elle eut rapidement un orgasme, et je la léchai tout ce que je pouvais jusqu'à ce que ma queue n'en puisse plus.

À la hâte, je défis mon jean, poussant mon slip vers le bas pour relâcher ma queue. Ne me souciant de rien d'autre, je déplaçai mon corps sur le sien et je m'enfonçai en elle. Nos gémissements combinés remplissaient l'arrière de la voiture. On ne se retenait pas, et Max entendait peut-être, mais je m'en fichais.

Je la baisais avec tout ce que j'avais, elle eut à nouveau un orgasme en un temps record, mais je n'étais pas sur le point de mettre fin aux choses si tôt. Cela faisait deux longues semaines que je n'avais pas été avec elle et j'avais l'intention de faire en sorte que ça dure.

Relevant une de ses jambes vers le haut jusqu'à ce que son pied soit à côté de son oreille, j'y allai encore plus fort, tout en lui embrassant le cou. Son corps tremblait alors que je la dévorais de baisers, ses gémissements n'en finissaient plus.

« August ! » s'écria-t-elle, tremblant d'un autre orgasme.

« Donne-moi tout, bébé », grognais-je dans son oreille pendant que sa chatte se contractait tout autour de ma queue endolorie.

Mais je n'étais pas encore prêt à céder à mon orgasme. En me relevant, j'enlevai le manteau de ses épaules, la laissant nue. Je la déplaçai, alors qu'elle tremblait encore de son orgasme, la mettant à genoux sur l'étendue du sol. Son cul rond me suppliait de l'embrasser, et je me penchai vers le bas, picorant sa peau douce tandis que je passais mes mains dessus.

Ma queue voulait encore être en elle, alors je l'y emmenai en la tenant par la taille, en la pilonnant si fort qu'on entendait mes couilles taper contre ses fesses. Dans cette position, j'étais profondément en elle. Quand elle eut un orgasme, cette fois je n'eus pas d'autre choix que de la rejoindre. Nous fîmes des sons magnifiques alors que nos corps frissonnaient de notre plaisir.

La voiture ralentit puis s'arrêta, et seulement alors je compris que nous étions à la maison. « Où est Calum ? » demandai-je en regardant la porte d'entrée.

Tawny s'empressa de remettre son manteau pendant que je remettais ma queue dans mon jean. « Il est avec ta sœur. Je l'ai emmené là-bas avant de venir te chercher. »

Un sourire fendit mes lèvres. « Alors, on a un peu de temps ?

– Toute la nuit », me dit-elle avec un sourire sexy. « Si ça ne te dérange pas ?

– Il me manque, hein, mais je ne peux pas faire ce que je veux avec toi s'il est là. » Je sortis de la voiture et je fis le tour pour la chercher, la portant à l'intérieur. Tout droit dans les escaliers, je l'emmenai dans ma chambre.

Dès que j'eus posé ses pieds sur le sol, elle fit tomber son manteau et commença à me déshabiller. En retirant mon t-shirt, elle me mit les mains sur la poitrine. « Ces muscles m'ont manqué. » Sa bouche se déplaça sur mes pectoraux, mangeant ma chair, laissant des traces chaudes dans son sillage.

Pendant tout ce temps, ses mains étaient occupées à défaire mon jean, que j'enlevai avec mes sous-vêtements. Je quittai mes baskets et je jetai l'ensemble, nu et heureux de sentir sa peau contre la mienne.

Quand elle s'agenouilla devant moi, je l'arrêtai. « La douche. »

Debout, elle me conduisit à la salle de bain pendant que je la suivais, admirant la vue. Son cul se balançait à chaque pas qu'elle faisait, j'en avais l'eau à la bouche.

Elle alluma la grande douche avec des jets partout. L'eau chaude tomba sur nous comme une cascade, et elle s'agenouilla à nouveau, prenant ma queue en érection dans ses mains et léchant le bout de celle-ci jusqu'à ce que je ne puisse plus en supporter davantage. « Mets-la dans ta bouche. »

Elle me sourit, l'eau coulant sur son visage, puis mit ma bite dans sa bouche chaude, me suçant. Je lui tins la tête, la déplaçant à la vitesse que je voulais. En regardant sa tête s'agiter alors qu'elle me prenait tout entier, j'eus du mal à respirer. C'était la chose la plus excitante que j'aie jamais vue, et j'étais fasciné par cette vue. Je fermai les yeux au début de l'apogée, commençant au plus profond de moi avant de s'emparer de tout mon corps. Je lui envoyai du sperme chaud dans la gorge en gémissant.

Sa bouche quitta ma queue, elle leva les yeux et déglutis avant de se remplir la bouche d'eau. Elle se leva et je lui attrapai la nuque en l'embrassant. Même si elle avait bu de l'eau et nettoyé sa bouche, je pouvais encore sentir le sel de mon sperme sur sa langue.

Le baiser devint de plus en plus intense, rendant ma queue à nouveau dure. En la soulevant, je mis ses jambes autour de ma taille, plongeant de nouveau en elle. En utilisant le mur carrelé pour m'aider à la maintenir en place, je la baisai encore.

Encore et encore, je tambourinai tandis que mes baisers faisaient taire ses gémissements. Dès que son corps commença à trembler autour de ma bite, j'eus aussi un orgasme. En éloignant ma bouche de la sienne, j'embrassai son cou pendant que nous reprenions notre souffle.

Ses ongles s'étaient enfoncés dans la chair de mon dos, et elle

relâcha son emprise. « August, est-ce que c'est ce à quoi je peux m'attendre à chaque fois que tu reviens d'une séance de thérapie ?

– Je n'en suis pas si sûr. Je suis presque sûr que c'est juste parce
que j'ai été loin de toi pendant deux semaines. Mais on verra bien. »
Je lui lavai le corps avec un gel douche parfumé à la fraise, et elle lava
le mien avec le gel douche musqué qu'elle aimait que j'utilise, puis je
l'emmenai dans mon lit.

Je ne savais même pas si on s'arrêterait assez longtemps pour
manger. Mon corps avait soif du sien, et il semblait que le sien aussi
avait soif du mien. Alors, pourquoi ne pas céder à ce que nous
voulions tous les deux si désespérément ?

Il y a pire façon de passer son temps.

27

TAWNY

Je m'étais endormie dans le lit d'August, car il m'avait complètement épuisée. Sa main sur l'arrière de mon cou me réveilla brusquement. Il le serra fort, puis il mit son genou au milieu de mon dos. Ses mots étaient légèrement bredouillés, grognaient près de mon oreille, « Comment es-tu entré ici ? »

« August, c'est moi, Tawny », dis-je avec un ton sévère. « Réveille-toi. »

Mais il n'avait pas l'air d'entendre ce que j'avais dit alors qu'il continuait à me serrer, à appeler quelqu'un qui n'était pas là. « Jones, prends les liens. Je ne sais pas comment ce salaud est entré ici, mais c'est notre prisonnier maintenant.

– August, s'il te plaît », criai-je. « C'est moi, Tawny. Réveille-toi ! »

Il y avait des bouteilles d'eau sur les deux tables de nuit, tout ce que j'avais à faire était d'en atteindre une, et je pouvais le réveiller. Mais malheureusement pour moi, je m'étais endormie sur le ventre, et j'étais impuissante quand il me coinça au lit.

August tira mes mains en arrière, ses doigts se déplaçant sur mes poignets pendant qu'il faisait semblant d'utiliser un lien pour attacher mes mains ensemble. Et c'est là que je vis ma chance. Il allait penser que mes mains étaient liées, mais elles ne le seraient pas.

Ne luttant pas du tout, je le laissai me prendre, me mettre sur pied. Il me regarda, comme s'il parlait à quelqu'un alors que ses mains tenaient mes épaules. « Sortez-le d'ici. »

Il retira ses mains de mes bras, et c'est là que je saisis la bouteille d'eau, en enlevant rapidement le bouchon et en la serrant. Un jet d'eau le frappé droit dans les yeux, et il bougea ses mains rapidement pour l'essuyer.

Mais cela avait marché, et quand il bougea sa main, je vis qu'il allait revenir à la réalité. « Tawny ? »

« August », je posai la bouteille, je libérai mon souffle retenu et je le serrai dans mes bras.

« Qu'est-ce que j'ai fait ? » Sa voix était si basse que je l'ai à peine entendu. Son emprise sur moi était si forte que je sentais le malaise le remplir.

« Tu ne m'as pas fait de mal. Tu pensais que j'étais un ennemi qui s'était glissé dans votre lit, je crois. Tout va bien maintenant. Allez, on peut retourner au lit. » Ses mains passèrent dans mes cheveux, déclenchant un frisson alors qu'il continuait à me serrer dans ses bras.

« Tawny, je t'emmène dans ta chambre. » D'un geste, il me prit dans ses bras et m'emporta.

C'était la dernière chose que je voulais. « August, c'est bon. Tu ne m'as pas fait de mal.

– Pas cette fois, non. Mais que se passera-t-il la prochaine fois ? Il n'y a aucun moyen de le savoir, Tawny. Je te mets en sécurité. » Il entra dans ma chambre et ouvrit la porte, me plaçant sur le lit. « Bonne nuit. Je t'aime. »

J'avais le cœur brisé. « August, ça va aller. S'il te plaît, laisse-moi dormir avec toi.

– Non », répondit-il d'un seul mot. Puis il sortit en s'assurant de verrouiller ma porte avant de la fermer.

La douleur et la frustration que je ressentais ne pouvaient pas être atténuées. Je finis par me lever et prendre une douche pour essayer d'apaiser la tension qui m'envahissait. Ce n'était pas juste. J'avais un homme que j'aimais, et il m'aimait, mais nous ne pouvions pas dormir ensemble parce qu'il avait peur de me faire mal dans son sommeil.

Comment pourrait-on régler ce problème ?

Je n'en avais aucune idée, et comme je me tenais dans cette douche chaude, je savais que ce n'était pas comme ça que je voulais vivre. Mais j'avais fait une promesse à August. Je lui avais dit que je serais toujours là pour lui, que je ne lui tournerais jamais le dos.

Mais comment pourrais-je être fidèle à moi-même aussi ?

Quand je grimpai à nouveau dans le grand lit, je tirai les couvertures pour couvrir mon corps nu. La tristesse prit le dessus et je sortis du lit, laissant ma chambre pour aller dans la sienne. Mon plan était de me faufiler dans son lit, en espérant que rien ne se passerait, et ensuite je pourrais lui montrer que tout irait bien si nous dormions ensemble.

Quand j'essayai de tourner sa poignée de porte, je vis qu'il l'avait verrouillée. Faisant demi-tour, je retournai dans mon lit. Mon cœur battait fort, ma tête me faisait mal, et je sentais que quelque chose s'était cassé en moi.

Je ne pouvais pas vivre comme ça, et je le savais.

En retournant dans mon lit, j'essayai de décider ce que je devais faire. Je devais faire quelque chose.

Mais quoi ?

À un moment de la nuit, je me rendormis enfin. Quand je me réveillai, je vis qu'il était plus de dix heures du matin et qu'August était déjà parti à sa séance de thérapie. J'appelai mon ancienne propriétaire pour voir si l'appartement du garage était encore disponible. J'étais heureuse de voir qu'elle ne l'avait pas encore loué à qui que ce soit et qu'elle serait heureuse de me revoir.

Après m'être habillée, j'allai chercher Calum chez Leila. Il n'y avait rien à lui cacher – elle vit de la tristesse sur mon visage. « Tawny, qu'est-ce qui ne va pas ?

– Je déménage », lui dis-je.

Elle me prit la main, me tirant à l'intérieur. « Il faut qu'on parle. »

Je la laissai me tirer à l'intérieur, puis elle m'emmena dans un endroit tranquille dans sa maison bruyante. Elle m'assit sur une chaise et prit celle d'en face. « Je sais que tu ne comprends probablement pas pourquoi je dois le quitter, Leila.

– Il s'est passé quelque chose hier soir ? T'a-t-il encore fait du mal ? » demanda-t-elle, sachant que c'était une de nos grandes préoccupations.

« Non, et c'est pourquoi je dois partir. Je suis tellement frustrée, Leila, tu n'as pas idée. » Je sentis que les larmes commençaient à piquer mes yeux et je regardai autour de moi à la recherche de quelque chose pour les sécher.

Leila était déjà en avance sur moi et me tendit un mouchoir. « Tiens, prends ça. Dis-moi ce qui te frustre au point de penser que déménager de chez August est la seule solution.

– Il ne me laisse pas dormir avec lui ! » Les mots éclatèrent de ma bouche en sanglots, puis je pleurai un peu plus.

« Parce qu'il a peur de te faire du mal, Tawny. » Je la voyais secouer la tête à travers des yeux flous et pleins de larmes. « Si tu aimes vraiment mon frère, tu dois comprendre que les choses ne seront pas tout à fait normales avant un certain temps, ou peut-être jamais. C'est juste ce qui vient avec l'homme.

– Leila, ça fait tellement mal quand il m'enferme comme ça. Il m'a littéralement enfermée à l'extérieur de sa chambre hier soir, mais ce n'est pas tout à fait ce que je voulais dire. Je veux juste l'aider, mais sa solution semble être de me bloquer mentalement et physiquement. C'est angoissant. Tu n'as pas idée à quel point ça fait mal. » En me mouchant, j'essayai de maîtriser mes émotions. Pleurer ne m'avait rien apporté de bon jusqu'à présent, alors je ferais aussi bien d'arrêter.

« J'ai une idée. Mon mari travaille plus en dehors de la ville qu'à la maison. J'ai plus de nuits solitaires dans notre lit qu'avec lui. » Elle regarda par la fenêtre et son expression devint mélancolique.

« Je sais que tu es seule, Leila. Mais ton mari n'est pas dans la même maison que toi, t'obligeant à dormir dans une chambre différente chaque nuit. C'est différent. J'allais bien quand August était au centre de traitement. Mais avec lui à la maison, je ne peux pas le supporter. » En me levant, je fis des allers et retours devant la fenêtre.

« Je l'aime – je l'adore. Mais je ne peux pas supporter qu'il me repousse chaque soir. C'est juste trop dur. Je ne sais pas si on pourra un jour vivre dans la même maison comme ça, alors je pense que je dois prendre le temps de comprendre les choses.

– Tu as raison », dit-elle en acquiesçant. « Peut-être que tu n'es pas la bonne personne pour lui alors. Je ne sais pas s'il y aura un jour une bonne personne pour mon frère. » Elle croisa ses jambes tout en se tapotant le menton en pensant à quelque chose. « August a vu tant de choses. Traversé tellement de choses. Peut-être qu'il est irréparable et qu'il devra vivre sa vie tout seul. »

L'écouter parler de lui de cette façon fit battre mon cœur. « Je ne crois pas qu'il soit irréparable. Je n'ai jamais dit ça. Le fait est qu'il fait des progrès. Il ne m'a pas fait de mal hier soir. J'ai pu l'arroser d'eau, et il s'en est sorti très facilement. J'ai très bien géré la situation, mais il est parti et m'a quand même emmenée dans une autre pièce. Il n'a rien écouté de ce que j'ai dit.

– Pas mon frère », dit-elle en souriant. « Tu dis qu'il est tenace, têtu, tête de pioche, un homme qui pense que lui et lui seul sait ce qu'il y a de mieux ? »

Elle le connaissait bien. « Alors, que dois-je faire à ce sujet ? Dis-moi, s'il te plaît. Je veux savoir.

– Ce n'est qu'un petit obstacle, Tawny. Bien sûr, peut-être que les choses ne se passent pas aussi bien que tu l'espérais, mais c'est peut-être comme ça que ça doit se passer, de toute façon pour l'instant. Ne laisse pas une petite déviation de ton rêve vous empêcher de faire l'expérience de cette chose que toi et lui avez ensemble. » Elle se leva, s'approcha de moi, puis passa ses bras autour de moi et me serra. « Je sais que c'est dur. La vie est dure. C'est dur pour August, toi, moi, mon mari, tout le monde d'une façon ou d'une autre. Ne laisse pas la frustration mettre fin à ce que vous avez tous les deux. Apprends à accepter les choses qui accompagnent le fait d'aimer un homme qui a des problèmes.

– J'ai l'impression que cela m'a déjà fait tellement de mal – qu'est-ce que je vais ressentir après des années de cela ? C'est comme si je perdais un petit morceau de mon cœur à chaque fois qu'il me mettait à l'écart », avouai-je. « A la fin, il ne restera plus rien.

– Tu ressens ça parce que tu l'aimes. Le quitter ne fera qu'aggraver la perte et la douleur. Pour vous deux. » Leila me laissa et s'éloigna de moi, me laissant seule dans la pièce.

En m'appuyant contre le mur près de la fenêtre, je relâchai mon corps jusqu'à ce que je sois assise sur le plancher de bois. J'avais encore mal à la tête, j'avais un énorme nœud à l'estomac et mon cœur battait la chamade.

Je ne m'étais jamais sentie aussi mal de toute ma vie. Mais je savais ce que je devais faire.

28

AUGUST

En faisant une pause pour déjeuner, je vis Natasha assise seule à notre table. Personne d'autre de notre groupe hétéroclite n'était encore arrivé à la cafétéria. Ses yeux étaient rouges à force de pleurer. « Alors, tu as eu une dure matinée en thérapie ? »

Ses yeux bleus scintillaient de larmes. « Il m'a quittée, August. Je suis rentrée chez moi hier soir, et mon mari et nos enfants étaient partis. Il m'a laissé un mot disant qu'il ne pouvait plus supporter ça. » Elle éclata en sanglots, et je me levai vite pour aller la serrer dans mes bras.

« Natasha, tout va bien se passer. S'il t'a vraiment quittée, il ne vaut pas tes larmes de toute façon », essayai-je de la réconforter.

« Et mes enfants ? » gémit-elle.

Se sentant désolée pour elle et sachant que la cafétéria n'était pas un endroit où elle pouvait fondre en larmes comme ça, je l'aidai à se relever et je l'emmenai dans les salles de mon thérapeute, qui étaient libres pendant l'heure du déjeuner. Au moins, elle pourrait s'effondrer en privé.

« Les enfants, ça peut s'arranger. Je suis sûr que tu peux en avoir la garde. Est-ce que ça va, financièrement parlant ? » lui demandai-je.

– Non », pleura-t-elle. « Je ne gagne rien depuis que j'ai quitté l'armée. Il gagne tout l'argent depuis. Et quand j'ai essayé de retirer au distributeur, j'ai découvert que ma carte avait été annulée. Il m'a laissée sans rien, ce putain de salaud ! »

Je n'avais aucune idée de la raison pour laquelle une personne pouvait faire une telle chose. Mais encore une fois, je savais que de mauvaises choses arrivaient tout le temps.

« Je suis sûr que ça va s'arranger », j'essayai de la calmer. « J'engagerai un avocat spécialisé dans le divorce pour toi. Il va arranger les choses avant que tu t'en rendes compte. Ce qu'il fait n'est pas légal, et on peut empêcher que ça n'arrive. »

Elle jeta ses bras autour de mon cou : « August, merci, merci beaucoup. Comment te remercier ?

– En allant mieux, Natasha. Allez, reprends-toi et crois que tout se passera comme il se doit. Je vais aller chercher mon portable à l'accueil et appeler mon avocat pour obtenir sa recommandation pour un confrère en matière de divorce. Avec un peu de chance, tu pourras en rencontrer un juste après la séance d'aujourd'hui. Je ferai de mon mieux pour arranger ça pour toi. » Je la laissai et je me dirigeai vers la porte. « Tu restes ici aussi longtemps que tu en as besoin. Mais sache que très bientôt les choses seront aussi bien qu'elles peuvent l'être.

– Tu es mon héros, August Harlow ». Ses mots me stoppèrent. Tawny m'avait dit les mêmes mots.

En secouant la tête, je la regardai. « Je suis juste un gars avec assez d'argent pour aider, c'est tout. »

Natasha secoua la tête. « Tu es bien plus que ça. Ta fiancée a de la chance de t'avoir. »

Je quittai Natasha à ce moment-là, me sentant un peu bizarre à la suite de ce dernier échange. Je passai l'appel et j'eus de bonnes nouvelles à lui annoncer, je retournai chez mon médecin, trouvant Natasha toujours là et discutant avec lui.

Elle me regarda quand j'entrai et se précipita pour me serrer dans ses bras. « Le voilà, mon héros ! »

– Oh, allez, je t'ai dit que j'étais juste un gars avec de l'argent, Natasha. Je ne suis pas un héros. » Je la repoussai gentiment pour qu'elle me laisse, ce qu'elle fit. En lui remettant le morceau de papier sur lequel j'avais griffonné le nom et l'adresse, je poursuivis : « Tiens, voilà. Va voir l'avocate à son bureau à cette adresse. Elle t'attendra. Je lui ai dit que tu étais occupée jusqu'à dix-sept heures, ce qu'elle a compris. Je me suis déjà occupé du paiement, et elle a dit qu'elle pourrait arranger les choses demain. Tu n'as pas à t'inquiéter. Tu es entre de très bonnes mains maintenant, Natasha.

– Merci, August. » Ses doigts traînèrent sur ma main pendant qu'elle prenait le papier. « Et je sais que ça peut paraître inapproprié, mais je vais le dire quand même. Si entre toi et ta fiancée, ça ne marche pas, appelle-moi. Je pense qu'on pourrait se rendre très heureux. »

Et voilà. Je pensais qu'il y avait un truc bizarre entre nous, mais ça pouvait être le choc de tout ça pour elle.

Je ne voulais pas la rembarrer de toute façon. En lui tapant gentiment le menton avec mon poing, je dis : « Les choses vont s'arranger pour toi, battantes. Les choses vont s'arranger, tu verras. »

Avec un sourire, elle quitta la pièce et mon médecin me regarda. « Je pense que ce serait le moment idéal pour vous de parler de vos sentiments pour votre fiancée. Comment ça se passe dans ce domaine, August ?

– J'ai dû la mettre dans une autre chambre hier soir. » Je m'assis sur le canapé et je croisai ma jambe en posant ma main sur ma cheville. « J'ai recommencé, j'ai rêvé, je lui ai fait quelque chose qui aurait pu la blesser. Elle m'a réveillé en m'éclaboussant d'eau. Je ne sais pas comment je vais gérer ça.

– Et comment a-t-elle réagi quand vous lui avez demandé d'aller dans une autre pièce, August ? » me demanda-t-il en souriant.

« Pas très bien. Et je ne lui ai pas demandé son avis, je l'ai emmenée là-bas et j'ai fermé sa porte à clé, pour que je ne puisse pas l'atteindre. Puis j'ai fermé ma propre porte à clé pour qu'elle ne puisse pas m'atteindre non plus. J'avais peur qu'elle revienne dans mon lit. Et j'ai aussi peur que ça mette un peu de pression sur notre relation. » Je vis du mouvement du coin de l'œil et je tournai la tête pour voir que Natasha s'était glissée dans la pièce.

Elle me regarda avec ses yeux bleus, un sourire sur son visage. « Je ne voulais pas vous interrompre, mais j'avais besoin de te demander une dernière petite faveur, August. »

Je m'excusai et je la rejoignis dans le couloir pour un peu d'intimité. « Qu'est-ce qu'il y a ? » Je passai ma main dans mes cheveux, craignant qu'elle ne me demande quelque chose pour me retrouver seul. Et maintenant qu'elle avait entendu ce que j'avais dit, je savais qu'elle avait vu l'occasion de me saisir dans ses griffes. J'étais un homme riche et avoir une femme utilisant des méthodes non conventionnelles pour attirer mon attention n'était rien de nouveau pour moi.

« J'ai besoin qu'on m'emmène au bureau de l'avocate. Je n'ai pas beaucoup d'essence dans ma voiture et, si tu te souviens bien, je n'ai pas accès à de l'argent. » Elle baissa les yeux avec une expression honteuse.

En me levant, je fouillai dans ma poche. Tout ce que j'avais, c'était trois billets de cent dollars – j'en sortis un et je le lui donnai. « Voilà pour toi.

– Oh, non. Je ne veux pas de ton argent. » Elle me regarda. « Tu m'as déjà tant donné, en payant l'avocat et tout. Juste m'accompagner serait parfait. »

Elle était peut-être honnête, mais je n'allais pas prendre le risque de tomber dans un stratagème qui visait à me séduire. Je suis sûre qu'elle pensait que ce serait un bon moyen de se venger de son mari. Je ne pouvais pas lui en vouloir pour ce qu'elle voulait, mais je n'allais pas gâcher ce qui m'attendait à la maison. « Natasha, je suis très amoureux de ma fiancée. Prends l'argent et fais-nous une faveur à tous les deux et arrête d'y penser, d'accord ? J'aimerais rester en bons termes avec toi. »

Ses joues devinrent écarlate, puis elle hocha la tête et quitta la pièce. Je me rendis à nouveau dans la pièce et je vis mon médecin me sourire – de toute évidence, ma tentative d'intimité n'avait pas fonctionné. « Vous vous en êtes très bien sorti, August. Maintenant, il nous reste à savoir comment vous allez gérer vos cauchemars et votre fiancée. »

C'était beaucoup plus dur que ce que je venais de faire. En m'asseyant, je revins à ce dont nous parlions. « Je suis sûr que vous avez déjà vu ça, Doc. Que font les gens quand ce genre de chose arrive ?

– J'aimerais être parfaitement franc avec vous, August. Pouvez-vous supporter la vérité ? » Il enleva ses lunettes et me regarda avec une expression sérieuse.

Quelque chose me dit que je n'allais pas trop aimer ce qu'il avait à dire.

29

TAWNY

Calum et moi arrivâmes un peu avant August. Je n'étais pas bien, mais je m'étais résolue au fait qu'August et moi ne pourrions jamais avoir une vie normale ensemble. Mais encore une fois, rien n'avait jamais été normal pour nous.

A seulement dix-huit ans, j'avais trouvé la force d'avoir un bébé toute seule. Une nuit ardente de passion avait rempli mon cœur de quelque chose que je n'avais jamais ressenti auparavant. À l'époque, je n'avais aucune idée que c'était de l'amour pour August.

Dans les jours qui suivirent son départ, je me sentais parfois engourdie, et pleine de douleur à d'autres moments. August et moi n'avions jamais eu de relation à ce moment-là ; nous avions à peine passé du temps ensemble. Alors, pourquoi me manquait-il tant ?

À l'époque, j'avais parlé à ma meilleure amie, Beth, de ce que je ressentais, et elle n'avait aucune idée de quoi me dire. Beth et moi n'étions pas du tout pareilles, nous étions comme le jour et la nuit. Elle avait perdu sa virginité à l'âge de quinze ans. Les années suivantes, elle avait eu au moins six petits amis différents. Ressentir de l'amour n'était pas facile pour elle, alors elle ne comprenait pas pourquoi je pleurais à cause d'un type avec qui j'avais couché une nuit seulement.

D'une manière ou d'une autre, avec cette seule nuit, August était devenu une partie de moi. Et quelques mois plus tard, j'ai réalisé que je n'avais pas eu mes règles. La plupart des filles de cet âge auraient paniqué. Je n'ai pas paniqué du tout. Une fois que j'ai pensé que c'était possible, j'avais en fait espéré que je serais enceinte.

C'est dingue, je sais.

J'avais demandé à Beth de me prendre un test de grossesse et de l'apporter. Avec ce test, j'avais découvert que j'allais avoir un bébé. L'enfant d'August Harlow.

À l'époque, ses parents vivaient toujours à côté ; ils n'avaient pas encore déménagé. J'aurais pu aller leur annoncer la nouvelle. Ils l'auraient dit à August, et les choses auraient été si différentes.

Mais je ne voulais pas faire ça. Je ne voulais pas le gêner – il m'avait dit depuis le début que c'était un coup d'un soir, peu importe les promesses fantaisistes que nous nous étions faites l'un à l'autre. Et j'étais heureuse d'avoir une part de lui que j'aurais pour toujours. Notre fils.

À l'époque, j'avais décidé d'assumer toutes les responsabilités, et aussi difficile que cela ait été, j'avais vraiment apprécié chaque moment passé avec Calum dans ma vie. Et quand j'avais vu à quel point il ressemblait à August en grandissant, cela m'avait rendu encore plus heureuse.

Bien que tomber amoureux de quelqu'un du jour au lendemain n'eut aucun sens, mon amour pour August m'avait donné de la force.

Pourrais-je retrouver cette force ?

August et moi étions fiancés. Le mariage signifiait sacrifier des choses pour le bien de votre conjoint. Pourrais-je sacrifier le fait de dormir avec mon mari pour qu'on puisse avoir un mariage et une famille ?

L'idée que j'étais en train de me tromper traînait encore dans ma tête.

Je savais que je m'étais aussi trompée en gardant ma grossesse secrète pour lui. J'avais perdu la chance d'avoir du soutien tout au long de ma grossesse. J'avais perdu la chance d'avoir de l'aide pour prendre soin de mon enfant. Mais je savais que j'avais aussi fait du tort à August et Calum avec ma décision.

Mes parents étaient formidables et serviables, mais ils ne pouvaient pas remplacer le père qui avait disparu depuis le premier jour. Les choses avaient été difficiles pour moi, surtout quand j'avais commencé l'université. J'étais encore enceinte quand j'ai commencé ma formation pour être infirmière. Nous devions faire des examens dans l'une des maisons locales de soins infirmiers, et il m'arrivait parfois de devoir me précipiter hors de la chambre d'un patient pour faire face à mes nausées causées par la grossesse.

Ma mère m'avait dit que c'était à cause du stress d'avoir un enfant sans aucune idée de la façon d'entrer en contact avec le père. J'avais menti à mes parents sur l'identité du père, et ce mensonge me faisait parfois du tort.

La vérité, c'est que je ne m'étais pas sentie stressée à l'idée d'avoir le bébé. Mais l'inquiétude m'avait parfois consumée au sujet d'August et de sa sécurité. J'avais fait des cauchemars sur ce qu'August traversait. Je détestais le fait qu'il était en danger.

Avec le temps et la naissance de notre fils, l'inquiétude au sujet d'August – ce qu'il faisait, s'il allait bien ou s'il respirait encore – était devenue de moins en moins intense. Ce n'est pas que je m'en fichais, mais j'avais fini par accepter le fait que les Marines ont une vie difficile, et c'était la vie qu'il avait choisie.

Maintenant, j'étais de nouveau confrontée à la nécessité d'accepter beaucoup de nouvelles choses en même temps. Comme le fait que je pourrais ne pas dormir avec lui avant un certain temps, ou peut-être jamais.

Encore une fois, me demandai-je, suis-je en train de me mentir ?

La réponse était que oui, probablement. Comme je l'avais fait avant.

La voix de Calum me sortit de ma lutte intérieure. « Maman, quand est-ce que Papa rentre à la maison ? »

Je vérifiai mon portable pour voir l'heure qu'il était. « Ça devrait être dans une demi-heure environ », lui répondis-je. Et alors que je tenais le téléphone dans ma main, August appela. Je répondis. « Bonjour ! Est-ce que tes oreilles sifflaient ? Calum et moi parlions justement de toi. »

Il gloussa. « Non, elles ne sifflaient pas. J'appelle pour te dire que je vais être un peu en retard. Des problèmes avec la boîte de nuit sont apparus. Je dois y aller et rencontrer mes partenaires pour un petit moment. Dis à Calum qu'il me manque et laisse-le rester debout que je puisse le voir.

– Tu vas rentrer tard ? » je lui ai demandé en soupirant, sachant que ce serait une nouvelle décevante pour Calum.

« Je n'en ai vraiment aucune idée, bébé. Je ne pense pas que ce soit plus tard que neuf heures. »

Calum devait se coucher à huit heures, et il avait école le lendemain. Le garder éveillé après l'heure du coucher n'était pas quelque chose que je tenais à faire. « Je suppose que je peux l'empêcher de dormir un peu après l'heure du coucher. Mais ne peux-tu pas leur dire que tu as un petit garçon qui ne t'a pas vu depuis deux semaines et qui te manque beaucoup ?

– Oui bien sûr. Je ferai de mon mieux pour sortir de là aussi vite que possible, bébé. À tout à l'heure. Je t'aime. Au revoir. » Sur ce, il mit fin à l'appel.

Calum me regardait quand je remis le téléphone dans ma poche. « Eh bien ?

– Papa doit aller à une réunion. Il sera un peu en retard. » J'essayai de ne pas m'énerver à cause de l'expression de déception sur le visage de Calum.

« OK », dit-il, puis monta sur le canapé, s'allongea et enfouit son visage dans l'un des oreillers.

Je m'asseyais à côté de lui, lui frottant le dos. « Ça va aller, tu le verras plus tard. Il a dit que je devais te laisser rester debout jusqu'à son retour, même s'il arrive vraiment tard. Il va certainement te lire une histoire pour t'endormir ce soir. Même si je dois aller dans sa boîte de nuit et le ramener chez lui.

– Promis ? » demanda Calum en bougeant la tête pour me regarder.

« Je te le promets. » Je repoussai ses cheveux de son visage et je l'embrassai sur la joue. « Allez, allons dîner. »

Le conte de fées que j'avais inventé dans ma tête sur ce que serait la vie avec August touchait à sa fin. Je n'avais jamais eu de relation – j'aurais peut-être dû sortir avec quelqu'un au moins un peu pour découvrir à quoi ressemblaient vraiment les relations.

Les choses me frappaient plus fort que je ne l'aurais jamais cru. Et je savais que je n'étais pas réaliste sur la façon dont les choses devraient se passer pour nous. Même avec le SSPT d'August, je n'avais pas vraiment pensé que ce serait comme ça.

Je m'étais menti à moi-même, semblait-il. Mais je devais penser à Calum. Ce qui était le mieux pour lui avait toujours été ma priorité numéro un. Avoir un père était ce qu'il y avait de mieux pour notre fils. J'aurais juste à apprendre à faire face à la réalité de ce qu'être avec August Harlow signifiait.

Tara nous sourit quand on entra dans la cuisine. « Bonsoir, vous deux. J'ai des amuse-gueules sur le bar là-bas, et le dîner sera servi à dix-neuf heures, comme d'habitude.

– Parfait. » J'allai au plateau des amuse-gueules, trouvant quelques légumes crus à côté d'une sauce blanche et crémeuse. « Miam. Allez, Calum, vas-y. »

Tara était occupée à préparer le repas, et tout sentait bon pendant que nous nous asseyions dans la cuisine et attendions. Mais aussi occupée qu'elle était, ça ne l'a pas empêchée de m'informer de l'état d'avancement des plans de Thanksgiving. « La dinde fumée et le jambon que j'ai commandés sont arrivés cet après-midi. Et je suis allée au marché fermier pour chercher les légumes bio et les herbes pour après-demain. »

Calum reprit du poil de la bête alors qu'il comprenait quelque chose. « Hé, je dois seulement aller à l'école demain, puis je n'ai pas école pendant quatre jours entiers ! Et je finis tôt demain.

– Ouais. » Je passai la main sur sa petite tête. « Et tu t'amuseras bien avec tes cousins, et Papi et Mamie seront là aussi. Sans parler du fait que tu vas rencontrer les parents de ton père, tu vas avoir une autre Mamie et un autre Papi. Ce sera tellement amusant. »

Calum sortit de son cafard en parlant des fêtes à venir. En un rien de temps, il se mit à danser, à parler de ce qu'il allait faire pour Thanksgiving. Il était aussi excité à l'idée de pouvoir dire ce pour quoi il était reconnaissant, s'exerçant à dire qu'il était le plus reconnaissant d'avoir trouvé son père.

Même si je ne me sentais pas bien à cause des complications entre August et moi, et sachant qu'elles ne se résoudraient pas dans un avenir proche, la joie de voir mon fils être si heureux prit le dessus.

Je pouvais le faire. Je pouvais le faire pour notre fils.

30

AUGUST

Les paroles de mon psy résonnaient dans ma tête alors que je rentrais dans la maison à dix-neuf heures trente. « Tu ne devrais pas forcer ta fiancée à faire quelque chose qui la blesse ou la bouleverse, August. »

Bref, il pensait que j'avais tort de faire sortir Tawny de ma chambre. Ce n'était pas une enfant, c'était une femme adulte et une infirmière en plus. Et je devais reconnaître qu'elle avait du mérite pour la façon dont elle avait géré les deux situations. Plus que ce que je ne lui avais accordé, je pensais.

Mais l'idée que je pouvais vraiment lui faire du mal me rongeait encore, et cela éclipsait tout ce que les autres pouvaient penser.

Dès que j'entrai dans le salon principal, j'entendis des bruits de pas sur le plancher en bois. « Papa ! »

Je fis voler dans les airs mon petit garçon de six ans, le sourire sur son visage faisant fondre mon cœur. « Mon fils ! Mon Dieu, tu m'as manqué. » Je le pris dans mes bras, l'étreignant alors que ses petits bras coulaient autour de mon cou.

Tawny arriva derrière lui. « Nous venons de finir le dîner. Le tien est resté au chaud dans le four.

– J'ai déjà mangé. » Calum s'accrochait encore à moi comme si j'étais un gilet de sauvetage, et qu'il était dans une mer houleuse. « La réunion portait sur la carte. On avait plein d'échantillons à goûter. Je n'ai plus de place. »

Tawny se retourna. « Je vais prévenir Tara. »

Alors qu'elle s'éloignait, je sentis que quelque chose clochait chez elle – il y avait une certaine froideur chez elle. Ses yeux, habituellement si pleins d'amour, semblaient ternes. Mon cœur cogna dans ma poitrine à la pensée qu'elle pourrait déjà en avoir assez de s'occuper de moi et de mes problèmes.

Notre amour était nouveau, fragile, peut-être si nouveau que c'était quelque chose dont elle pouvait facilement se défaire. Peut-être que le docteur avait raison. Je ne devrais peut-être pas lui faire faire des choses qu'elle ne voulait pas, comme quitter mon lit.

« Papa, je vais rencontrer tes parents ? » me demanda Calum avec un large sourire sur son joli petit visage.

« Bien sûr que oui », lui dis-je, en embrassant sa joue rouge rosé. « Ils vont t'aimer presque autant que moi.

– Je parie que je les aimerai aussi, alors. » Il était enfin prêt à ce que je le pose, et je le mis par terre. « Alors, comment c'était, papa ?

– Plutôt bien. Pas aussi mauvais que je le pensais. Toi et ta Maman m'avez beaucoup manqué. » Je regardai Tawny dans les yeux quand elle revint dans la pièce. « C'est presque l'heure d'aller au lit.

– Oui », dit-elle en venant prendre la main de Calum. « C'est l'heure du bain, puis du coucher. Allez, fiston. »

Quand ils furent partis, je réalisai que Tawny ne m'avait même pas embrassé. À ce moment-là, le froid fut évident. Il y avait quelque chose qui n'allait pas.

« Je vous retrouve dans la chambre de Calum à vingt heures, alors. » Je fourrais mes mains dans mes poches, me balançant d'avant en arrière sur mes pieds, me sentant mal à l'aise.

« OK », répondit Tawny sans se retourner pour me regarder.

Avais-je vraiment été trop loin quand je l'avais forcée à sortir de ma chambre malgré ses protestations ?

Je me dirigeais vers le bar, me servis un petit verre de scotch et pris un siège. Toute ma vie d'adulte, j'avais pris des décisions pour plus que moi-même. Cela m'avait-il endurci ?

Tawny et moi avions un lien, c'était vrai. Mais était-il assez fort pour résister à ces moments difficiles ? Et serait-elle capable d'aimer un homme qui avait l'habitude de faire les choses à sa façon ?

La vérité, c'est que Tawny et moi étions super ensemble quand il s'agissait de sexe. Et nous faisions un excellent travail en tant que coparents de Calum, je dirais. Mais qu'en était-il du reste des choses de couple ? Les relations étaient assez difficiles à entretenir. Pourrait-elle supporter tout le poids des casseroles qui m'accompagnaient ?

Après avoir fini mon verre, je me rendis dans la chambre de Calum, le trouvant en pyjama Paw Patrol, choisissant un livre dans sa bibliothèque. « Salut, Papa. Maman a dit que celle-ci s'appelait *La Princesse et le petit pois*. Tu veux me la lire ?

« Bien sûr, » dis-je, et je vis Tawny, qui semblait quitter la pièce. « Hé, tu vas quelque part ?

– Oui, je vais dans ma chambre prendre un long bain chaud avec un verre de vin, et me coucher. On se voit demain tous les deux. Bonne nuit, dormez bien et ne laissez pas les punaises vous mordre. Je vous aime tous les deux. » Elle nous envoya un baiser avant de partir.

Maintenant, j'étais sûr de l'avoir mise en colère.

En avalant ma salive, je m'assis sur le bord du lit de Calum alors qu'il grimpait dans le lit, se blottissant sous les couvertures. « Maman m'a dit qu'on devrait passer du temps entre père et fils quand tu me lirais mon histoire pour dormir.

– Hmm. » Ça ne me plaisait pas du tout. Elle ne m'avait même pas parlé de quoi que ce soit. Elle était partie et avait pris des décisions toute seule, et elle l'avait déjà fait pendant six ans en ce qui concernait Calum.

Mais je ravalai ma colère et je lus l'histoire à notre fils. Dès qu'il s'endormit, je me rendis à la porte de sa chambre. Elle était fermée à clé.

La colère revint, et je frappai à la porte dans un grand bruit. « Tawny ! »

Aucune réponse ne vint, et je frappai plus fort, ma voix plus forte. Pourtant, elle ne me répondit pas. Je sortis mon portable, je tapai un message, lui disant de venir dans ma chambre parce que nous avions besoin de parler. Mais même avec cela, je n'eus pas de réponse immédiate.

Je me rendis dans ma chambre, défis mon costume et me mis sous la douche. Mon esprit était chamboulé, l'inquiétude était mêlée à la colère, et je détestais ce que je ressentais. Je finissais ma douche, sortis dans ma chambre, ne portant rien d'autre qu'une serviette autour de la taille, et je trouvai Tawny assis sur un des petits canapés. Elle portait une robe blanche soyeuse et sirotait un verre de vin rouge.

« Pourquoi n'es-tu pas dans le lit à m'attendre, Tawny ? » Je me dirigeais lentement vers elle.

« Je pensais te laisser dormir un peu. Qu'est-ce que tu voulais ? » Elle détourna délibérément son regard de moi.

« Tu pensais me laisser dormir ? » Je m'assis sur l'autre canapé.

« Oui. Je suis fatiguée. Si on couche ensemble... »

Je l'interrompis. « Tu veux dire, si on fait l'amour.

– Ouais, peu importe », elle agita la main comme s'il n'y avait pas de différence. « Si on fait ça, alors je vais probablement m'endormir et tu ne veux pas ça, alors je vais juste m'endormir dans mon propre lit ce soir. » Elle agissait comme si ça ne la dérangeait pas du tout, de rester séparée de moi toute la nuit.

« Je suis parti pendant deux semaines, et tu crois qu'une nuit ensemble me suffit ? » Je passai ma main sur son ventre en pensant qu'elle avait accepté d'essayer de tomber enceinte.

« Je n'ai pas dit ça. » Elle amena le verre de vin jusqu'à ses lèvres, et prit une longue gorgée. « Tu ne veux pas que je dorme avec toi, August. J'ai compris. Je comprends même. Mais ça veut dire que parfois, quand je me sens vraiment fatiguée, je dois renoncer à faire l'amour. Sinon, on pourrait s'endormir ensemble, et tu ne veux pas de ça. Je veux respecter tes souhaits, c'est tout. »

Mais ce n'était pas tout. Si c'était juste ça, elle pouvait me regarder en le disant et ce n'est pas le cas. « Tawny, tu peux être honnête avec moi. Quelque chose ne va pas ? »

Finalement, ses yeux se levèrent pour rencontrer les miens. « August, bien sûr, il y a quelque chose qui ne va pas. Je t'aime. Je veux dormir à côté de toi, sentir tes bras autour de moi, sentir ton corps derrière le mien pendant que je me love dans tes bras, chaque nuit. Et je ne peux pas avoir ça. Donc, oui, il y a quelque chose qui ne va pas. Mais quand même, je t'aime, et je veux que ça marche. Donc, je ne vais plus me battre avec toi à ce sujet. Je dormirai dans ma propre chambre. »

Elle me donnait ce que je voulais tout en ne le faisant pas. « Tu m'as manqué, Tawny. Je voulais vraiment te faire l'amour ce soir. Ou au moins passer un peu de temps à parler avec toi avant que tu te précipites au lit.

– Et j'adorerais ça aussi. Tu crois que tu ne m'as pas manqué aujourd'hui ? Parce que c'est le cas. Mais je suis juste fatiguée. Ça a été une dure journée. » Elle prit une autre gorgée de vin.

« Et pourquoi cette journée a-t-elle été si dure, bébé ? » Je la vis prendre une plus grosse gorgée de vin que ses précédentes gorgées. Elle utilisait visiblement l'alcool pour faire face à la situation.

« Ok, si tu veux savoir, j'ai pleuré jusqu'à m'endormir la nuit dernière, après que tu m'as emmenée dans ma chambre. Et j'ai réfléchi toute la journée à la façon dont je me restreindrais en vivant cette vie séparée de toi. J'ai même parlé à ta sœur de partir d'ici. Je suis allée jusqu'à appeler la dame à qui je louais mon appartement et je lui ai demandé s'il était encore disponible, si tu veux savoir. » Elle but plus de vin.

Même si ses paroles me frappaient de plein fouet, je ne pus m'empêcher de remarquer qu'elle buvait trop vite et qu'elle s'y fiait trop pendant cette conversation. Je me levai, m'approchai d'elle et lui pris le verre de la main. « Stop avec ça. Tu dois être lucide pour cette discussion. » En le posant sur la table à côté d'elle, je m'assis à côté d'elle. « Es-tu malheureuse ? »

Elle me regarda droit dans les yeux. « August, je suis très malheureuse en ce moment. »

Je n'avais jamais eu l'intention de la rendre malheureuse. Mais au moins, elle était honnête avec moi. « Tu crois que ça ira avec le temps ?

– Je n'en ai aucune idée. » Elle était parfaitement honnête, mais c'était bouleversant.

Pourrais-je vivre avec moi-même, sachant qu'elle n'était pas aussi heureuse que possible ?

« Mon médecin m'a conseillé de ne pas te forcer à faire ce que tu ne veux pas. » Je passai ma main sur son épaule puis jusqu'au menton, le prenant avec mes doigts pour qu'elle me regarde, l'obligeant à lever le regard. « Mais Tawny, j'ai peur de te faire du mal. Je suis un tueur entraîné – ce serait si facile pour moi de te blesser par accident quand je suis comme ça. Tu n'as pas idée de combien ça a été dur pour moi de te sortir de mon lit et de t'enfermer loin de moi.

– Je suis persuadée que c'était dur. Et je sais de quoi tu as peur. » Elle cligna des yeux plusieurs fois, et je devinais qu'elle cachait quelque chose. Puis elle le dit. « J'ai peur que ça nous sépare, August. J'ai peur que notre relation soit trop récente pour gérer ça maintenant. Et je sais que ce n'est pas ta faute. Mais ce n'est pas la mienne non plus. »

Je déglutis. Je savais qu'elle avait raison. « Peut-être que je ne suis pas fait pour avoir une vraie relation. »

Tout ce qu'elle put faire c'était de hocher la tête. « Peut-être pas.

– Je t'aime vraiment. » Je me penchai en avant pour l'embrasser, mais elle pressa sa main contre mes lèvres, arrêtant le baiser. « Tu ne veux pas que je t'embrasse ? » demandai-je, incrédule.

« Oui, mais je vais vouloir tellement plus si tu fais ça. » La façon dont elle fronçait ses sourcils me disait qu'elle hésitait à propos de quelque chose. « Je pense que je m'y habituerai avec le temps. Mais pour l'instant, je suis blessée quand tu me fais partir. Je fais de mon mieux pour gérer ça. Je fais tout ce que je peux. »

Qu'est-ce que je pouvais faire ?

« C'est quelque chose que je ne peux pas contrôler, Tawny », murmurai-je, puis je pris sa main, la tenant dans la mienne et embrassant chaque articulation de son poing en boule.

« Tu crois que je ne le sais pas ? » Elle me regarda lui embrasser la main avec des baisers doux et tendres.

« Voici ce que j'en pense, bébé. » Sa peau était douce sous mes mains pendant que je les faisais remonter le long de ses bras. « Je pense que toi et moi pouvons régler les choses ensemble. Je pense que toi et moi pouvons avoir une vie normale. Alors, pourquoi ne pas venir dans ce lit, notre lit, tous les soirs. On sera ensemble, soit en train de se faire un câlin, soit en train de faire l'amour, jusqu'à ce que tu t'endormes. Je resterai éveillé et je te porterai dans ton lit quand tu t'endormiras. »

Je vis la tristesse s'emparer de son visage et je me dis que cela ne serait pas suffisant pour elle. « Si seulement ça pouvait arranger les choses. Mais je sais que non. Je sais que je me réveillerai quand je ne sentirai plus ton corps près du mien. Tu fais partie de moi ; tu le fais depuis cette première nuit. Ça allait avant, de ne pas t'avoir physiquement dans ma vie, dans mon lit. Maintenant que je t'ai, j'ai besoin de toi comme tu ne comprendras jamais.

– Tu ne penses pas qu'il y a un moyen de régler ça ? » lui demandai-je en lui repoussant les cheveux, en mettant une mèche derrière son oreille. Mes lèvres languissaient de lui frôler le cou. « Par exemple, si j'avais un travail où je devais me lever plus tôt que toi, ça te dérangerait d'être seule dans le lit ?

– Mais ce n'est pas comme ça. Tu es juste au bout du couloir, pas parti. » Elle détourna le regard comme si rien n'arrangerait les choses.

J'étais peut-être considéré comme le plus têtu de notre relation, mais Tawny se montrait plutôt obstinée elle aussi. Et je ne savais pas comment l'aider à accepter les choses telles qu'elles étaient.

Même si c'était dur de la laisser partir, je le fis. « Je suppose qu'il n'y a rien que je puisse dire alors. Bonne nuit, Tawny. Je t'aime. » Puis je me levai et m'en allai.

C'était l'une des choses les plus difficiles que je n'ai jamais eues à faire.

31

TAWNY

Thanksgiving arriva et passa. Au moins, la période des fêtes me fit oublier combien de temps s'était écoulé depuis qu'August et moi avions eu une relation sexuelle.

Nous nous entendions bien. Mais avec le manque de sexe, il y avait une distance entre nous. Quand on nous demanda à la table du dîner de Thanksgiving si nous avions prévu une date pour le mariage, on murmura tous les deux non.

Leila me prit à part, me demandant comment ça allait. Je lui expliquai quelle était la situation, et elle me dit de rester forte et de laisser passer le temps. C'est ce que je faisais, mais rien ne s'arrangeait.

J'avais l'impression qu'August et moi étions colocataires. Nous faisions des choses avec Calum ensemble, et je continuai à laisser August lui faire la lecture chaque soir seul. J'allais prendre un bain et me coucher avec un livre, un peu comme je l'avais fait toutes les années auparavant, quand j'étais célibataire. Seulement maintenant, Calum ne venait plus dans mon lit tous les soirs. La sécurité de savoir qu'il y avait un moniteur pour bébé juste à côté de lui pour qu'il puisse me joindre avait été suffisante pour mettre fin à cette petite habitude qu'il avait prise.

Petit à petit, j'avais repris mon ancienne routine. Noël approchait à grands pas, et une autre grande célébration était prévue. Tout le monde venait chez August une fois de plus pour passer les fêtes.

Notre dîner de réveillon – avec seulement August, Calum et moi – s'était avéré être un moment charnière dans nos vies. Quand on quitta la salle à manger, August me demanda de venir lui parler dans sa chambre après qu'il eut mis Calum au lit.

Quand j'entrai, habillée d'un jean boutonné, je vis qu'il était complètement habillé. Cela me surprit, car je pensais qu'il allait essayer de tout mettre en œuvre pour me mettre dans son lit ce soir-là.

Je n'aurais pas pu me tromper plus.

« Assieds-toi, Tawny. » Il fit un geste en direction d'un des canapés, et je m'assis. Il était assis en face de moi sur une chaise. « Il faut qu'on parle.

– Effectivement. De quoi veux-tu parler ? » lui demandai-je en m'asseyant et en essayant en vain de me mettre à l'aise.

Il nous montra ensuite tous les deux du doigt. « Il y a une faille entre nous. »

Tout ce que je pus faire, fut de hocher la tête. « Oui, je suis d'accord.

– Tu m'aimes toujours ? » Ses yeux noisette percèrent les miens.

« Je t'aimerai toujours, August », admis-je. « Moi aussi. » Il détourna le regard, essayant de s'endurcir pour m'en dire plus. « Mais ça ne marche pas. »

Enlevant la bague de fiançailles de mon doigt, je la posai sur la table entre nous, engourdie. « Je suis d'accord. On ne devrait pas se marier maintenant, et même jamais. On a eu un enfant, mais ça ne veut pas dire qu'on doit être ensemble pour toujours.

– Je ne veux pas que tu partes. » Il regarda la bague plutôt que moi. « Je veux que tu restes ici avec nous.

– Je ne quitterais jamais mon fils de toute façon. Qu'est-ce qu'on dit à Calum ? » Mes doigts coururent sur l'emplacement de mon doigt où se trouvait la lourde bague. Je ne l'avais même pas portée si longtemps, mais je sentais déjà son absence, et c'était horrible.

Il laissa échapper un grand soupir. « Je pense qu'on verra ça plus tard. » Il s'arrêta un moment, regardant ses mains comme s'il se préparait à ce qu'il avait à dire ensuite. « J'ai parlé à mon thérapeute », commença-t-il. Il en était à une séance tous les deux jours maintenant. « Et à d'autres personnes, aussi – des gens qui ont ce que j'ai – des gens qui ont vécu des mariages qui n'ont pas fonctionné à cause de cela. Mais si le fait de ne pas pouvoir dormir ensemble fait une telle différence dans notre relation, alors peut-être que le sexe était la seule chose qui nous maintenait ensemble au début. » Il tendit la main de l'autre côté de la table, prenant l'anneau et refermant son poing dessus.

Quand je vis la bague disparaître, mon engourdissement commença à s'estomper, et ça me frappa. Lui et moi, c'était fini.

« Alors voilà », dis-je, le cœur brisé alors que je me levais pour partir. « Bonne nuit.

– Bonne nuit », dit-il en écho.

Mes pieds bougeaient à un rythme normal, même si je voulais sortir de la pièce en courant. Des larmes se mirent à couler de mes yeux alors que je marchais vers ma chambre à coucher, le barrage éclata finalement quand je franchis le seuil de la porte. En un rien de temps, j'étais passée de la recherche du grand amour et des fiançailles, à une rupture.

Tombée sur mon lit, j'enfouis mon visage dans l'oreiller pour cacher mes pleurs. Ce qu'il avait dit avait fait mal – qu'il n'y avait que du sexe entre nous. Je l'avais fait tomber amoureux de moi. En m'abstenant de lui parler, j'avais mis fin à ce qu'on avait trouvé.

En frappant le lit avec mes poings, j'essayai d'évacuer la frustration et la colère de mon système. Je vivais sous le même toit énorme que cet homme, mais je ne l'aurais plus jamais.

Tout ce qui était en moi me faisait mal, mon cœur, ma tête, tout mon corps.

Chaque fois qu'August avait essayé de me toucher, je m'enfuyais en lui disant que je ne pouvais pas encore le supporter. Je n'étais pas prête à faire l'amour avec lui et à être forcée de le quitter.

Un jour s'était transformé en un autre et un autre jusqu'à ce qu'il conduise à celui qui avait mis fin à tout cela.

La vie telle que je l'avais connue était finie. Mais je supposai que c'était fini depuis la nuit où j'avais décidé de dormir dans ma propre chambre. Je ne pouvais m'en prendre qu'à moi-même.

Je savais que notre relation était plus que du sexe. C'est moi qui avais tout enlevé de ce qu'on avait. Pas seulement le sexe, mais chaque petit acte d'intimité. Je n'aimais pas du tout être seule avec August, sachant que je le voudrais si nous étions seuls.

J'avais été froide, je me restreignais pour éviter d'avoir envie de cet homme. Mon corps l'avait désiré, mais j'avais réussi à ne pas en tenir compte, me disant qu'il fallait que je devienne plus forte avant de pouvoir m'en accommoder.

Il semblait que j'avais attendu trop longtemps.

Le matin de Noël arriva, et sa famille aussi. Ma mère et mon père vinrent aussi. C'est ma mère qui remarqua l'absence de la bague. « Tawny, tu ne portes pas ta bague de fiançailles. »

Ses paroles attirèrent beaucoup de paires d'yeux vers ma main. Avant que je n'aie pu penser dire quoi que ce soit, August vint à mes côtés. Toujours le héros. « Autant en parler ouvertement. Tawny et moi ne nous marierons pas. Elle continuera à vivre ici aussi long-temps que Calum, cependant. Nous continuerons à élever notre fils ensemble. Nous avons accepté de faire ce qu'il y a de mieux pour lui, et nous avons de l'amour dans nos cœurs les uns pour les autres. Nous ne nous ferons jamais de mal, et Calum sera toujours notre priorité. »

Ma mâchoire se serra et je ne pus dire un mot. Mon cerveau me criait que tout était de ma faute. Si j'avais essayé de contourner le problème, nous serions toujours amoureux et nous nous marierions. Au lieu de cela, nous étions entourés d'yeux de pitié lorsque nos familles apprirent le triste état de notre relation.

Leila soupira lourdement et s'appuya contre son mari, qui mit son bras autour d'elle, la serrant contre elle. Ces deux-là vivaient à peine ensemble avec son travail, et pourtant ils avaient eu une demi-douzaine d'enfants et avaient trouvé un moyen de faire en sorte que tout cela fonctionne.

Pourquoi n'arrivais-je pas à comprendre comment faire fonctionner tout cela, quels qu'en soient les obstacles ? Je n'étais pas bête. Alors pourquoi m'étais-je résolue à le faire ?

Le jour de Noël fut long, difficile et plein de conversations embarrassantes. La mère d'August fit un écart et mentionna qu'elle avait trouvé la parfaite petite robe de mère du marié dans un magasin de la Vallée de Napa. Ses yeux s'élargirent et elle se souvint qu'elle n'en aurait plus besoin. Puis ses yeux se tournèrent vers August, qui était assis près de Calum, avant de se poser sur moi, la pitié et la tristesse les remplissant une fois de plus alors qu'elle s'excusait d'avoir dit cela.

August et moi restâmes côte à côte cette nuit-là, disant au revoir à tout le monde alors qu'ils quittaient le foyer pour rentrer chez eux. Puis, tous les trois on monta à l'étage : moi pour baigner Calum, August pour lui faire la lecture ensuite.

C'était comme ça que serait la vie à partir de maintenant ? Et si oui, combien de temps pourrais-je le supporter ?

Si j'étais malheureuse avant, je le deviendrais complètement.

Le sourire de Calum s'était estompé alors que nous montions les escaliers. « Alors, vous ne vous mariez vraiment plus maintenant ? »

J'avais mentionné quelque chose à Calum plus tôt dans la journée, avant que quelqu'un ne le fasse, et il n'avait pas eu beaucoup de réaction – je suppose que c'était parce qu'il ne pensait pas que c'était réel. C'était la première fois qu'il en parlait depuis. August et moi échangeâmes un regard. « Non, pas maintenant », dit August à la légère, comme si ce n'était pas grand-chose. « Mais ça ne changera rien, ne t'inquiète pas, fiston.

– Pensez-vous que vous pourriez vous marier un jour et que nous pourrions être une vraie famille ? » demanda-t-il en arrivant en haut de l'escalier, et il s'arrêta pour faire demi-tour pour nous regarder. « Et les frères et sœurs que tu voulais que j'aie ? Qu'en est-il d'eux ? Et tous les projets ? » Calum éclata en larmes, de grands sanglots qui me déchiraient le cœur. J'aimerais pouvoir tout arranger pour lui.

Mais il n'y aurait pas de réparation. Alors, je me tenais là, figée sur les marches de l'escalier, alors qu'August, le héros, prenait notre fils : « Tout va bien se passer, Calum », murmura-t-il doucement.　Maman et Papa t'aimeront toujours, et nous serons toujours une famille, mais d'une façon différente. Tu n'as pas besoin de pleurer. »

Tous les deux continuèrent jusqu'à la chambre de Calum, me laissant seule. Mes jambes me semblaient faibles, et je m'assis sur la marche du haut, mettant mon visage dans mes mains. Ce n'était pas seulement ma vie qui s'effondrait sous mes yeux, c'était aussi celle de mon fils. Peut-être pas autant que d'autres, mais pour nous, c'était mauvais. Et puis il y avait August, terriblement fort à l'extérieur, mais en lambeaux à l'intérieur.

August dut voir dans quel état j'étais, parce qu'il me cria : « C'est bon, Tawny. Je vais lui donner son bain et le mettre au lit. Bonne nuit. »

Au lieu d'aller dans ma chambre, je redescendis. Je savais que je ne pourrais pas dormir. Tout ce que je pouvais faire, c'était de me reprocher d'avoir tout foiré.

Je me dirigeai vers le garage, où je montai dans une voiture au hasard et je partis, ne voulant pas voir le manoir où August me laissait vivre, ne voulant pas être avec les deux personnes que j'aimais plus que tout. J'avais échoué de façon incommensurable.

August avait toujours été mon héros, mais je ne pouvais pas me résoudre à être une héroïne pour lui ou pour notre fils.

Salope égoïste !

C'est tout ce que je n'arrêtais pas de me dire en conduisant. Je ne réalisais pas où j'allais avant d'arriver à la boîte de nuit d'August, Swank. L'inauguration était dans une semaine.

En garant la voiture de l'autre côté de la rue, je regardai ce qu'ils avaient construit. Le bâtiment était un chef-d'œuvre, même s'il n'était pas encore éclairé. Je me demandais si August voulait toujours que je sois sa cavalière pour l'inauguration.

Et s'il le faisait, est-ce que j'irais ?

Les gens embrassaient généralement leur cavalier quand l'horloge sonnait minuit. Je ne pouvais pas permettre que ça arrive. Un baiser de sa part me déchirerait.

Je décidai de lui dire de trouver quelqu'un d'autre pour l'accompagner. Je ne pouvais pas m'attendre à ce qu'il m'emmène alors qu'on ne sortait plus ensemble.

Et comment réagirais-je si je voyais une autre femme à son bras ?

Cette pensée me rendit malade.

Quelle salope égoïste !

C'était déjà assez dur d'avoir été froide avec lui, mais maintenant je ne voulais plus qu'il ait quelqu'un d'autre dans sa vie ?

Sans cœur !

C'est exactement ce que j'étais.

Je ne verrais probablement jamais l'intérieur de ce club luxueux. Mais je pariais que je verrais beaucoup de photos de l'homme que j'aimais à l'intérieur – probablement des photos avec de jolies femmes partout lui tournant autour.

Même si je savais exactement qui blâmer pour la manière dont les choses tournaient, je me demandais encore comment tout cela s'était passé.

En tapant sur le volant, je criai et pleurai, me hurlant dessus tout le temps. Et une fois que tout était sorti, que je n'avais plus d'air, je rentrai chez moi.

De retour à l'endroit où je savais que je devais rester jusqu'à ce que Calum ait quitté l'école. Maintenant que nous vivions comme ça, tous les trois ensemble, ce ne serait pas juste de lui enlever ça sitôt.

Remonter les escaliers que j'avais empruntés. En marchant dans le long couloir, je regardai droit devant moi la porte fermée de la chambre à coucher d'August. Mes pieds me portèrent jusqu'à elle.

Je m'arrêtai juste devant. De petits bruits à l'intérieur de la pièce m'indiquèrent qu'il était là, juste de l'autre côté de la porte. Peut-être nu, sortant de la douche. Je sentis mon pouls battre au plus profond de moi. Je commençais à mouiller.

Serait-ce assez de le laisser me baiser et de le quitter pour retourner dans ma chambre ?

Mon corps voulait sentir le sien, et cette envie était plus forte que la voix dans ma tête qui me disait à quel point c'était mal pour moi de lui demander cela.

Je pris la poignée de porte dans ma main tremblante. Mais quand je la tournai, je la trouvai verrouillée. Ma mâchoire se serra de frustration. Et puis la colère s'installa. Il m'avait exclue – c'était exactement pour ça que j'avais enfoui mes sentiments pour lui en premier lieu.

Mais ces sentiments étaient toujours là ; je les avais juste enterrés sous la peur, la colère, la frustration, et surtout par faiblesse. Où était passée la femme forte que j'étais quand j'avais dix-huit ans ?

32

AUGUST

Je ne jouais pas à un jeu avec Tawny, pas exactement, mais je la laissais voir à quoi ressemblerait la vie si elle ne pouvait pas changer d'avis et faire face aux choses de façon réaliste.

Elle ne me laissait pas la toucher, s'assurait qu'elle n'était jamais seule avec moi, et avait même cessé de me parler comme avant. Je la regardai laisser son cœur geler pendant qu'elle essayait d'enfoncer ce qu'elle ressentait vraiment pour moi dans un endroit fermé à double tours.

Tawny n'était plus Tawny, et je savais qu'il faudrait quelque chose de radical pour la ramener. Je détestais que Calum ait été blessé par cela, mais parfois il faut un peu de mal pour commencer le processus de guérison. Que ça plaise ou non, Calum faisait partie de nous, et quand on souffrait, lui aussi souffrait. C'est comme ça que ça se passe dans une famille.

J'avais eu besoin de toutes mes forces pour m'éloigner de Tawny alors qu'elle était assise en haut de l'escalier. Mais elle devait être seule. Elle devait savoir ce que ce serait si elle continuait à construire une forteresse autour de son cœur. Tawny nous faisait du mal à tous, pas seulement à moi ou à elle-même, à chacun d'entre nous. Il fallait bien que quelque chose cède.

Assis sur le bord de mon lit, j'étais sur le point d'éteindre la lampe et de me coucher quand j'entendis le cliquetis de ma poignée de porte. Ça devait être Tawny.

Je n'avais rien sur moi et je ne voulais pas la mettre mal à l'aise, alors je mis un bas de pyjama avant d'aller à la porte. Quand je l'ouvris, il n'y avait personne.

Faisant quelques pas vers la porte de sa chambre, je me rendis compte qu'elle était fermée à clé, alors je retournai me coucher. J'avais peut-être eu tort. C'était peut-être un vœu pieux de ma part que Tawny soit là, essayant d'entrer dans ma chambre.

Allongé, je levai les yeux vers le plafond, les mains derrière la tête. C'était peut-être encore un peu trop tôt. Mais un mois s'était écoulé sans qu'elle me permette de la toucher. J'ai pensé que c'était le bon moment.

Je devais admettre que je ne pensais pas qu'elle me rendrait la bague. Ce n'était pas du tout mon plan. Mais quand j'avais dit que ça ne marchait pas, elle avait enlevé cette bague plus rapidement que tout ce que j'avais jamais vu. La vue de cette bague, posée sur la table, avait stoppé mon cœur.

Quand je l'ai ramassée, je pris sur moi pour ne pas lui crier dessus d'arrêter cette merde. Je détestai tout ce qui se passait.

Je ne savais pas non plus que quelqu'un remarquerait la bague manquante ou demanderait quoi que ce soit à ce sujet s'il le faisait. Même si j'avais expliqué des choses à nos familles, je m'attendais à ce que Tawny vienne me dire quelque chose.

Elle ne l'avait pas fait. Elle était restée silencieuse. Mais je savais qu'elle n'était pas heureuse du tout. En fait, je l'avais vue devenir de plus en plus triste à mesure que la journée avançait. Et quand notre fils s'était mis à pleurer, elle s'était aussi renfermée. Mais elle ne s'était pas assez effondrée, je suppose.

Qu'est-ce qu'il faudrait pour qu'elle voie qu'elle nous jetait, qu'elle jetait toute notre famille ?

Calum avait tout exposé, s'enquérant des frères et sœurs, s'enquérant de la possibilité de devenir une vraie famille. Je pensais que ça pourrait l'atteindre – moi en tout cas ça m'avait atteint. Je supposai que non, en fait.

Alors que je restais allongé là, à penser à tout, je me demandais si j'avais eu tort, moi aussi.

J'aurais pu la laisser rester dans mon lit ou essayer de trouver une autre solution avant de la mettre dehors tout de suite. Je n'avais pas bougé d'un poil là-dessus. Étais-je à blâmer, moi aussi ?

Putain, t'es un connard !

Mon cerveau se retourna contre moi. Je regardais Tawny depuis un mois entier, la blâmant, voulant qu'elle voie le rôle qu'elle avait joué dans la création de ce fossé entre nous, qui se creusait un peu plus chaque jour.

Mon portable sonna, et je le regardai, posé sur la table de nuit à côté de moi. Il y avait un message. C'était Tawny.

Tu devrais trouver une autre cavalière pour la soirée d'inauguration de Swank.

C'était tout.

En posant le téléphone, je me retournai sur le côté. Avais-je vraiment tout foiré au point qu'elle ne m'accompagne pas à la soirée d'inauguration du club pour lequel j'avais tant travaillé ?

La vérité, c'est que je n'y avais pas pensé du tout.

La vérité était que rien ne s'était passé comme je l'avais prévu.

Tout ce que j'avais espéré que cette conversation accomplirait s'était retourné contre moi. Mes intentions étaient d'entamer une conversation qui nous mènerait éventuellement à un quelque chose où nous pourrions revenir à ce que nous avions. Mais cela n'avait servi qu'à nous briser complètement.

Je ne savais pas comment arranger les choses. La seule chose qui me venait à l'esprit, c'était que Tawny n'avait pas peur de me voir avec une autre femme. Et ça m'énerva.

Irait-elle vraiment jusqu'à essayer de m'envoyer dans les bras d'une autre femme ? Parce que pour moi, ça voulait dire qu'elle s'en foutait de moi. Et ça m'énervait particulièrement.

Cette fille m'avait aimée, je le savais sans aucun doute. C'était son entêtement qui était venu se mettre en travers. Mais si elle voulait vraiment que j'emmène une autre femme à l'inauguration, il fallait que quelque chose ait changé dans son cœur quand elle l'avait délibérément gelé.

En prenant mon portable, je composai une réponse.

Je n'emmènerai personne. Envoyer.

J'espérais que cela s'enfoncerait dans sa tête tenace et qu'elle se rendrait vite compte à quel point cela la blesserait de me voir avec quelqu'un d'autre. Ça me ferait du mal à moi de sortir avec une autre femme – ça devrait lui faire du mal aussi, non ?

Je n'arrivais pas à être à l'aise en me tournant et en me retournant. Elle m'énervait, et je ne pensais qu'à ce qui lui était passé par la tête pour me dire une chose pareille ?

Elle m'avait dit qu'elle m'aimait la veille au soir. Bien sûr, ce n'est pas comme si elle avait dit qu'elle était amoureuse de moi, mais qu'elle m'aimerait toujours. J'ai supposé que c'était parce que j'étais le père de son enfant.

Je l'avais dit moi aussi, mais je savais que je ne l'avais pas dit comme je le pensais. Moi aussi, j'étais bête.

Merde, depuis quand étais-je devenu si bête ?

Lentement, mais sûrement, il fut clair que j'étais tout autant à blâmer qu'elle pour cette merde. Tous les deux si têtus qu'on faisait tout pour se venger.

Mais comment réparer ça... c'était la vraie question.

Comment réparer quelque chose d'aussi brisé ?

Je devais admettre que je ne connaissais pas la réponse à cette question. Je pourrais aller m'excuser auprès d'elle, prendre ma part de responsabilité, mais cela ne changerait rien de toute façon. Je n'étais toujours pas prêt à la laisser passer les nuits avec moi, à coucher avec moi.

Elle était tellement têtue !

Pourquoi ne voyait-elle pas que j'avais peur de lui faire du mal ? Pourquoi n'était-elle pas d'accord avec cette merde ?

Le sommeil ne venait pas, alors je m'assis, je pris mon ordinateur portable sur la table de nuit et je fis quelques recherches. Il semblait que la plupart des personnes atteintes de troubles violents du sommeil aient fini par prendre des médicaments pour atténuer le problème, ce à quoi je m'étais opposé.

Je pensais au Dr Schmidt, qui m'avait demandé si je prendrais des médicaments si j'avais une tension artérielle élevée. Et je savais que je le ferais.

Alors, pourquoi ne pas prendre quelque chose pour m'aider à sauver ma relation ?

Regardant fixement l'écran, je me demandai si je n'avais pas attendu trop longtemps avant de prendre cette décision. Tawny me donnerait-elle une autre chance, ou en avait-elle fini avec moi ?

Ce dernier SMS me disait qu'elle en était très proche. La façon dont elle avait si vite enlevé ma bague le disait aussi.

Et si c'était trop tard ? Serais-je capable de vivre avec moi-même ?

33

TAWNY

J'avais remarqué qu'August allait en thérapie tous les jours de la semaine entre Noël et le Nouvel An. Je ne lui avais pas demandé pourquoi. Peut-être que notre rupture aggravait ses problèmes.

Le réveillon du Nouvel An arriva, et Leila se pointa à la maison. Je dois avouer que je fus surprise, d'autant plus qu'elle avait un sac de vêtements dans une main et une bouteille de champagne dans l'autre. « Je suis là pour t'aider à te préparer, Tawny. Pourquoi es-tu bouche bée comme ça ?

– Qu'est-ce que tu fais... ? »

Elle passa devant moi, en montant les escaliers. « Je suis là pour te préparer pour l'inauguration de Swank, bien sûr. Allez, il faut qu'on s'y mette. Tu dois retrouver August à l'entrée dans moins de trois heures.

– Mais Calum... », dis-je en la suivant.

« Je le ramène à la maison avec moi. Il passera la soirée avec nous. » Elle se précipita dans ma chambre.

« Il n'a pas besoin de rester chez toi. August et moi, on... » Je m'arrêtai. Elle savait qu'on ne couchait pas ensemble. Je n'avais pas besoin de lui rappeler.

« Oh, ouais, le truc "nous ne sommes pas impliqués de manière romantique". Oui, il m'en a parlé. Inutile de réveiller Calum pour le ramener à la maison si tard, ce serait idiot. » Elle posa le sac à vêtements sur mon lit et m'indiqua la salle de bains. « Va prendre une douche et rase-toi jusqu'au dernier poil de ton corps. Cette robe est très révélatrice. Et lave tes cheveux aussi. Je vais te faire un magnifique chignon. Tu seras la plus belle femme de la soirée. » En ouvrant la fermeture éclair du sac à vêtements, je vis quelque chose de scintillant et de blanc à l'intérieur.

« Leila, c'est si gentil de ta part. Mais tu vois, j'ai déjà dit à ton frère de trouver un autre rencard pour ça. Je ne vais pas passer la nuit avec lui, danser, boire et peut-être l'embrasser.

– Et pourquoi pas ? » demanda-t-elle alors qu'elle posa ses mains sur ses hanches. « Je vais te dire pourquoi tu ne veux pas faire ça. C'est parce que tu es amoureuse d'August. Tu es stupide avec cette histoire de ne pas coucher ensemble, c'est absurde. Je suis ici pour te dire qu'August m'a demandé de venir te préparer. Il ne veut que *toi* comme cavalière, et il m'a dit de te le dire.

– Vraiment ? » demandais-je, tandis qu'une vague de chaleur me traversait. « Il m'a dit qu'il n'emmènerait personne à l'inauguration.

– Je ne sais pas pourquoi il a dit ça. Il t'emmène, et c'est tout. Dépêche-toi, Tawny ! »

Sur ce, je me précipitai à la salle de bains, me douchant, me rasant et me lavant les cheveux, aussi. Quand Leila en eut fini de me préparer, j'avais l'air d'être moi, mais en mieux.

Mes cheveux étaient bouclés et épinglés d'une façon qui défiait l'imagination. « Waouh, tu es douée, Leila.

« C'est ce qu'on m'a dit. » Elle me versa une coupe de champagne. « Bois ceci. Prends la bouteille avec toi, Max te conduit. Cela t'aidera à te détendre et à garder l'esprit ouvert ce soir. On verra ce qui se passera.

– Il ne se passera rien. Il en a fini avec moi. Et même si ce n'était pas le cas, il ne me donnera pas ce que je veux. Non – ce dont j'ai besoin.

– Ouais, ouais », dit-elle, me poussant doucement. « Allons-y maintenant. »

Les talons blancs correspondaient parfaitement à la robe. Elle avait une fente sur l'intérieur de la cuisse de ma jambe droite, dévoilant beaucoup plus que tout ce que j'avais jamais porté auparavant. Le col en V était plongeant jusqu'au bas de mon nombril, et le dos était pareil, se terminant juste au-dessus de la raie des fesses.

August n'avait épargné aucune dépense, car des diamants tombaient de mes oreilles et pendaient autour de mon cou. Même un bracelet de cheville en diamant accentuait l'effet too much de la tenue. J'avais l'impression d'être une star de cinéma qui va aux Oscars.

L'alcool n'aida pas beaucoup mes nerfs, et j'étais assise anxieusement sur la banquette arrière pendant que Max me conduisait au club. Il s'arrêta à l'entrée, et il y avait August et deux autres hommes.

Je supposai que c'étaient ses partenaires ; je ne les avais jamais rencontrés auparavant. Tous les trois portaient des smokings noirs assortis, et tous les trois étaient d'une beauté dévastatrice. August était le plus beau, cependant. Du moins pour moi.

Il vint me voir quand je sortis de la voiture. « Tu es superbe, Tawny. »

Je le regardai de haut en bas. « Tout comme toi.

– Merci d'être venue. » Il mit mon bras dans le sien.

« Comme si Leila aurait permis le contraire. » J'essayais d'ignorer à quel point son odeur le rendait sexy. « C'est un nouveau parfum ?

– Oui. » Il se pencha si près qu'il me chatouilla l'oreille. « Et tu sens divinement bon.

– Merci. » Je sentis mon corps rougir sous le compliment.

Alors que nous nous approchions des hommes qui attendaient encore juste derrière la porte, il me présenta. « Tawny, voici Gannon Forester, et cet autre homme est Nixon Slaughter. »

Je tendis la main pour la serrer, mais ils se relayèrent pour m'embrasser. Il s'avéra qu'ils attendaient tous les deux leur moitié, alors August et moi rentrâmes dans la boîte.

L'endroit était somptueux – tout à fait fantastique. Une lumière bleue brillait de nulle part et remplissait comme par magie chaque espace d'une manière ou d'une autre. L'entrée était phénoménale. Des statues de pierre blanche avaient été placées autour du périmètre de la salle ronde. « Elles viennent directement de Grèce. » August montra du doigt l'entrée qui menait au club en tant que tel. « Attends de voir ça. »

En franchissant la porte, la lumière rouge se répercutait sur des chutes d'eau étincelantes de part et d'autre de la porte. Au centre de la grande pièce, il y avait une piscine. « On peut nager ici ? » Tawny lui demanda sans le croire.

« Non », gloussa-t-il en riant. « Allez. » En m'y conduisant, j'essayais de m'arrêter quand on arriva au bord, mais il m'y tira. « Du verre recouvre l'eau. Tu n'as pas remarqué que tu n'entendais pas les chutes d'eau ? »

En regardant l'eau des deux côtés, je ne pouvais pas voir le verre qui les recouvrait, mais je remarquai que je n'entendais aucun son provenant d'elle. « Ça a dû coûter beaucoup d'argent.

– Tout ici, oui. » Son bras bougea pour me prendre par la taille. « Viens, je veux te dire quelque chose avant que les gens arrivent. » Il m'emmena à une table et m'y assit alors qu'il continuait à se tenir devant moi. « Tawny, j'ai passé beaucoup de temps ce mois-ci à réfléchir profondément à moi, et j'y ai trouvé un homme égoïste. Tu m'as dit combien il était important pour nous d'être ensemble, toujours, mais je n'ai rien fait pour essayer de régler ce problème. Je pensais que rester loin de toi la nuit était la seule solution. Mais j'avais tort.

Ah bon ? » demandai-je alors que l'espoir m'emplissait.

« Oui. Et j'ai réfléchi avec mes médecins et j'ai trouvé un médicament que je peux prendre juste avant de m'endormir et qui s'est avéré efficace pour mon trouble du sommeil. » Puis il se mit à genoux et me prit la main. « Tawny, je veux que tu retournes dans notre lit. Et je sais qu'il y a plus que du sexe entre nous. On est faits l'un pour l'autre, et je veux que tu dormes avec moi tous les soirs. Je veux que tu m'épouses et que tu fasses de moi l'homme le plus heureux du monde. » Il sortit ma bague de fiançailles, et je ne savais pas du tout quoi dire.

« Je peux dormir avec toi ? » dus-je demander.

Il hocha la tête. « Oui. Et je suis désolé d'avoir mis tant de temps à comprendre que j'étais têtu. Mais ne t'inquiète pas, je ne vais pas te faire admettre que tu étais comme ça aussi. Alors, veux-tu m'épouser ? »

Je ne pus m'empêcher de rire de sa pique. Ça me rendit heureuse qu'il souligne aussi mes conneries. « D'abord, laisse-moi prendre ma part de responsabilité. J'ai aussi beaucoup réfléchi sur moi. J'ai été têtue, et je me suis aussi renfermée sur moi-même. » J'avais les larmes aux yeux en pensant à la douleur que je nous avais causée le mois passé. « Ce que toi tu n'as jamais fait. Tu n'as pas arrêté d'essayer, et je n'ai pas arrêté de te repousser. Et je suis profondément désolée d'avoir fait ça. Mais le fait que tu aies eu de l'aide avec ce truc me rend si heureuse. Tu n'as pas idée. »

Son sourire était large. « Bien. Alors, tu veux bien ? » Il agita la bague.

Tendant la main gauche, je dis : « Remets ça à mon doigt, s'il te plaît. Ça m'a manqué bien plus que je ne veux bien l'admettre. »

En la glissant, il sourit. « Dieu merci. »

En me remettant debout, il glissa ses bras autour de moi, me serrant contre lui. « Après ça, je vais ramener ton petit cul à la maison et te faire l'amour jusqu'à ce que le soleil se lève. Ensuite, on dormira un peu avant de se réveiller et de tout recommencer. Ce ventre sera habité de notre prochain bébé avant que tu t'en rendes compte. »

Je ris quand il commença à danser avec moi, même si aucune musique ne jouait. « Alors, ça va être une soirée d'enfer. Ce n'est pas ce que j'avais en tête il y a quelques heures.

– Pas du tout. » Il me regarda. « Cette robe te va à ravir, bébé. Elle sera encore plus belle sur le sol de notre chambre.

– Tu crois ? » demandai-je avec un petit rire.

Ses yeux se baissèrent sur ma bouche. « J'en suis sûr. Et ma queue sera superbe quand elle sera lisse et brillante avec le jus que ta chatte laissera dessus.

– Merde ! » sifflai-je, sentant déjà une excitation incroyable qui me laissait incommode.

« Ouais, merde. » Ses yeux ne quittaient jamais ma bouche quand il s'approchait de plus en plus, jusqu'à ce que nos lèvres se touchent à peine.

Une vague de chaleur s'empara de moi, mon corps tremblait, et le désir prit le dessus quand il m'embrassa. On partagea un baiser qui m'éloigna de tout. Les gens avaient commencé à entrer, et aucun de nous n'avait même remarqué que nous nous tenions l'un l'autre et nous nous embrassions comme si personne ne nous regardait.

Personne n'avait l'air de s'en soucier, et nous avons continué à le faire une bonne partie du reste de la nuit.

Une fois la fête terminée et le club fermé après une soirée inaugurale très réussie, nous montâmes à l'arrière de la voiture. Max conduisait, Dieu merci, alors on put faire plus que ce qu'on avait pu dans le club bondé.

La fente dans ma robe s'avéra d'une grande aide, permettant à August de m'atteindre rapidement. En montant un peu, il repoussa d'un côté le petit bout de dentelle qui formait le devant de mon string avant de m'embrasser, de me lécher et de me sucer le clito.

Ça faisait trop longtemps, et il m'avait tellement embrassée et caressée dans le club que j'eus un orgasme en quelques secondes. Mais ça n'avait pas l'air de le déranger du tout. Il but mon jus entièrement.

« À mon tour », dis-je après avoir repris mon souffle. J'avais faim de sa queue et je me mis à genoux devant lui pendant qu'il sortait sa queue pour moi.

Ses mains sur le côté de ma tête m'attirèrent vers lui, puis me déplacèrent à un rythme lent. Son goût me fit gémir à chaque instant. Ma langue courait le long de sa bite à chaque pénétration au fond de ma bouche. Le goût du sperme qui fuyait de son gland me fit geindre, prête à le boire.

Mais il repoussa la tête et m'allongea sur le dos sur le sol. Il était au-dessus de moi, m'arrachant ma culotte avant me pénétrer. J'haletais de plaisir et enroulai mes jambes autour de lui pendant qu'il me pilonnait de sa queue dure comme un roc.

Encore une fois, mon corps l'avait tellement désiré qu'il

succomba beaucoup trop tôt – mais le sien m'avait tout autant dési-
rée, et il eut un orgasme avec moi, me remplissant de sa semence
chaude.

La voiture s'arrêta alors que nous essayions de reprendre notre
souffle. « On est à la maison. » August m'aida à me relever, et nous
allâmes à l'intérieur.

J'enlevai mes talons à la porte, et il me porta dans l'escalier
jusqu'à sa chambre. « Alors, c'est réel ? Je peux dormir avec toi ? »

Il hocha la tête en fermant la porte derrière nous. « J'ai déjà
demandé au personnel de déplacer tous tes vêtements dans ce
placard. Tous tes produits de toilette ont été mis dans cette salle de
bains, aussi.

– Tu étais vraiment sûr que j'allais dire oui, n'est-ce pas ? » Je pris
son beau visage entre mes paumes en le regardant droit dans ses yeux
noisette.

« Tu m'aimes. Je le savais. Tu avais juste besoin que je te donne un
peu plus de moi-même. Alors, j'ai trouvé un moyen d'y arriver. Tu es
à moi, bébé. Depuis toujours. Depuis la première nuit où je t'ai fait
mienne, tu es à moi. Ton cœur, et même une partie de ton âme, je
pense. Tout ce que j'avais à faire, c'était de devenir l'homme que tu
voulais que je sois. » Il m'embrassa longtemps et avec force avant de
me jeter sur le lit. « Maintenant, débarrassons-nous de ces
vêtements. »

34

AUGUST

Seulement un an plus tard, nous étions de retour à Swank – qui était devenu extrêmement populaire – à minuit la veille du Nouvel An. Je regardai Tawny qui marchait vers moi, son ventre magnifiquement bombé d'une petite fille et un bouquet blanc à la main.

Ce n'était pas la chapelle du mariage dans notre ville natale – c'était bien mieux que ça.

Avec Calum comme témoin, nous avons regardé ensemble la femme que nous aimions marcher vers nous. Nous étions sur le point de devenir une vraie famille aux yeux de Calum, et il voulait être aux premières loges.

« Maman est si belle, n'est-ce pas, Papa ? » me demanda-t-il, sa petite voix pleine d'admiration.

« Ça c'est sûr, fiston. » Je lui tapotais la tête, mais je ne pouvais pas quitter ma femme des yeux. « J'espère qu'un jour, quand tu seras grand, tu rencontreras une femme aussi belle et jolie que ta mère.

– Moi aussi. Tu as de la chance, Papa.

– Je sais. » Je tendis la main quand son père me tendit celle de Tawny.

Elle remit le bouquet à ma sœur, sa demoiselle d'honneur. Le sourire de Tawny était large et heureux. « Hey.

– Hey. » Je me balançai sur mes pieds. « Tu es debout tard. »

Elle mordilla sa lèvre inférieure en me regardant de haut en bas avec ses jolis yeux verts. « Toi aussi. »

Je la regardai dans les yeux, en admirant la tache rose de ses lèvres, me demandant quel goût elle aurait après qu'elle soit devenue mienne légalement. « Tu veux de la compagnie ? »

Ses lèvres roses et charnues se relevèrent d'un côté quand elle me retourna la question. « Pourquoi, tu en veux ?

– Oui un peu. Je pars à l'armée demain matin, et j'ai l'esprit embrumé. » Je pris sa main, jouant avec le bout de ses doigts.

Ses lèvres formèrent une ligne droite quand elle me regardait dans les yeux. « Alors, tu y vas vraiment ? »

Avec un signe de tête, je poursuivis : « Je n'ai pas peur de me battre dans cette guerre. Mais j'ai peur de ne plus jamais rentrer chez moi. »

À mes mots, elle jeta un coup d'œil à la pleine lune montante à travers la lucarne que nous avions construite juste pour cette occasion mémorable. « Si ça peut aider, je pense que tu es un héros, August.

– Je ne suis pas un héros. Pas encore en tout cas. Mais merci. Et comme je ne te reverrai peut-être jamais, je devrais te dire que je te trouve belle. Je le pense depuis que tu as quinze ans. Cependant, toi et moi avions une différence d'âge trop importante pour en faire quoi que ce soit. »

Ses lèvres firent un rictus d'un côté. « Ok, pour être honnête, alors je peux te dire que j'ai toujours pensé que tu étais canon. »

Le souvenir de tout ce qui s'était passé entre nous lors de notre première fois me vint à l'esprit, et ma queue cogna dans mon pantalon de smoking. « Je ne reviendrai peut-être jamais, Tawny. »

Elle regarda ses parents et leur fit un clin d'œil en disant : « Mes parents ne sont pas là. Je suis seule ici, August. » Nos invités rirent en toute connaissance de cause.

La dernière réplique de notre petite pièce avant les vœux était :
« Ce ne serait qu'une seule nuit. Tu comprends ça, n'est-ce pas ? »

Puis elle secoua la tête. « Non, je ne comprends pas, et toi non
plus. Ce sera un truc de chaque nuit et pour le reste de nos vies. »

Et elle avait raison. Nous avions trouvé notre bonheur pour
toujours.

Fin.

❀ Réalisé avec Vellum

Ingram Content Group UK Ltd.
Milton Keynes UK
UKHW021942270323
419267UK00005B/286